KB186918

한국 현대시와 종교 생태학 [소프트판]

김옥성 지음

박문사

제3회 김준오 시학상 수상작

시와 종교와 자연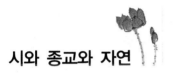

이제 불혹(不惑)이다. 시인으로서 학자로서 내 운명의 윤곽을 어렴풋하 게나마 가늠할 수 있게 되었다. 그러나 학문과 창작을 정신의 낮과 밤으로 살아가면서 내 내면에서 끊임없이 수축하고 팽창하는 빛과 어둠의 유속은 여전히 힘에 부친다. 시적 사유와 상상의 세계 깊숙한 곳으로 빠져 들어가 다 보면 학문에서 멀리 떨어져 나온 듯하여 두렵고, 학문에 정진하다 보면 시적 감수성을 잃어버릴 것만 같아 괴롭다. 그러나 정신의 차원을 이동할 때마다 새로운 우주로 진입하는 설렘과 기대가 내 심장을 뛰게 한다.

지난 2006년 가을부터 종교 생태 시학과 상상력에 관한 연구를 시작하 였다. 생태 시학을 새로운 패러다임으로 접근한 획기적인 시도였기에 동 학들의 격려에 힘을 얻을 수 있었다. 당시 '생태시'는 일반적으로 20세기 후반에 씌어진 작품들을 의미하였다. 그러나 나는 생태 문제가 대두되기 이전으로 거슬러 올라가 한국 현대 생태 시학의 기원과 토대를 종교 생태학적 관점에서 구명하고자 하였다.

첫 번째 결과물은 2007년 이른 봄에 발표되었다. 한용운의 사상과 시를 불교 생태학적 관점에서 새롭게 천착한 「한용운의 생태주의와 시학」이 그것이다. 어느덧 여섯 해가 훌쩍 흘러가 버렸다. 그 여섯 해 동안 나는 굴곡이 심한 길을 걸어왔다. 몇 차례 쓰라린 회의(懷疑)의 소용돌이가 영혼을 뒤흔들어놓고 지나갔지만 잠시도 이 주제에서 눈을 떼지 않았다. 돌아보니 나를 훑고 지나간 어둠들이 또 다른 행복과 정신적 성숙의 자양분이 되어주었음을 알겠다.

긴 시간 동안 '한국 현대시와 종교 생태학'이라는 주제에 대한 관심의 끈을 한 번도 놓지 않을 수 있었던 이유는 무엇보다도 내 내면의 문제와 맞물려 있는 분야였기 때문이다. 이 주제에는 '시'와 '종교'와 '자연'이 맞물려 있다. 세 가지는 내 삶의 심층적인 주제들이었던 것이다.

나는 증조부모님 슬하에 4대가 함께 사는 대가족에서 성장하였다. 종교적이고 시적인 가풍에서 영향을 받아 유년 시절부터 종교와 시에 관심을 가져왔다. 그런 연유로 학부에서 종교학을 공부하고, 대학원에서 한국 현대시를 전공한 것이다. 초등학교 시절 나는 십수 마리의 염소를 치는 목동이었다. 염소떼를 몰고 산기슭과 들판으로 뛰어나가 나무 그늘 아래로 흐르는 맑은 시냇물에 발을 담그고 책을 읽곤 했다. 동시를 써서 선생님들께

칭찬을 받았던 기억이 되살아난다. 풀과 나무들이 내뿜는 향기, 휘파람새의 상쾌한 노랫가락, 풀벌레들의 찬란한 연주회, 줄무늬다람쥐의 재롱, 그런 이미지들이 아직도 뇌리에 선명하다. 무성한 생명의 그물 속에서 나는 자연의 신비, 삶과 죽음에 대한 사색에 잠기곤 했다. 농촌 사람들의 자연을 이해하고 자연과 더불어 사는 삶의 지혜에 감명을 받으며 성장하였기에 자연스럽게 자연에 대한 애정과 경외심을 품게 되었다.

아직도 마음은 그 시절과 크게 달라지지 않은 소년이다. 틈나는 대로 야산과 들판으로 나아가 자잘한 풀꽃과 곤충들을 유심히 들여다보고, 새의 울음소리와 포유류의 흔적에 귀를 기울이는 일은 여전히 즐겁다. 그리고 나는 여전히 시를 읽고 쓴다. 본서에는 소년기에 형성된 시와 종교와 자연에 대한 나의 관심이 고스란히 투영되어 있다.

'한국 현대시와 종교 생태학'에 관한 내 연구는 각론과 총론의 두 방향으로 진행되어 왔다. 한편으로는 개별 시인들의 시에 나타난 특정한 종교 생태학적 상상력에 대한 탐구 결과를 여러 편의 학술논문으로 발표하여 왔다. 각론적 차원에서 개별 시인들을 연구하면서 총론적 차원에서 이 책의 지형도를 머릿속에 그려온 것이다. 애초의 계획은 해외 종교 생태 시학과 한국 현대시의 종교 생태 시사적 계보까지 포함한 방대한 것이었다. 그러나 연구를 진행해 오는 동안 전체적인 범주는 점점 좁혀졌으며 윤곽은 보다 뚜렷하게 드러났다.

제1부 '종교 생태 시학의 이론적 배경'은 '현대시와 종교 생태학'에 관련된 이론들을 검토하고 있다. 시론 및 미학, 생태학 등의 차원에서 관련 이론을 정리하였으며 종교 생태학의 개념을 규정하고 유형을 분류하였다. 제2부부터는 한국 현대시에 나타난 종교 생태학적 사유와 상상을 개별 종교 생태학의 관점에서 탐구하고 있다. 개별 종교 생태학의 개념과 이론을 소개한 후 작품에 나타난 종교 생태학적 상상력을 살펴보는 방식을 취하고 있다.

세상에서 가장 아름다운 시는 자연일 것이다. 미학사에서 신의 예술 작품으로서 자연은 '자연미'로 다루어져 왔다. 부여 궁남지에서 우연히 마주한 연꽃 한 송이가 시보다도 더 시적으로 다가올 때가 있다. 그래서 서정시는 부단히 자연을 모방하면서 자연과 인간의 관계 회복을 지향해 왔다. 오늘날의 생태학도 유사하다. 생태학은 근대 이후에 깨어진 자연과 인간의 유기적인 관계를 복원시키고자 한다.

과학자들은 지구상의 모든 생명체들이 동일한 조상으로부터 가지로 뻗어 나온 친족들이라는 진화론의 신화를 제시한다. 인류는 유전적으로 생명을 사랑하는 바이오필리아(biophilia)를 지니고 있다. 우리는 친족들인 생명체를 사랑하고 돌볼 권리와 의무가 있다. 또한 인류는 조상들의 삶의 터전이었던 사바나적인 환경에 대한 유전적인 동경을 가지고 있다. 사바나적인 환경은 정신적인 안정감과 쾌적감을 불러일으켜 현대인의 노이로제를 치유하는 효과도 있다.

인류가 유전적으로 자연에 대한 사랑을 지니고 있는 만큼, 대부분의 종교도 생태학적인 세계관을 갖추고 있다. 전통 사회에서 종교는 생태 윤리를 제공하면서 자연과 인간의 조화와 공생 관계를 유지하는 데에 기여해 왔다.

근대에 이르러 종교적 세계관이 과학적 세계관으로 대체되면서 자연과 인간의 생태학적 관계는 깨어지고, 인간은 일방적으로 자연을 지배하고 착취하기에 이르렀다. 따라서 종교 생태학적 관점에서 본다면 생태 위기의 심층적 기원 중 하나는 과학적 세계관이다. 종교 생태학적 논의들은 다양한 종교에 내포된 생태학적 세계관을 추출하여 정신적 차원에서 생태 위기에 대응하고자 한다. 현금의 종교 생태학은 과학을 부정하는 것이 아니라 과학과 공존하면서 과학의 오류와 한계를 교정하고 보완할 수 있는 절충적인 생태학적 논리를 모색하는 경향을 보인다. 종교와 과학의 부분적 유사성을 전체적인 동일성으로 환원하는 것은 명백한 오류이지만, 종교와 과학이 서로에게서 대안적 사유를 수용하면서 스스로의 한계를 보완해나가는 것은 바람직한 현상이다.

현대 사회에서 샤머니즘, 불교, 노장-도교, 유교, 기독교 등과 같은 종교의 영향력은 퇴조하였다. 그러나 우리 현대 시인들은 다양한 종교적 세계관으로부터 생태학적 사유와 상상의 물줄기를 끌어올려 놓고 있다.

샤머니즘 생태학의 핵심은 영성(spirituality)이다. 샤머니즘적인 영성은 불교, 도교, 유교는 물론 기독교에서도 얼마든지 찾아 볼 수 있다. 그만큼 샤머니즘적인 영성은 대부분의 종교를 관류하는 종교적 감수성의 심층적인 토대라 할 수 있다.

세계 종교 가운데서 가장 생태학적인 종교는 단연 불교이다. 불교 생태학에서 우주 만물은 서로의 피붙이이자 부처님이다. 불교의 생태학적 특성은 윤회론과 불살생의 계율에 선명하게 나타난다. 불교의 무아(無我)는 자아를 생태학적 관계와 흐름 속에 설정하는 개념이다. 무아는 독립적이고 고정적인 근대적 자아에 대립되는 생태학적인 자아이다.

여러 가지 의미의 차원이 있지만 생태학적인 차원에서 본다면 '무위자연(無爲自然)'은 인위적인 것을 멀리하고 가급적 자연에 가까운 삶을 지향하는 도가적 이념으로 이해할 수 있다. 노장(老莊)은 자연의 리듬에 맞추어 유유자적하는 삶을 이상으로 여긴다. 도가와 도교는 서로 다른 성격을 지니지만, 양자 사이에 겹쳐지는 부분이 많은 것도 사실이다. 노장이 주로 정신적인 차원에서 생태학적인 삶을 추구한다면, 도교는 육체적인 차원에서도 생명력의 교류를 통한 자연과 인간의 유기적 관계 회복을 지향한다.

불교나 도가에 비하여 유교 생태학은 인위(人爲)를 중요시하는 특성을 보인다. 물론 유교가 적극적인 자연의 개발을 권장하는 것은 아니다. 유교도 자연의 리듬에 맞추어 사는 삶을 이상으로 여긴다. 그러나 유교가 불교나 노장-도교에 비하여 인간의 자연 참여를 용인하는 경향이 강하다는 사실은 부인할 수 없다. 불교나 노장-도교가 반문화주의적인 색채가 강한데에 반하여, 유교는 분명한 인문주의이다. 유교 생태학은 인간과 자연과 문화의 하모니를 지향한다.

널리 알려져 있듯이 기독교는 동양 종교에 비하여 상대적으로 덜 생태학적인 종교이다. 그러나 서구의 전통 사회에서 기독교는 자연과 인간이 조화와 공생 관계를 유지할 수 있도록 생태 윤리를 제공해왔다. 유교 생태학과 유사하게 기독교 생태학도 인간을 자연과 변별시킨다. '청지기'는 자연에 대한 인간의 생태학적 책임과 의무를 강조하는 개념이다. 기독교 생태학에서 인간은 자연이라는 공동체의 작은 구성원이면서 동시에 절대자의 대리인이다.

종교가 퇴조한 오늘날 종교 생태학은 자칫 과거의 낡은 유산으로 치부될 수 있다. 그러나 현대시의 종교 생태학은 시대를 지배하는 과학에 대한 비판의 차원에서 충분히 '현대적' 의미를 지닌다. 한국 현대시의 종교 생태학적 상상력은 종교 사상으로 환원되지 않는다. 많은 시인들은 다양한 종교 생태학에서 자양분을 얻어 창조적이고 다채로운 상상력을 펼쳐 보여준다. 우리 현대 시인의 종교 생태학적 사유와 상상은 생태학적 세계관의 오래된 미래를 지남(指南)해준다.

본서는 샤머니즘, 불교, 노장-도교, 유교, 기독교로 분류하여 한국 현대시의 종교 생태학적 상상력의 다양한 양상을 살펴보고 있지만, 이들이 확연하게 나뉘는 것은 아니다. 다양한 종교 생태학적 상상력은 영성과 신비라는 보편적인 요소를 공유하는 만큼 여러 면에서 서로 겹쳐진다.

샤머니즘 생태학적 영성은 모든 종교의 심층을 관류하는 요소이기 때문에 특정 시인에 국한되지 않고 다양한 시인들의 상상력에서 광범위하게 나타난다. 유교, 불교, 노장-도교 등 동양 종교는 사상적인 차원에서 서로 포개어지는 부분이 많아 같은 작품을 몇 가지 종교 생태학적 관점에서 해석할 수 있는 가능성도 충분하다. 다양한 종교적 사유를 한 작품 안에 집약적으로 담아내려한 의도가 보이는 작품도 많다. 그 때문에 시인과 작품을 분류하는 데에 어려움이 많았다. 아직 연구가 미흡하여 시사적인 계보를 정리하는 단계까지 나아가지는 못했지만, 계보학적 안목이 정립된다면 후속 연구에서는 시인과 작품을 보다 정교하게 분류할 수 있을 것이다.

이 책은 단독 저서로는 나의 세 번째 학문적 성과물이다. 본서의 후속편으로 각론의 차원에서 발표한 학술논문들을 다른 저서로 묶어낼 계획이다. 학술논문으로 발표된 글들에 비하여 본서의 논의는 엉성하고 미흡한 구석이 많다. 총론이라는 성격 탓도 있지만 우리 학계의 여건상 학술논문에 비하여 저서에 집중할 여유가 없었던 이유도 있다.

같은 시기에 집필된 총론과 각론이라는 성격상 발표한 학술논문과 일부가 중복되는 일은 피할 수 없었다. 본서의 내용 중 대략 15% 안팎은 내가 각론 차원에서 발표해온 학술논문과 겹쳐지고 있음을 밝혀둔다.

오래도록 한 가지 주제에 매달릴 수 있도록 지원해준 한국연구재단, 그리고 안정적으로 연구와 교육에 정진할 수 있는 여건을 마련해준 단국대학교에 감사드린다. 교정을 도와준 대학원의 최은실 선생님, 김미교 선생님, 조교자 선생님, 김희원 선생님, 그리고 어려운 여건에서도 기꺼이 출판을 맡아 수고해준 박문사와 이신 대리님께도 고마움을 표한다. 되새겨보니 여러 분들의 음덕(陰德)이 있었다. 내 내면의 사유와 상상의 우주를 여행하느라 무심하게도 살아왔다. 누구보다도 가족들에게 죄송함과 고마움을 감출 길이 없다. 가족들의 이해와 배려가 없었다면 이 책의 출간은 불가능했을 것이다. 또한 노당익장을 실천으로 보여주시는 오세영 선생님, 멀고 가까운 곳에서 질책과 격려의 뜻을 전해주신 동학들에게 송구함과 감사의 마음을 표한다. 어쩔 수 없이 고독한 삶일지라도 자연과 인생의 신비, 그리고 문학과 학문의 고뇌와 행복을 공감할 수 있는 사람들이 있어 기쁘다.

지난 9월 어느 날 저녁 산책길에 법화산 계곡에서 날아 내려온 반딧불이 한 마리와 조우하였다. 반딧불이가 한참 동안이나 앞장서서 나를 숲으로 천천히 이끌어 주었다. 그곳에 숲속학교가 있었다.

2012년 가을날 죽전의 법화루에서
김옥성

제1부

종교 생태 시학의 이론적 배경
Theoretical Background of Religious Eco-poetics

제1장

서정시와 생태학의 이념적 동질성

서정적 사유의 본질은 자아와 타자의 조화와 화해, 합일이다. 동양의 시론에서 '정경교융(情景交融)', '물아일체(物我一體)' 등의 개념은 그러한 서정적 주객 관계를 반영하고 있다. 많은 시론이 서정성을 주체와 객체의 서정적 합일 관계로 규정하는 데에는 일치를 보이지만, 주체와 객체의 역할이나 위상, 양자가 합일에 이르는 방법 등에 대해서는 다양한 차이를 보인다.

조동일은 서정시의 장르적 성격을 "세계의 자아화"라는 개념으로 설명한다.[1] 같은 맥락에서 김준오는 서정시의 본질을 "자아와 세계의 동일성"이라는 개념으로 설명한다. 그는 서정시의 동일성이란 "자아와 세계의 일체감"이라고 말한다.[2] 조동일과 김준오의 논의에서 서정시의 동일성은 주체가 객체를 자아화하여 주체와 객체의 간격을 소멸시키고 상호 융화의 지평을 확보하는 것이다. 최근에는 이러한 서정적 동일성에 대한 반성적

---

1) 조동일, 『한국소설의 이론』, 지식산업사, 1991, 99~103쪽
2) 김준오, 『시론』(4판), 삼지원, 2006, 34쪽

논의가 활발하게 제기되었다. 최승호는 "세계의 자아화"를 "헤겔에 의해 토대가 세워진 바 있는, 서구 낭만주의 시학에 있어서 서정화 방식"[3]으로 비판한다. 그에 의하면 세계의 자아화는 유일한 서정화 방식이 아니다.

세계의 자아화에 의한 낭만주의의 동일화는 주체에 무게를 실어 객체의 위상을 축소시킨 개념이다. 이러한 주체중심주의적 동일성에 대한 비판의 차원에서 최승호는 "미메시스(mimesis)"의 개념을, 박현수는 "상호 주체적 서정성"의 개념을 제시한다.

최승호는 미메시스는 "서정적 주체 곧 모방 주체가 지향하고 본받고 베끼고 닮고 합일하고 싶어하는 즉, 모방하고 싶어하는 대상, 객관적이고 보편적인 진리와 미를 지니고 있는 대상을 부각시킨다"고 말한다.[4] 세계의 자아화가 주체에 의한 객체의 흡수라면, 미메시스는 주체가 객체를 닮아가는 것으로 이해할 수 있다.

박현수는 김준오의 동일성 시론에 대하여 "객체는 주객 혼용의 행복한 상태에서 떨어져 나와 피동적 대상으로 소외되어 있다. 객체는 주체의 심리적 현상 속에서 존재 가치를 상실해버린다"라고 비판한다.[5] 그에 의하면 김준오의 시론과는 달리 슈타이거의 시론에서는 객체의 존재가 인정된다. 그는 주체와 객체가 대등한 상태로 존재하는 슈타이거의 서정성을 "상호 주체적 서정성"이라 규정하고 "상호 주체적 서정성 내에서 객체는 능동적이고도 물활론적 활력을 지닌 대상이 된다"[6]라고 설명한다. 김준오의 동일성 시론에서는 주체만이 능동적이지만, 상호 주체적 서정성에서는 주체와 객체가 다 같이 능동적으로 서정성에 참여한다는 견해이다. 상호 주체적 서정성에서 '주체-객체'의 관계는 '주체-주체'의 관계로 전환된다.

---

3) 최승호, 『서정시와 미메시스』, 역락, 2006, 172쪽.
4) 최승호, 『서정시와 미메시스』, 13쪽.
5) 박현수, 「서정시 이론의 새로운 고찰」, 『우리말글』40, 우리말글학회, 2007, 265쪽.
6) 박현수, 「서정시 이론의 새로운 고찰」, 284쪽.

김준오의 동일성 시론은 근대의 인간중심주의-주체중심주의의 한계를 고스란히 드러낸다. 이에 반하여 미메시스론이나 상호 주체적 서정성 논의는 세계-객체의 역할과 위상을 재평가하고 있다는 점에서 의의를 지닌다. 미메시스론이 객체의 우월성을 부각시킨다면, 상호 주체적 서정성은 객체의 능동성을 강조한다.

새로운 관점의 서정시론은 서정시와 생태학의 관계를 고찰하는 데에 시사적이다. 생태학적 사유는 근본적으로 인간과 자연의 관계 회복에 있다. 새로운 서정시론이 주체중심주의를 비판하고 객체의 역할과 위상을 재평가하듯이, 생태학적 사유 또한 근대의 인간중심주의를 비판하고, 자연과 인간의 조화와 균형을 추구한다.

그러한 점에서 새로운 서정시론의 이념은 생태학의 이념과 겹쳐진다. 새로운 서정시론이 미학적 차원에서 객체의 위상과 역할을 제고하고 있다면, 생태학은 미학은 물론 사회-정치적 차원에서도 자연의 위상과 역할을 높이면서 자연과 인간의 관계 회복을 지향한다. 생태학적 사유는 자연-생명체에 인간과 대등한 위상과 권리를 부여하면서 인간만이 주체가 아니라 자연-생명체도 능동적인 주체로 참여하는 공동체를 꿈꾼다.

미메시스론은 '자연의 모방' 차원에서 생태학적 사유와 연결된다. 생태학적 사유는 만물이 조화와 균형을 이루며 상호 의존적으로 공존하는 이상적인 '자연'이라는 공동체를 모방하고자 한다. 생태학적 사유가 지향하는 공동체는 최대한 '자연'을 닮은 공동체이다. 그러한 점에서 생태학은 자연의 미메시스를 지향한다.

객체의 능동성을 인정하는 상호 주체적 서정성론은 '자연의 능동적 참여'라는 차원에서 생태학적으로 의미심장하다. 근대의 인간중심주의적 관점에서 자연은 수동적인 객체로서 지배와 착취의 대상일 뿐이다. 그러나 생태학적 사유는 자연의 목소리를 듣고 자연의 권리를 반영하고자 한다.

생태학적 공동체론은 인간뿐만 아니라 자연도 권리를 지니는 능동적인 주체로 인정하고자 하는 것이다.

다음 글은 '자연'을 미메시스하고, '자연'을 주체로 참여시키는 생태학적 공동체론을 보여주고 있다.

> 생태학이 가진 정신적 · 정치적 함의는 그것이 단순한 수사나 관념 이상의 것이 되게 하라는 것과 구체적인 장소에서 실현되어야 한다는 것입니다. 자연도 문화도, 어떤 구체적인 장소에서 발생합니다. 이처럼 장소에 토대를 두는 것이 생태지역주의 공동체의 정치적 기반입니다. 조애너 메이시(Joanna Macy)와 존 씨드(John Seed)는 '모든 생명들의 회의'라는 막연한 이미지를 그리며 작업을 해왔습니다. 그런데 '모든 생명들의 **마을 회의**'라고 할 때 이는 우리가 분명하게 장소에 뿌리내린다는 것을 암시합니다. 그 땅에서 사는 나무와 새, 양, 염소, 소, 야크, 그리고 고지대 초원의 야생동물(야생 염소, 큰뿔양, 영양, 야생 야크)을 공동체의 구성원으로 포함하는 마을을 상상해보지요. 그 마을회의는 이 모든 생물들에게 발언권을 주고, 자리를 마련해줄 겁니다.[7]

게리 스나이더는 "생태지역주의 공동체"를 이상적인 공동체 모델로 제시한다. 그에 의하면 바람직한 생태학적 공동체는 특정 장소인 "마을" 공동체로서, "그 땅에서 사는 나무와 새, 양, 염소, 소, 야크, 그리고 고지대 초원의 야생동물(야생 염소, 큰뿔양, 영양, 야생 야크)을 공동체의 구성원으로 포함"하여 "이 모든 생물들에게 발언권을 주고, 자리를 마련해" 주는 공동체이다. 그는 인간의 권리만을 앞세운 인간중심주의적 공동체가 아니라 다른 생물의 권리와 주권도 보장해주는 상호 주체적 공동체를 제시하고 있다.

그렇다면 어떻게 다른 생물의 주권을 보장해 줄 수 있을 것인가. 인간의 관점에서 벗어나 다른 생물의 관점에서 그들의 입장을 생각할 수 있어야

---

7) Gary Snyder, 이상화 역, 『지구, 우주의 한 마을 』, 창비, 2005, 227쪽.

한다. "나무와 새, 양'의 입장에서 그들의 목소리를 듣고 공동체 내에 그들의 자리를 마련해 줄 수 있어야 한다. 그리하여 잡초와 곤충과 파충류가 생존권을 보장받고 인간 곁에 거주할 수 있도록 해주어야 한다. 인간만이 아닌 다른 생물들도 인간과 다름없는 권리를 누리며 인간과 조화롭게 공생하는 공동체가 생태학적인 공동체이다. 콘크리트와 아스팔트로 만들어진 근대 도시는 인간밖에 살 수 없는 반생태적인 공동체이다.

자연의 주권을 보장하기 위한 구체적인 방법으로는, 조애너 메이시와 존 씨드의 '모든 존재들의 회의'[8])에서처럼 사람들이 지구-생태 공동체를 구성하는 다양한 존재들의 탈을 쓰고서 자연의 구성원 입장에서 발언하고 타자의 목소리를 경청하면서 생태학적인 의식을 함양하는 가상의 회의나 의례에서부터, 생태계의 모든 구성원들의 생존권과 지역 내의 주권을 보장하는 법과 제도의 정비까지 다양한 예가 있을 수 있다. 이러한 다양한 방법을 통해 인류는 자연과 조화롭게 공존하는 지구-생태학적 공동체를 가꾸어나갈 수 있을 것이다.

이와 같은 생태학적 공동체론은 새로운 서정시론의 사유와 유사하다. 그러나 서정시의 동일성은 어디까지나 우발적이며 순간적인 감흥 속에 존재하는 미학적인 것일 뿐이다. 반면, 생태학은 미학적이면서 동시에 사회-정치적인 운동의 성격까지 지닌다는 점에서 서정시의 논리와 차원을 달리한다. 하지만, 서정시의 이념과 생태학의 이념은 '본질적'으로 겹쳐진다. 양자는 '본질적'으로 자연과 인간의 조화와 공생을 추구한다.

---

8) C. Merchant, 허남혁 역, 『래디컬 에콜로지』, 이후, 2001, 155~158쪽 참고.

제 2장

동일화(identification),
자아실현(Self-realization), 사랑

김준오는 서정시가 자아와 세계의 동일성을 추구하는 방식으로 동화(assimilation)와 투사(projection)를 소개한다. 동화와 투사는 서정시에서 자아가 세계를 자아화-동일화(identification)하는 방식이다. 그는 동화나 투사에 의하여 서정시에서 "자아는 세계와의 관계에서 소외되거나 세계를 초월하지 않고 '연속'되어" 있으며, 그것이 "서정시의 원초적인 모습"이라고 말한다.[9] 투사와 동화는 결국, 자아와 세계의 전일성(wholeness)을 지향한다고 할 수 있다.

그러나 투사와 동화는 주체중심주의-인간중심주의적 동일화 방식이다. 투사나 동화에 의한 동일화는 대상-자연을 자아의 주관으로 환원시키면서

---

[9] 김준오는 동화와 투사를 다음과 같이 설명한다. "동화란 시인이 세계를 자신의 내부로 끌어들여서 그것을 내적 인격화하는 이른바 세계의 자아화다. 다시 말하면 실제로는 자아와 갈등의 관계에 있는 세계를 자아의 욕망, 가치관, 감정에 적합한 것으로 만들어 동일성을 이룩하는 작용이다." "투사에 의한 동일성의 획득은 자신을 상상적으로 세계에 투사하는 것, 곧 감정이입에 의해서 자아와 세계가 일체감을 이루도록 하는 것이다." 김준오, 『시론』, 39~41쪽.

대상-자연에 대한 지배와 착취를 용인하는 결과를 낳을 수 있다.

서정시와 유사하게 심층 생태론자들도 자아와 자연의 전일적(holistic) 관계 회복을 추구하지만, 자연을 자아의 주관으로 환원시키지는 않는다. 자연을 이해하고 존중하면서 자연과 인간의 조화롭고 유기적인 관계를 모색한다. 심층 생태학자 네스는 자아와 자연의 생태학적 동일화를 자아실현(Self-realizaion)이라는 개념으로 설명한다.

그가 말하는 자아실현이란 자아를 근대적 세계관에 기초한 협소한 자아(narrow self)로 받아들이는 것이 아니라, 생태학적으로 확장된 넓은 자아(Self)로 인정하는 인식론적 전환을 의미한다.[10] 자아실현은 결국 자아를 자연의 일부로 받아들이고, 나아가 자아와 자연을 생물권이라는 그물망의 차원에서 인식하는 삶의 한 방법이며 과정이다.

자아실현을 통해 우리는 자연과 자아를 동일화하게 된다. 로덴버그는 네스가 말하는 동일화란 결국 사랑의 일종이라고 설명한다.[11] 자아는 타자에 대한 사랑을 통해서 심층적인 차원에서 자연을 향하여 넓게 확장된 더 큰 정체성을 확보할 수 있게 된다.

여기서의 사랑은 인간 관계에 국한되는 것이 아니라 자연과 모든 존재를 향하여 열린 생태학적인 사랑이다. 그것은 나뭇잎, 햇빛, 동물과 식물 등 생태계의 모든 존재들에 대한 경외심을 바탕으로 하는 것이다. 그렇다고 해서 그것이 전적으로 비합리적인 것은 아니다. 자연에 대한 경외심은 자연의 상호 의존 관계에 대한 논리적인 추론에 의지하고 있다. 추론에 의하여 우리는 자연과 우리가 서로 연결되어 있으며, 결국 분리될 수 없는 한 몸이라는 사실을 인식하게 된다.[12] 그러한 인식에 기반하여 우리는 자

---

10) A. Naess, *Ecology, community and lifestyle*, D. Rothenberg trans and ed., Cambridge : Cambridge univ. press, 1995, pp.171~181.

11) D. Rothenberg, "Introduction : Ecosophy T - from intuition to system", *ibid.*, p.11.

12) D. Rothenberg, "Introduction : Ecosophy T - from intuition to system", p.10.

연을 사랑하게 된다. 심층 생태론자들은 결국 깊은 곳에서 우리의 의식이 변해야한다고 말한다.

심층 생태론자들은 자아실현을 통해 정신적인 차원에서 자아와 자연의 유기적이고 전일적인 관계를 회복하고자 한다. 낭만주의적인 동일화 방법으로 투사와 동화가 자연을 주관에 굴복시키는 양상을 보이는 데에 반하여, 심층 생태론의 자아실현은 자연을 이해하고 존중하는 양상을 보인다. 심층 생태론적 자아실현에서 인간은 자연 위에 군림하는 절대적 자아가 아니라, 자연에 의존하고 있는 자연의 작은 구성원일 뿐이다.

제3장

생태학(ecology),
생태주의(ecologism), 에코이즘(ecoism)

　생태학에 대한 관심과 연구의 범위가 확대되면서 생태학의 개념은 다양한 지면에서 다양한 방식으로 소개되고 있다. 관점에 따라 다양한 정의와 서술이 가능하기 때문에, 본서의 입장과 논의의 토대를 밝히기 위하여 간단하게 개념을 규정하고자 한다.

　생태학(ecology)은 경제학(economics)과 어원을 공유한다. 둘의 어원인 희랍어 '오이코스(oikos)'는 '집'을 의미한다. 양자가 공유하는 '집'의 심층적인 의미는 '공동체'이다. 생태학은 경제학과 마찬가지로 공동체의 메커니즘을 연구하는 학문이다. 경제학이 인간 공동체의 경제적 메커니즘을 탐구한다면, 생태학은 인간을 포함한 자연-생태계의 메커니즘을 탐구하는 학문이다.

　오늘날 '생태학'이라는 용어는 매우 다양하고 광범위하게 쓰이지만, 여기에 내포된 의미는 대략 세 가지 정도로 범주화할 수 있다. 첫째, 가치중립적인 개념으로서 학문의 한 분야를 의미한다. 자연과학의 하위에 속하는 한 분야나 혹은 최근에 대두된 학제적인 학문의 한 분야로서 '생태학'이 여기에 해당한다. 둘째, 이념적 차원으로서 자연주의적인 삶을 지향하는 '생태주의(ecologism)'의 개념이다. 셋째, 둘째와 유사하게 이념적인 성격을 지니지만 더 넓은 개념으로서 조화와 균형, 화해와 평등, 상호 의존과 호혜, 공동체 정신 등을 의미하는 '에코이즘(ecoism)'의 차원이다.

첫째, 생태학(ecology)은 태생적으로 자연과학적 개념이다. 생물학의 하위 분과로서 생태학의 개념은 독일의 생물학자이자 철학자인 에른스트 헤켈이 1869년에 처음 사용한 것으로 알려져 있다. 헤켈은 "자연의 경제에 관한 지식의 총체"[13]를 생태학이라 규정하였다. 이처럼 좁은 의미의 생태학은 자연과학-생물학의 한 분과이다. 그러나 최근에 생태학은 인문학이나 사회과학과 결합하여 자연과 인간의 관계를 연구 대상으로 하는 학제적인 학문의 개념으로 널리 사용되고 있다. 뿐만 아니라 문학 생태학이나 사회 생태학과 같이 생태학적 관점의 인문학이나 사회 과학의 개념으로도 사용되고 있다.

둘째, 자연주의적 가치가 개입된 이데올로기 차원의 생태학은 생태주의-이콜로지즘이라는 개념과 혼용되고 있다. 생태주의-이콜로지즘은 자연-지구라는 생태공동체의 상호 의존성을 모델로 하여 자연과 인간의 조화와 공존을 추구하는 일종의 이념이라고 할 수 있다. 생태주의-이콜로지즘은 근대의 인간중심주의를 비판하면서 자연과 인간의 평등, 상호 의존성 등을 강조하거나 한 걸음 더 나아가 자연중심적인 삶을 지향한다. 미국의 소로우는 에른스트 헤켈과 비슷한 시기에 생태주의-이콜로지즘의 차원에서 '생태학'이라는 개념을 사용한 것으로 알려져 있다. 이 개념은 생태 위기를 경험한 이후에 활성화되었다.

셋째, '에코이즘'은 '에고이즘(egoism)'에 대한 비판의 차원에서 내가 고

---

13) 김욱동, 『문학 생태학을 위하여』, 민음사, 1998, 24쪽.

안한 개념이다. 생태주의-이콜로지즘은 근본적으로 근대의 인간중심주의에 대한 반작용의 성격을 갖는다. 그런데 근대의 인간중심주의의 핵심에는 에고이즘이 놓여 있다. 주지하듯이 에고이즘은 '이기주의'라는 의미로서 자기중심적이며 개체적인 사고를 의미한다. 본서에서는 에고이즘적인 경향이 인간의 인간 지배, 인간의 자연 지배를 초래하였고 그 결과의 하나로 생태 위기를 낳았다고 본다. '에코이즘'은 자연과 인간의 관계뿐만 아니라 인간과 인간의 관계에서도 조화화 균형, 화해와 평등, 상호 의존과 호혜의 원리를 추구하는 다양한 사상을 포괄한다. '생태학'이라는 용어는 종종 이와 같은 '에코이즘'에 상응하는 개념으로 사용되곤 한다.

이 세 가지 개념은 상당 부분이 겹쳐져 있으며, 빈번하게 혼용되기도 한다. 가령, 본서에서 '종교 생태학'은 '다양한 종교에 나타난 생태주의'의 의미로, 엄밀하게 말한다면 '종교 생태주의'에 해당한다. 경우에 따라 본서에서는 '종교 생태주의'에 대한 '학문'이라는 의미로 '종교 생태학'이라는 용어를 사용하기도 한다.

종교 생태학의 개념과 유형
- 자연주의적 종교 생태학과 휴머니즘적 종교 생태학

　본서에서 '종교 생태학'은 '다양한 종교에 나타난 생태주의' 즉 '종교 생태학적 세계관이나 사상'의 약칭으로 다양한 종교가 포함하고 있는 생태학적 세계관이나 사상을 의미한다. 동서를 막론하고 과학이 지배하기 전 시대에는 종교가 윤리와 법의 역할을 상당부분 담당해 왔다. 전통 사회에서 종교는 인간이 자연과 조화롭게 공존할 수 있는 생태 윤리를 제공하였다. 그런데 근대 이후 과학이 지배하면서 자연과 인간의 조화와 균형은 깨어지고 마침내는 생태 위기를 초래하기에 이르렀다. 종교 생태학에 대한 깊이 있는 연구를 통해 근대 이후 과학에 의해 밀려난 전통적인 생태 윤리의 핵심적인 부분을 활성화하는 데에 기여할 수 있을 것이다.

　20세기 이후 자연주의적 삶을 지향하는 이념적인 차원의 생태학은 인간 중심적인 입장의 환경 개량주의, 환경 윤리론, 급진적 생태학 등 세 분야로 나누어 볼 수 있다. 급진적 생태학은 다시 심층 생태학, 사회 생태학, 여성 생태학 등 세 가지로 분류된다.[14]

인간중심적 환경 개량주의는 과학 기술과 제도적 장치, 교육 등을 통해 자연의 합리적이고 효율적인 이용을 지향한다. 환경 윤리론은 인간중심적인 윤리관을 넘어서서 다른 생명체까지 포함할 수 있는 새로운 윤리나 법을 정립해야한다는 주장이다.

널리 알려진 이념적 차원의 생태학-생태주의는 급진적 생태학이다. 사회 생태학과 여성 생태학은 근본적으로 사회의 지배구조에 관심을 기울인다. 사회 생태학이 생태 위기의 근본 원인을 '강자에 의한 약자 지배', '인간에 의한 인간 지배', '인간에 의한 자연 지배'로 규정한다면, 여성 생태학은 남성의 가부장적인 여성 지배, '인간에 의한 자연 지배'로 진단한다. 따라서 사회 생태학과 여성 생태학은 사회의 지배 구조 개선 과정을 통해 궁극적으로 인간과 자연의 관계 회복에 도달하고자 한다.

본질적으로 사회 생태학과 여성 생태학은 생태 문제 해결을 위해 인간과 인간의 관계를 우선적으로 개선한 후에 자연과 인간의 관계를 개선하고자 한다. 반면 심층 생태학은 자연과 인간의 관계 개선을 우선시한다. 심층 생태학은 사회 구조보다는 '정신적 차원'에서 인간과 자연의 관계 회복을 생태 문제의 근본적인 해결책으로 본다. 그리하여 인간과 자연, 사물과 사물 등 모든 존재의 연결성에 대한 정신적인 각성을 촉구한다. 결국 근대의 대립적 세계관에서 벗어나 통합적 세계관으로의 정신적 전환을 추구하는 것이다. 이러한 맥락에서 카프라는 "궁극적으로 심층 생태학적 인식은 영적(靈的) 또는 종교적인 인식이다"[15]라고 말한다. 심층 생태학은 안 네스가 고안한 개념이지만 안 네스의 개념에 한정시키지 않고 정신적 차원에서 자연과 인간의 관계 개선을 우선시하는 다양한 생태주의를 포괄하는 개념으로 받아들일 수 있다.

---

14) 이러한 분류는 송명규의 논의를 참고할 수 있다. 송명규, 『현대 생태 사상의 이해』, 따님, 2008, 96쪽.
15) F. Capra, 김용정·김동광 역, 『생명의 그물』, 범양사, 2004, 23쪽.

종교 생태학은 엄밀하게 말해 20세기에 대두된 생태학 담론과는 거리가 있다. 왜냐하면 종교 생태학은 근대 이전의 생태학적 사유를 담고 있기 때문이다. 그러나 종교 생태학을 20세기 생태학 담론의 범주에 포함시킨다면 심층 생태학이 가장 적절할 것이다. 종교 생태학은 '영적이고 종교적인 생태학적 인식'을 표방하는 심층 생태학에 가장 가깝기 때문이다.

본서는 종교 생태학이 폐기 처분된 과거의 생태학이 아니라 오늘날의 우리에게 '오래된 미래'의 비전을 제시해줄 수 있는 첨단의 생태학이라는 입장에서 심층 생태학의 한 분야로 규정한다. 심층 생태학의 하위 분야로서 종교 생태학은 영적 생태학이며, 정신적 생태학이다.

본론에서는 샤머니즘 생태학, 불교 생태학, 노장-도교 생태학, 유교 생태학, 기독교 생태학의 개념을 정리하고, 한국 현대시에 나타난 종교 생태학적 사유와 상상의 다양한 양상을 고찰한다.

이 다섯 가지 생태학은 공통적으로 특정 종교 전통에 착근(着根)한 영적이며 정신적인 생태학이다. 그러나 미묘한 차이가 존재하는 것도 사실이다.

종교 생태학은 보편적으로 자연과 인간의 조화와 공존을 지향한다. 그러나 자연에 무게중심이 놓인 경우도 있고, 인간의 역할에 초점이 놓인 경우도 있다. 나는 전자를 '자연주의적 종교 생태학(자연주의)'으로, 후자를 '휴머니즘적 종교 생태학(휴머니즘)'으로 규정한다. 어느 쪽이 더 생태학적이고, 덜 생태학적이라고 규정할 수는 없다. 다만, 자연주의가 가급적 자연에 대한 인간의 참여와 간섭을 배제하면서 자연과 인간의 조화와 공생을 추구한다면, 휴머니즘은 인식과 실천의 주체로서 인간의 위상을 인정하면서 생태학적인 삶을 지향한다. 결국 방식에서는 미묘한 차이를 보이지만 동일한 이념을 지향하는 것이다.

샤머니즘 생태학, 불교 생태학, 노장-도교 생태학 등이 자연주의적 종교 생태학에 해당된다면, 유교 생태학과 기독교 생태학은 휴머니즘적 종교 생태학이라 할 수 있다.

샤머니즘은 원시적인 종교로서 전 세계에 다양한 형태로 퍼져있는 범인류적인 종교이다. 따라서 샤머니즘 생태학은 인류의 원초적인 생태 윤리를 보여준다고 할 수 있다. '영적 인간관'과 '영적 우주관'으로 요약할 수 있는 샤머니즘 생태학의 '영성(spirituality)'은 모든 종교 생태학의 심층적인 토대가 된다고 할 수 있다. 샤머니즘 생태학의 '영적 우주관'은 삼라만상에 '영'을 설정하여 자연에 대한 존중과 경외심을 갖도록 한다. 경우에 따라 영적 자연이 인간을 압도하는 위상을 지니기도 한다.[16)]

불교는 '세계 종교' 가운데에서 가장 생태학적인 종교이다. 윤회론에 명확하게 드러나듯이 불교 생태학적 사유에서 자연과 인간은 평등한 관계이다. 또한 연기론이 보여주듯이 자연과 인간은 상호 의존의 관계 속에 존재한다. 윤회론과 연기론에 토대를 둔 '불살생(不殺生)' 정신은 불교 생태학의 자연주의적 이념을 단적으로 보여준다.

노장-도교 생태학은 개인 차원의 자연주의적 삶에 초점을 둔 생태학적 세계관을 보여준다. 노자(老子)의 '무위자연(無爲自然)'은 '인위(人爲)'를 멀리하고 자연에 다가가는 삶의 방식을 의미한다. 장자(莊子)의 '제물론 (齊物論)'은 도가의 '존재 상대성 이론'이다. 제물론은 만물은 타자와의 관계에 의하여 상대적으로 존재하며, 자아와 타자는 상호 의존적 관계로 이

---

16) 모든 사상에는 빛과 어둠이 있듯이 샤머니즘도 예외가 아니다. 샤머니즘 생태학은 샤머니즘의 긍정적인 면이다. 왜냐하면 샤머니즘 생태학은 자연에 '영'이라는 가치를 부여하면서 자연을 보존하는 데에 기여하였기 때문이다. 그러나 샤머니즘에 대한 평가의 이면에는, 막연한 두려움으로 인간을 자연에 굴복시켰다는 비판이 있을 수 있다는 사실을 간과해서는 안 된다. 막연한 두려움은 인간을 수동적인 주체로 전락시킨다.
오늘날 샤머니즘 생태학은 신앙의 차원이 아닌 생태학적이고 미학적인 차원에서 의의를 지닌다. 우리가 샤머니즘 생태학에서 배울 수 있는 것은, 자연에 대한 수동적인 복종이 아니라 적극적이고 능동적인 자연과 인간의 영적 관계 회복의 방식이다.

루어진다는 생태학적 사유이다.

생태학적 견지에서 본다면 불교의 '무아(無我)'나 도가의 '무위(無爲)'에서 '무(無)'는 다 같이 자연에 대한 인간의 참여나 개입을 견제하는 개념이다. 불교의 윤회론은 모든 생명체에 인격을 부여하면서 자연을 인간과 동등한 반열에 올려놓는다. 노장-도교 생태학은 가급적 인위적인 것을 배제하면서 자연과 가까운 삶을 지향한다. 따라서 불교와 노장-도교는 '자연'에 인격적 가치를 부여하거나, 그 자체의 고유한 가치를 인정하면서 자연과 인간의 전일적이고 평등한 관계를 지향한다.

자연주의적 종교 생태학이 '본질적으로' 일원론적인 양상을 보이는 반면, 휴머니즘적 종교 생태학에서는 인간의 특수성이 부각되어 자연과 인간의 관계에 이원론적인 특성이 나타난다.

유교 생태학은 샤머니즘, 불교, 노장-도교 생태학과 더불어 '본질적인' 차원에서 자연과 인간의 일원론적인 세계관에 토대를 두고 있다. 유교의 '이(理)'는 자연의 원리이면서, 사회와 문화의 원리이다. 그리고 '기(氣)'는 질량과 에너지를 포괄하는 개념으로 자연과 인간은 동일한 '기'로 구성되어 있다. 유교의 '이'와 '기'는 자연과 인간을 유기적 단일체로 묶는 개념이다. 이처럼 유교는 일원론적인 세계관을 갖추고 있지만 인식과 실천의 주체로서 인간의 특수성을 인정하고 있기 때문에 이원론적인 면모를 보인다. 유교 생태학은 사회와 문화도 자연의 연장선에서 파악하기 때문에 자연의 리듬과 조화를 이루는 범위 안에서 인간의 자연에 대한 참여와 개입을 정당화한다. 이처럼 자연에서 인간의 위상을 변별시킨다는 점에서 유교 생태학은 이원론적 일원론(dualistic monism)이라고 규정할 수 있다.

기독교 생태학은 일원론에 토대를 두고 있는 샤머니즘, 불교, 노장-도교, 유교 생태학 등과 달리 '본질적으로' 이원론에 토대를 두고 있다. 기독교 세계관은 신-인간, 신-자연, 인간-자연의 관계는 이원론적으로 인식된다. 기독교 생태학적 연구들은 그러한 이원론적 단절을 일원론적으로 재해석하면서 기독교 세계관에 함축된 생태학적 사유를 발굴해내고 있다. 기독교 생태학에서 신-인간-자연의 관계는 '본질적으로'는 불연속적이지만, 생태학적인 연속성이 존재한다. 가령, '청지기(oikonomos)' 개념에서 인간은 신을 대리하여 자연을 관리하는 관리인(불연속성)이면서 동시에 자연의 일부분이다(연속성). 그러한 의미에서 기독교 생태학은 일원론적인 이원론(monistic dualism)으로 규정할 수 있다.

유교 생태학이나 기독교 생태학의 휴머니즘적 요소는 근대와 과학의 배타적 휴머니즘과는 다른 포용적 휴머니즘이다. 왜냐하면 배타적 휴머니즘이 자연을 지배하고 착취하려는 경향을 보여온 반면, 휴머니즘적 종교 생태학은 인식과 실천의 주체로서 인간의 특수성을 '솔직하게' 인정하면서 자연과 인간의 조화와 공존을 지향하기 때문이다.

요컨대 종교 생태학은 자연주의적 종교 생태학과 휴머니즘적 종교 생태학으로 나뉜다. 자연주의적 종교 생태학으로서 샤머니즘 생태학, 불교 생태학, 노장-도교 생태학 등은 자연과 인간의 동일성에 무게가 놓이며 자연에 대한 인간의 참여나 개입을 견제한다. 반면, 휴머니즘적 종교 생태학으로서 유교 생태학이나 기독교 생태학은 자연과 인간의 동일성을 인정하면서도, 자연 안에서의 인간의 주체성과 특수성을 강조하여 자연에 대한 인간의 참여나 개입을 정당화한다. 휴머니즘적 종교 생태학에서 인간의 참여나 개입은 자연에 대한 인간의 '책임'과 맞물리는 개념이다.

종교 생태학은 자칫 과학의 시대에는 어울리지 않는 허황하고 관념적인 생태학으로 오인될 가능성이 있다. 그러나 종교 생태학의 논리는 자연과학적 인식으로 충분히 이해가 가능하다. 종교 생태학의 일원론과 이원론적 인식은 에드워드 윌슨의 견해에 비추어 볼 수 있다.

생물학자들은 유전체 연구에 생명의 유전적 통일성이라는 또 다른 윤리적 가치가 잠재되어 있음을 지적한다. 모든 생물은 동일한 원시 조상 생물에서 유래되었다. (중략) 오늘날의 모든 생물들은 지구상에 35억년 전에 나타났던 단일 조상을 가지기 때문에 기본적인 분자 형질을 고유하고 있다. (중략)

이것 말고도 중요한 가치가 있다. 그것은 인간의 사회 행동 유전자에 프로그램화되어 있는 것 같은 관리인 정신이다. 모든 생물은 단일한 공통 조상으로부터 비롯되었기 때문에 인류가 태어났을 때 생물군 전체가 '생각하기 시작했다고 말하는 것이 좋을 듯하다. 다른 나머지 생명이 몸이라면 인간은 마음이다. 따라서 윤리적인 관점에서 바라본 자연계에서의 우리 위치는 피조물에 대해서 생각하고, 살아있는 지구를 보호하자는 것이다.17)

생물학적 연구 결과에 의하면 지구상의 모든 생물들은 35억년 전의 원시 조상 생물을 단일한 공통 조상으로 삼고 있기 때문에 '유전적 통일성'을 갖는다. 지구상의 모든 생물들은 진화론적으로 혈연 관계를 맺고 있는 것이다. 이러한 인식은 자연주의적 종교 생태학의 일원론적 인식과 포개어진다. 생태학적 일원론은 자연과 인간을 전일적 관계로 파악한다.

윌슨은 '유전적 통일성'이라는 일원론과 더불어 '관리인 정신'이라는 이원론적 인식을 드러낸다. 자연과 인간은 근본적으로 전일적인 유기체로 엮여 있지만, "다른 나머지 생명이 몸이라면 인간은 마음이다"라는 점에서 자연과 인간은 변별된다. 자연과 인간은 유전적인 통일체이지만, 자연이 몸이라면 인간은 마음이다. 그것은 인간도 자연의 일부이지만, 인간이 자연에 대하여 특정한 윤리적 '책임'을 져야한다는 의미를 내포한다.

---

17) Edward Wilson, 전방욱 역, 『생명의 미래』, 사이언스북스, 2005, 209쪽.

제5장

신비주의적 서정성과
종교 생태학적 상상력

앞에서 고찰하였듯이 서정시와 생태학은 유사한 이념적 지향성을 보여
준다. 생태학의 하위 범주로서 종교 생태학은 서정성의 하위 범주로서 '신
비주의적 서정성'[18]과 견주어 볼 수 있다. 종교 생태학이 다양한 종교적
사유에 착근한 생태학이듯이 신비주의적 서정성도 종교에 토대를 둔 서정
성이다. 신비주의적 서정성은 신비적 대상이 전제된 동일성을 지향한다.

신비주의자는 영원하고, 신적(神的)인 이러한 총체와 동일시됨을 느낀
다. 그는 많은 것 앞에서 눈을 감고, 충만한 것을 하나의 것에 끌어들여,
시간을 신의 '심오의 충만(sunder warumbe)'으로서 영원 속에 상승시킨
다. 이에 반해 서정적으로 정조를 느끼는 인간의 '심오의 충만(sunder
warumbe)'은 친밀하게 한정되어 있다. 그는 이러한 정경, 이러한 음조와

---

18) 신비주의적 서정성의 개념과 양상에 대한 보다 자세한 논의는 다음 저서를 참고할
    수 있다. 본서의 논의는 다음에 기초하고 있다. 김옥성, 『한국 현대시의 전통과 불교
    적 시학』, 새미, 2006, 26~38쪽. ; 김옥성, 『현대시의 신비주의와 종교적 미학』, 국학자
    료원, 2007, 47~54쪽.

하나가 됨을 느끼는데 그 느낌은 영원 아닌 바로 너무나도 무상한 것과 하나가 되는 느낌이다. 구름들은 흩어져 가고, 미소들은 없어져간다.
(중략)
그리하여 영혼도 변화한다. 신비주의자가 신 속에 논란의 여지가 없는 고요를 지키고 있는 반면, 서정적인 시인의 마음은 유동적이다. 생명 속에 항상 어떤 하나가 남몰래 또 다른 무엇으로 되어 가듯 서정적인 정조가 신비의 정밀(靜謐)에로 맑아짐은 얼마든지 있을 수 있는 일이다.[19]

슈타이거가 말하는 '신적인 총체'와의 동일시는 신비주의의 '신비적 합일(unio mystica)'에 맞닿아 있다. 서정성이 단순히 덧없는 대상들과의 우발적이고 순간적인 동일화라면, 신비주의적 서정성은 신비적 대상이 전제된 세계와의 합일의 경험이다. 신비적 대상과의 합일은 무상한 대상과의 덧없는 동일시의 경험이 아니라 무한과 영원의 지평에 놓인다.

신비적 대상은 초월적 존재라는 보편적인 의미를 지니지만, 종교적 기반에 따라 샤머니즘적인 영(spirit)이나 영성(spirituality), 불교의 연기법(緣起法)이나 불성(佛性), 도교나 유교의 도(道), 이(理), 그리고 기독교의 신(神), 신성(神聖), 신의 은총 등과 같은 다양한 양상으로 이해가 가능하다.

다양한 신비적 대상들은 자연과 인간에 균등하게 신비를 부여하면서 자연과 인간을 평등하고 유기적인 공동체로 묶어놓는다. 현대시의 종교 생태학적 상상력은 신비적 대상을 매개로 전개되는 자연과 인간의 신비로운 생태학적 공동체에 대한 상상력이다. 샤머니즘 생태학적 상상력에서 영적 대상이 자연과 인간을 영적 공동체로 엮어놓는다면, 불교 생태학적 상상력에서는 신비적 인과론인 연기법과 신비적 대상으로서 불성 등이, 도교나 유교에서는 '도', '이' 등이, 그리고 기독교에서는 신의 은총이나 신

---

19) E. Steiger, *Grundbegriffe der Poetik*, 오현일·이유영 역, 『시학의 근본개념』, 삼중당, 1978. 98쪽.

성이 자연과 인간을 신비로운 생태학적 공동체로 결속시킨다.

생태 위기의 심층적 원인은 신비의 상실과 밀접하게 관련되어 있다. 근대 과학은 자연과 인간에게서 신비를 추방하면서 세계를 물리적 대상으로 전락시켰다. 종교 생태학적 상상력은 잃어버린 신비를 소환하면서 자연과 인간에 신비를 부여하고 신비적 관계를 복원하는 양상을 보여준다.

제6장

자연미(Naturschöne),
미메시스(mimesis),
바이오필리아(biophilia)

근대 미학의 핵심적인 논리는 미적 자율성이다. 자율성의 논리는 미학의 주권성을 확보하는 데에 결정적인 기여를 하였다. 그러나 다른 한편으로는 예술의 고립화를 초래하였다. 근대의 속성으로서 파편화와 고립화는 생태 위기의 결정적 요인이다. 따라서 미적 자율성 차원의 근대 미학은 반생태적인 길을 걸어올 수밖에 없었다.

근대 미학은 종교나 도덕과 같은 권력의 지배에서 벗어나 주권성을 확보하기 위하여 자율성의 이념을 내세우면서, 한편으로는 화학적으로 순수한 미학이라는 불가능한 허상을 잠재적인 종착역으로 설정한다. 그러나 우주 안에 화학적으로 순수한 영역은 존재할 수 없으며, 모든 존재는 관계와 혼종의 상태를 벗어날 수 없다. 예술도 타자와의 관계와 이질적인 요소들과의 뒤섞임 속에서 보다 예술적일 수 있다. 이제 화학적인 순수는 과거적 예술의 이념이 되어버렸다. 중요한 것은 순수성이 아니라 타자와의 관계성 속에서 예술이 예술성을 유지해나가는 일이다. 그러한 점에서 생태 시학은 21세기 예술의 소명에 대해 생각할 계기를 제공해준다. 생태 시학은 미학(시학)과 생태 윤리를 양대 축으로 삼으면서 다양한 관계망을 형성하기 때문이다.

생태학적 상상력은 자연미에 대한 관심과 밀접한 관련을 지닌다. 서구의 미학사에서 오랜 기간 동안 예술은 자연의 모방으로 이해되었다. 플라톤과 아리스토텔레스에 이어 칸트의 미학에서도 그러한 생각을 찾아볼 수 있다. 이러한 전통에서 자연미는 예술미보다 우월하다. 그러나 예술의 자율성이 강화되면서 예술은 자연으로부터 독립된 독자적인 영역으로 간주되기에 이른다.

예술미에서 자연미의 추방은 예술의 인간중심주의를 상징적으로 보여준다. 근대 예술에서 자연은 타자적 존재로 예술의 외부로 밀려난다. 근대의 인간중심주의는 예술에서도 자연을 추방하면서 예술의 반생태화를 초래한 것이다.

생태학적 상상력의 차원에서 칸트의 자연미에 대한 관심은 시사적이다.

> 예술의 미에 대한 관심이 전혀 도덕적 선에 충실하다든가 또는 단지 그것을 애호한다든가 하는 심적 태도를 증명하는 것이 아님은, 나도 물론 거리낌 없이 승인하는 바이다.
> 그러나 자연의 미에 대하여 직접적인 관심을 가진다는 것은 언제나 선한 심령의 표징이요, 또 이러한 관심이 습관적이며, 자연의 정관과 흔히 결부되는 것이면, 그러한 관심은 적어도 도덕적 감정에 호감을 가지는 심적 상태를 나타내는 것이라고, 나는 주장한다.(중략)
> 들에 피어 있는 꽃, 새, 昆蟲 등의 아름다운 형태를 홀로 바라보면서, 그것을 감탄하고, 그것을 사랑하며 또 설사 그것들 때문에 다소의 손해를 입는다든지, 그것들로부터 자기에게 어떤 이익이 나올 가망은 더욱 없다고 할지라도, 그것들이 널리 자연에서 사라진다면 애석하게 생각할 사람은, 자연의 미에 대해서 직접적이며 또한 지적인 관심을 가지는 사람이다.[20]

칸트에 의하면 예술미에 대한 관심은 '도덕적 선'에 대한 충실도를 반영한다고 단정할 수 없다. 그러나 자연미에 대한 관심은 분명히 '도덕적 선'에 대한 충실도와 관련된다는 것이다. 그에 의하면, 들판의 꽃, 새, 곤충 등의 아름다운 형태를 감상하면서 감탄하고 사랑할 줄 아는 사람은 진정 도덕적으로 선한 영혼을 소유한 사람이다.

그의 미학에서 자연의 아름다움은 도덕적 선의 상징으로 이해될 수 있다. 그렇게 본다면 자연의 아름다움을 훼손하는 행위는 분명히 도덕적인 잘못이다. 인간에게는 자연의 아름다움을 지켜낼 도덕적인 의무가 있다. 이러한 칸트의 자연미 개념은 충분히 생태 미학적인 함의를 갖는다.[21]

칸트 미학에서 자연미와 예술미는 날카롭게 구분된다. 그렇다고 해서 양자가 단절된 것은 아니다. 예술미는 자연미보다 열등하지만, 자연미를 모방하고 변형하면서 자연미에 다가갈 수 있다. 예술미는 자연미를 모방하면서 창조되어 자연미에 가까워지면서 더 높은 가치를 지니게 된다. 자연미를 예술미로 재창조하는 일은 천재의 몫이다.

칸트 이후 예술의 자율성에 대한 인식이 강화되면서 예술미는 자연미로부터 단절되는 양상을 보인다. 헤겔의 경우, 자연미보다 예술미에 우월성을 부여하면서 예술미와 자연미를 분리시킨다. 헤겔의 미학에서 정신은 우월적 위치를 차지하는데, 예술은 정신으로부터 탄생한 것이다. 반면 자연은 정신의 타자적 존재이다. 따라서 정신으로부터 생성된 예술미가, 정신이 결여된 자연미의 우위에 자리하는 것이다.[22]

근대 미학 체계에서 자율성에 대한 인식 강화에 힘입어 예술은 자연뿐

---

20) I. Kant, 이석윤 역, 『판단력 비판』, 박영사, 1996, 175~176쪽.
21) 칸트 미학의 생태학적 함의에 대한 논의로는 다음을 참고할 수 있다. 김진, 『칸트와 생태주의적 사유』, UUP, 1998.
22) 헤겔의 자연미와 예술미에 대한 논의로는 다음을 참고할 수 있다. G.W.F. Hegel, 두행숙 역, 『헤겔 미학 I』, 나남출판, 1997.

만 아니라 종교, 도덕, 사회-정치적 권력으로부터도 독립되는 영역을 확보한다. 예술의 자율성이 예술의 내포와 외연을 심화하고 확장시키는 데에 많은 기여를 한 것은 사실이다. 그러나 자율성은 예술의 빈곤화를 초래하였다. 특히 생태학적 관점에서 본다면 예술미에서 자연미의 추방은 반생태화의 과정으로 이해할 수 있다.

아도르노는 근대 미학의 자율성 논리에서 오랫동안 추방된 자연미의 가치를 부활시킨다. 아도르노는 "칸트를 시발점으로 쉴러와 헤겔은 일관성 있게 자유와 인간적 품위의 개념을 미학에 도입"하면서 "자연미는 미학에서 사라지게" 되었고, "이 세상에는 자율적인 주체에 의해 이루어진 것 이외에는 아무것도 존중할 것이 없"게 되었다고 말한다.[23)]

도구적 이성에 의해 타자적인 것이 추방당한 현대사회는 '관리되는 사회'이다. '관리되는 사회'에서 비동일자인 자연은 예술에서 추방당하였다. 자연미의 퇴거는 심층적인 차원에서 인간의 자연 지배, 나아가 인간의 인간 지배와 연결되어 있다. 아도르노가 제시하는 '자연미'는 자연과 인간을 지배하고 착취하는 동일자의 폭력을 폭로하면서 "화해된 상태에 대한 암호"를 제공해주는 기능을 한다.[24)] 타자-비동일자로서 자연의 미적 차원인 '자연미'는 '관리되는 사회' 외부의 유토피아적 비전의 의미로 이해할 수 있다.

그렇다면 어떻게 예술미는 자연미에 다가갈 수 있는가. 아도르노는 미메시스의 방법을 제안한다. 미메시스는 단순한 모방과는 다르다. 타자를 지배하지 않고 타자와 유사해지는 방법으로서 미메시스는 주체가 아니라 타자를 중심으로 동일화를 이룬다.[25)] 미메시스는 타자를 지배하지 않고

---

23) T.W. Adorno, 홍승용 역, 『미학이론』, 문학과지성사, 1995, 106~107쪽.
24) T.W. Adorno, 『미학이론』, 123~124쪽.
25) 아도르노의 미메시스에 대한 한국 현대시 분야의 논의로는 다음을 참고할 수 있다.
최승호, 『서정시와 미메시스』, 82쪽.

타자에 다가가는 조화와 화해의 방식인 것이다. 미메시스는 생태 위기의 심층적 근원으로 지적되는 근대의 인간중심주의적 사유에 대한 비판적 대안을 제공해줄 수 있다.

근대 예술에서 자연의 가치는 지나치게 간과되어 왔다. 생태 위기를 경험한 오늘날 예술과 자연의 화해는 의미심장하다. 생태 시학의 차원에서 칸트와 아도르노의 미학은 주목할 만하다. 자연미에 대한 관심을 도덕성과 연결시킨 칸트의 미학은 생태 시학과 윤리의 관계에 대하여 시사하는 점이 많다. 그리고 아도르노의 자연미와 미메시스에 대한 논의는 근대의 자율성 논의에 의해 오랫동안 망각되어온 자연미의 가치를 부활시켰다는 점에서 중요한 의미를 지닌다. 아도르노의 미학은 생태 위기의 심층적인 기원인 근대의 인간중심주의와 동일성의 폭력을 비판하면서 생태학적 예술의 가능성을 제시해준다.

진화심리학적인 차원에서 에드워드 윌슨은 '인간은 왜 자연에서 아름다움을 느끼는가?'라는 질문에 대해 다음과 같은 해답을 준다.

> 따라서 진화사의 극히 최근까지 특정한 자연 환경에 의존해서 살았던 생물학적 종인 인간이 이들 앞에 놓인 무수한 자연 환경과 인공 환경 중에서 사바나와 중간 지역 삼림을 심미적으로 선호하는 경향이 있다는 것은 하등 놀랄 일이 아닌 것이다. 일반적으로 우리가 미학(aesthetic)이라고 부르는 것은 뇌가 특정한 자극을 통해 얻은 쾌감에 불과하다고 볼 수도 있다. 진화가 우리의 뇌를 그렇게 적응시킨 것이다.[26]

윌슨은 '사바나 가설'로 인간의 자연 환경에 대한 심미적 선호를 설명한다. 인간은 일반적으로 사바나와 유사한 자연 환경을 거주지로 선호한다. 그 이유는 인류가 아프리카의 사바나와 중간 지역 삼림에서 탄생했으며, 200만년 가까운 시간 동안 그러한 환경에서 살아왔기 때문이다. 현대인들

---

26) Edward Wilson, 『생명의 미래』, 216쪽

은 진화사적인 차원에서 '최근까지'[27] 조상들이 살아온 환경을 좋아하도록 유전적으로 설계되어 있다. 윌슨의 진화생물학적 견해에 의하면 인류가 아름다운 자연 환경을 심미적으로 선호하는 것은 진화에 의한 유전적인 결과이다. 윌슨은 인간의 자연에 대한 유전적인 사랑을 '바이오필리아(biophilia)'라는 개념으로 설명한다. 결국 자연에 대한 심미적 선호나 생명에 대한 사랑은 인간 본성의 일부라는 것이다.

윌슨은 바이오필리아를 예방의학에 적용할 수 있는 가능성에 대해서 언급한다. 그에 의하면 자연미와 다양한 생물들은 인류의 건강에 긍정적인 효과를 미친다. 자연과의 관계 회복만으로도 인류는 다양한 질병의 발병을 늦추거나 피할 수도 있다.[28]

한편 그는 '심층 역사(deep history)'와 '관리인 정신'의 관점에서 인간과 자연의 공생적이고 친밀한 관계를 규정한다.

> 유전적인 통일성, 친족 관계, 그리고 심층 역사(deep history)에 대한 감각은 생물계와 우리를 묶어 주는 가치들이다. 이들은 우리 자신과 우리 종을 위한 생존 기작(機作)이다. 그리고 생물학적 다양성을 보존하는 것은 불멸성에 대한 투자인 것이다.[29]

먼저 '심층 역사'란 '진화의 역사'이다. 지구 상의 모든 생명체들은 유전적인 통일성을 갖추고 있다. 그것은 지구상의 모든 생명체들이 공통 조상으로부터 분가하여 나온 친족들이라는 점을 말해준다. 진화 서사시에 의하면 인류의 자연-생명에 대한 사랑은 다름 아닌 형제애이다. 진화 서사시는 생태 윤리를 뒷받침해줄 수 있는 대안적 '창조 신화'를 제공해준다.

---

27) "200만 년이라는 그 시간을 70년이라는 수명으로 줄여놓는다면 사람은 69년 8개월을 조상들이 살아온 환경에서 지냈으며, 나머지 120일 동안만 농경 생활을 하고 촌락을 이루면서 살아온 것이다." Edward Wilson, 『생명의 미래』, 214~215쪽.
28) Edward Wilson, 『생명의 미래』, 218~221쪽.
29) Edward Wilson, 『생명의 미래』, 211쪽.

윌슨은 지구-생명체의 시스템 안에서 인간의 위상을 '관리인'으로 규정한다. 공통 조상으로부터 여러 갈래의 가지로 뻗어나온 생명체들은 하나의 지구-생물군을 형성한다. 지구-생명체 시스템에서 인류가 태어났을 때 지구-생물군은 비로소 생각하기 시작한 것이다. 윌슨은 "다른 나머지 생명이 몸이라면 인간은 마음이다"[30]라고 말한다. 지구-생물군에서 인간의 위상은 "다른 피조물에 대해서 생각하고, 살아 있는 지구를 보호하는" 관리인으로 규정된다.

윌슨에 의하면 인간은 유전적으로 자연을 아름답게 느끼고 사랑하도록 설계되어 있다. 진화사의 관점에서 인간은 지구의 모든 생명체들과 친족관계를 형성하고 있으며, 지구-생명군에서 관리인이라는 위상을 지닌다.

---

30) Edward Wilson, 『생명의 미래』, 209쪽.

제 7 장

종말론, 이상향, 생태학적 공동체

　자연과 생명에 대한 사랑과 마찬가지로, 종말에 대한 두려움도 인간 본성의 일부이다. 종말론은 좁게는 세계의 종말에 관한 사유이지만, 넓게는 인간 개개인의 죽음에 관한 논의를 포함한다. 인간은 개체적인 인간의 죽음을 두려워할 뿐만 아니라 자신이 속해 있는 공동체의 종말을 두려워하기도 한다.

　인류는 까마득한 때부터 지금까지도 끊임없이 종말에 대한 두려움을 표현하여 왔다. BC 2800년경의 아시리아 서판에도 임박한 종말에 대한 예언이 기록되어 있으며[31] 근래에 상영된 '2012'를 비롯하여, '노잉 (Knowing)', '딥 임팩트(Deep Impact)', '아마겟돈(Armagedon)', '인디펜던스 데이(Independence Day)', '투모로우(The Day After Tommorrow)' 등의 영화는 공통적으로 지구 종말에 대한 인류의 불안과 공포를 반영하고 있

---

31) 인류사에서 최근까지 지속적으로 제기되어온 다양한 종말론에 대해서는 다음을 참고
　할 수 있다. Sylvia Browne, 노혜숙 역, 『종말론』, 위즈덤하우스, 2010, 13~20쪽.

다. 실비아 브라운은 은유적으로 '우리 인간들은 원래 유전자 안에 종말에 대한 두려움을 갖고 태어난다'[32]고 말한다.

생태주의는 심층적인 차원에서 인류의 종말론적 공포와 이어져있다.[33] 오늘날 인류가 당면한 생태 위기는 지구의 종말과 맞물려있기 때문이다.[34] 지구 종말의 요인으로는 소행성 충돌, 대지진이나 화산 폭발 등 다양한 시나리오가 제기된다. 다른 요인과 달리 생태 문제로 인한 지구 종말은 인류의 윤리 의식과 직결된다. 생태 문제로 인한 지구의 종말은 인류가 스스로 자신의 서식지를 파괴하면서 자초한 일이므로 인류의 책임이다. 생태주의는 자연과 지구에 대한 새로운 생태 윤리 정립을 통하여 생태 문제로 인한 지구의 종말을 막아내고자 한다.

한편으로 동서고금을 막론하고 인류는 끊임없이 이상향에 대한 꿈을 펼쳐왔다. 인류가 상상한 이상향은 낙원, 종말론적 신국(神國), 유토피아 등의 세 가지로 범주화해 볼 수 있다. 이상향을 분류하는 방법은 다양하지만, 세 가지로 분류할 경우 각각은 다음과 같이 규정할 수 있다.

낙원은 '요순시대', '에덴'과 같이 시간적으로 역사 외부의 '아득히 먼 때', '황금시대'이거나, 공간적으로 경험적 현실 외부의 '먼 어떤 곳'에 해당하는 '무릉도원', '샹그릴라' 등과 같은 장소이다. 낙원은 역사와 현실 외부에 존재하는 어떤 곳이다.

종말론적 신국은 기독교의 '천년왕국'이나 '하나님 나라'와 같이 역사의 종말 후에 도래하는 신적인 세계이다. 종말론적 신국은 인간의 힘보다는

---

32) Sylvia Browne, 『종말론』, 61쪽.
33) 한국에서 생태시 운동은 1990년대에 가장 활발하게 전개된다. 1990년대 한국의 생태시 운동은 1900년대에서 2000년대로 넘어가는 세기 전환기의 세기말 증후군이나 종말론적 공포와 맞물려 있는 것으로 추정할 수 있다.
34) 울리히 벡에 의하면 현대사회는 "위험 사회"이다. "위험 사회"에서 현대인이 느끼는 존재론적 불안의 심층에는 생태 위기가 자리 잡고 있다. Ulrich Beck, 홍성태 역, 『위험 사회』, 새물결, 2006, 52~98쪽 참고.

신의 힘에 의해 완성되는 영역이다. 낙원이 과거에 있었거나, 역사와 현실 외부에 상상적으로 현존하는 데에 반하여, 종말론적 신국은 장차 도래할 미래적인 세계라는 점에서 차이를 보인다.

낙원이나 종말론적 신국은 인간의 힘으로 역사와 현실 안에 건설되는 세계가 아니다. 반면 유토피아는 이성이나 과학과 기술 등과 같은 인간의 힘에 의하여 경험 세계의 역사 안에서 이루어질 수 있는 이상적인 세계이다.[35]

세 범주를 관류하는 이상향의 기본적인 조건 중의 하나가 아름답고 풍요로운 자연이다.[36] 대부분의 이상향에서 인간은 쾌적하고 풍요로운 자연 속에서 평화롭게 거주한다. 자연이 배제된 이상향은 거의 찾아볼 수 없다. 인간은 자연 속에서 진정한 행복을 누릴 수 있다. 왜냐하면 유전적으로 인간은 야생 상태의 자연을 동경하고, 다른 생명을 사랑하도록 설계되어 있기 때문이다[37]. 따라서 인류의 이상향은 대개 신비가 간직된 자연에서 인간과 다른 생명체들이 조화롭고 평화롭게 공존하는 세계로 묘사된다.

생태주의는 생태 위기로 인한 지구 종말에 대한 두려움, 그리고 자연과 인간이 조화롭게 공존하는 이상향에 대한 인류의 보편적인 동경에 심층적인 토대를 두고 있다. 따라서 생태주의는 근본적으로 지구가 생명의 불모지로 황폐화되는 것을 막고, 지구를 쾌적하고 풍요로운 이상향으로 가꾸려는 경향을 지닌다.

생태학 담론에서 종말에 대한 두려움과 이상향에 대한 동경은 공동체 의식과 맞물려 있다. 생태주의는 '지구'라는 생태학적 공동체가 종말에 이

---

35) 이러한 이상향의 분류와 관련된 논의로는 다음을 참고할 수 있다. 임철규, 『왜 유토피아인가』, 민음사, 1997, 11~30쪽.
36) Richard Harris, 손덕수 역, 『파라다이스』, 중명, 1999, 144~156쪽 참고.
37) 윌슨은 인류가 가진 자연에 대한 유전적인(본능적인) 사랑을 '생명 사랑(biophilia)'으로 규정한다. Edward Wilson, 『생명의 미래』, 205~230쪽 참고.

르는 것을 막고, 자연과 인간이 조화롭게 공생하는 이상적인 공동체로 가꾸려는 노력을 보인다. 생태주의는 인간-공동체에 정향된 근대-기계적 세계관을 비판하면서, 자연과 인간이 조화와 균형을 이루는 생태학적 지구-공동체를 지향한다.

생태학적 공동체론은 지구-생태계 내에서 인간의 행복 추구를 지향한다는 점에서 근대의 인간중심주의의 연장선에 놓여 있다는 비판도 충분히 가능하다. '인간'의 모든 사유와 이념은 인식과 실천의 주체로서 '인간'의 한계를 벗어날 수 없기 때문에 그러한 비판을 피해갈 수는 없다.

생태학적 공동체론이 근대적 인간중심주의의 오류를 되풀이 하지 않기 위해서는, 게리 스나이더의 주장처럼 자연의 목소리를 듣고 자연을 또 다른 주체로 인정하는 정신적 각성을 필요로 한다. 그러한 정신적 각성은 서정시의 세계관에도 잘 드러난다.

그러나 서정시와 생태학이 미학적이고 상상적인 차원에 매몰될 때에는 인간의 한계에 대한 반성과 성찰에 취약해진다. 서정시와 생태학은 인식과 실천의 주체로서 '인간'의 한계를 명확히 직시하면서 자연을 인간과 대등한 주체로 인정하고 자연과 인간의 공생과 공영을 추구하는 노력을 게을리 하지 않을 때에, 보다 심오하면서도 현실적이고 실천적인 차원에 도달할 수 있을 것이다. 본서는 이러한 점들을 고려하여 한국 현대시에 나타난 종교 생태학적 상상력을 고찰하면서 다양한 생태학적 공동체의 모델을 탐색할 것이다.

제2부

샤머니즘 생태학적 상상력
Poetic Imagination of Shamanistic Ecology

제1장

샤머니즘 생태학

샤머니즘은 범지구적인 보편성과 지역적인 특수성을 지니고 있다.[1] 범지구적으로 나타나는 보편적 샤머니즘은 인류의 종교적 원형에 가깝다. 특히 샤머니즘적인 영성(spirituality)은 샤머니즘에 국한되지 않고, 대부분의 종교의 심층에 자리 잡고 있다. 대부분의 종교에서 영성은 핵심적인 요소로 간주된다. 특수성의 차원에서 샤머니즘은 시대와 지역에 따라 다양한 양상을 보여준다.

샤머니즘 생태학도 보편성과 특수성을 지닌다. 여기서는 보편성의 차원에서 영적 세계관을 살펴보고, 특수성의 차원에서 한국 현대시와 관련된 세 가지 관점을 밝히고자 한다.

샤머니즘 생태학에서 핵심적인 개념이 '영(spirit)'이다. 샤머니즘은 우주 만물에는 '영(靈)'이 깃들어 있다고 보기 때문에, "범령(凡靈) 사상" 또는

---

[1] '샤머니즘'이라는 용어는 학자들에 따라 무속, 무, 무교, 굿 문화 등 다양한 개념으로 사용되고 있다. 이 글에서는 '샤머니즘'으로 통일한다. 본서의 '샤머니즘'은 세계적인 보편성과 지역적인 특수성을 포괄하는 개념으로 사용된다.

"만령(萬靈) 사상"으로 규정될 수 있다[2]. '영'은 초자연적 존재로서, 신적 존재인 신령(神靈), 사람의 영혼인 생령(生靈)과 사령(死靈), 그리고 생물과 기타 삼라만상에 깃들어 있는 영혼이나 정령, 힘 등으로 매우 다양하고 유동적인 의미를 갖고 있다.[3]

'영'은 매우 다채로운 스펙트럼을 지니지만 다음과 같은 공통점을 지닌다. 첫째, 대부분의 영은 생물과 무생물을 포함한 자연의 구성물에 깃들어 있다. 그것은, '영'의 거처로서 자연이 인간과 영이 접촉하는 매개항이 된다는 점을 의미한다. 둘째로, '영'은 인간을 이롭게 하는 기능과 해롭게하는 상반된 기능을 지닌다. 샤머니즘의 사유체계에서, 자연의 삼라만상에는 깃들어 있는 '영'은 인간이 자연을 신성시하면 이로움을 주는 반면함부로 다루는 경우에는 해를 끼친다.

샤머니즘의 '범령 사상'은 우주 만물에 대한 경외심을 담고 있다. 우주만물은 인간과 대등한 영적 가치를 지니고 있기 때문에 존중할 필요가있다. 그것은 샤머니즘이 자연을 지배의 대상이 아니라 상호 의존적인 공존의 대상으로 상정하고 있음을 의미한다. 인간과 자연의 이같은 관계 설정은 샤머니즘이 근본적으로 생태학적임을 말해준다.

샤머니즘의 생태학적 사유체계는 인간관과 우주관의 차원에서 다음과같이 정리된다.

첫째, 샤머니즘 생태학의 인간관은 '영적 인간관'이다. 샤머니즘 세계관에서 샤먼이나 무당은 신, 영혼, 정령과 같은 신비적 대상과의 "교류 전문가"[4]이다. 샤먼은 인간과 '영'의 갈등이나 부조화를 진단하고 조절하면서,

---

2) 김열규, 『동북아시아 샤머니즘과 신화론』, 아카넷, 2003, 40쪽.
3) 한국 무속에 나타난 다양한 '영'에 대해서는 김태곤의 연구를 참고할 수 있다. 한국 무속의 상위 범주로서 샤머니즘의 '영'의 종류와 범주도 이에 준하여 이해할 수 있을 것이다.
   김태곤, 『한국무속연구』, 집문당, 1995, 296~307쪽 참고.
4) 김열규, 『동북아시아 샤머니즘과 신화론』, 32쪽.

'인간'과 '영'이 하모니를 유지하는 데에 주도적인 역할을 한다.

샤머니즘 생태학은 삼라만상을 영적 대상으로 경험하는 샤먼적 주체로서 '영적 인간'의 모델을 제시해준다. 샤머니즘 생태학의 '영적 인간'은 자연을 물리적 대상이 아니라 신비와 영혼의 담지자로 경험하는 인간이다. '영적 인간'은 세계를 '영적 우주'로 경험하면서 자연과 인간을 평등하고 상호 의존적인 관계로 인식한다.

둘째, 샤머니즘 생태학의 우주관은 '영적 우주관'이다. 샤머니즘 세계관에서는 우주 만물이 인간의 영혼에 상응하는 '영'을 담고 있다. 샤머니즘의 '영'은 유대-기독교 전통의 유일신, 유교와 도교의 이(理)나 기(氣)에 대응하는 신비적 대상이다.

본질적으로 기독교의 신비적 대상은 인격적인 신으로서 인간의 세계와 분리되어 있는 이원론적인 신비이다. 유교와 도교의 '이'와 '기'는 자연과 인간, 물질과 정신을 관류하는 일원론적인 신비이지만 추상적이며 비인격적인 성격을 지닌다.

기독교의 신관념이 근본적으로 천공신으로서 수직적인 초월성을 지닌다면, 샤머니즘의 신관념은 다신적 자연신으로서 수평적이며 인간의 영혼과 대등한 위치에 놓인다. 유교와 도교의 이와 기가 추상적인 원리나 에너지인 반면, 인격이나 힘으로 경험되는 샤머니즘의 '영'은 인간의 삶에 직접적으로 개입하는 구체적인 성격을 지닌다.

인간과 삼라만상에 깃들어 있는 '영'은 인격적인 존재이거나 '힘'과 같이 구체적인 속성을 지닌다. 그리고 그러한 '영'들은 본질적으로 수평적이며 대등한 위상을 지닌다. 샤머니즘의 세계관에서 우주는 그러한 '영'들로 꽉 채워져 있다.

'영적 인간관'과 '영적 우주관'으로 요약할 수 있는 샤머니즘 생태학에서 인간은 '영'의 소유자이며, 자연 또한 '영'으로 충만한 세계이다. '영'은 인간과 우주 만물이 단순한 물리적 대상이 아니라 존중해야만 하는 신성한 존재라는 점을 말해준다. 최근의 샤머니즘적인 생태 담론은 인류가 잃어버린 '영성'의 회복을 주장한다. 스스로의 영성의 회복을 통해 인류는 세계의 영성을 인식할 수 있다. 세계 영성의 인식을 통해 인류는 근대와 과학의 오만을 반성하고 자연의 신비를 존중할 수 있게 된다.

본서에서는 한국 현대시에 나타난 샤머니즘 생태학적 사유를 영적 농경의식, 샤머니즘적 의인화, 샤머니즘적인 영혼과 저승 인식 등의 세 관점에 무게를 두고서 논의를 전개한다.

첫째, 영적 농경 의식은 농경 문화와 관련되어 있다. 한국의 샤머니즘은 오랜 세월 농경 문화의 토대에서 한국인과 호흡을 같이 하여 왔다.[5] 샤머니즘과 결합된 농경 문화에서 토지는 단순한 물리적 경작지가 아니라 영적인 존재가 내재하는 신성한 육체와도 같다. 영적인 육체를 경작하는 농경적 노동도 단순한 육체적 활동이 아니라 대지의 신성한 생명력-영성에 참여하는 영적 활동으로 이해된다.[6]

둘째, 샤머니즘의 영적 우주관은 의인적 세계인식으로 나타난다. 영적 우주관은 만물을 영적 존재로 인식하기 때문에 만물에 인격을 부여하게 된다.[7] 의인적 세계관에서 자연은 타자가 아니라 인간과 대등한 영성과

---

5) 임재해는 전통적 농경 사회의 샤머니즘적 유풍(굿 문화)을 통해 한국 샤머니즘이 농경 문화와 긴밀하게 결합되어 있음을 보여주고 있다. 가령, 농경은 자연현상의 영향을 많이 받기 때문에 기후 현상도 영적 존재로 인식된다. 뿐만 아니라 나무를 베거나 땅을 파는 행위도 일종의 영적 행위로 인식되었음을 지적하고 있다. 임재해, 「굿 문화에 갈무리된 자연 친화적 사상」, 이도원 편, 『한국의 전통생태학』, 사이언스북스, 2004, 194~203쪽 참고.

6) 엘리아데의 논의에 의하면 고대인들에게 농경은 종교적인 영역이었다. 본서의 논의에서 샤머니즘의 영적 농경의식은 그러한 고대인들의 농경 의식과 유사한 개념이다. Mircea Eliade, 이재실 역, 『종교사 개론』, 까치, 1994, 313~342쪽.

7) 佐佐木宏幹은 샤머니즘의 세계관을 애니미즘적 영혼관으로 규정하면서 다음과 같이 설명한다. "영혼은 인간과 같이 희로애락의 감정을 가지고 있으므로 인격적이라고 생각한다. 여러 민족에 있어서, 영혼은 오직 인간에게만 인정되고 있는 것은 아니고,

인격을 지닌 친족으로 인식된다. 그렇기 때문에 고대인들은 흔히 자연과 친족 관계를 맺었다.[8] 샤머니즘적 의인화는 만물 평등의 생태학적 인식과 직결된다.[9]

셋째, 샤머니즘 생태학적 사유는 자아의 불멸하는 영혼을 인정한다. 육체와 결합된 생존은 순간적인 것이지만, 죽음 이후의 영혼의 상태는 영원하고 근원적인 것이다.[10] 따라서 샤머니즘적 세계관의 자아정체성에서는 현세 못지않게 사후의 영혼도 큰 비중을 차지한다. 사후의 영혼은 죽음과 더불어 현세와 온전하게 단절되지 않는다. 불멸의 영혼은 본질적으로는 '다른 세계'에 편입되지만 수시로 현세에 현현한다. 따라서 세계는 무수히 많은 사자들의 영혼으로 가득 채워진 영역으로 인식된다. 그러한 영혼은 세계를 신비화하여 우주 만물에 대한 존중과 경외심을 불러일으킨다.

불멸하는 영혼의 관념은 사후 세계인 저승이라는 개념과 맞물린다. 생태학적인 저승은 이승과 단절된 공간이 아니라 이승의 이면에 깃들어 있다. 그 때문에 불멸의 영혼은 이승과 저승을 '비교적' 자유롭게 넘나든다.

동물·식물에서 자연 현상에까지 인정되고 있다." 佐佐木宏幹, 김영민 역, 『샤머니즘의 이해』, 박이정, 1999, 74~77쪽.
8) 북친은 원시사회의 자연에 대한 친족 관계 인식을 현대적 상황에 맞추어 재정립할 필요가 있다고 말한다. 송명규, 『현대 생태 사상의 이해』, 따님, 2008, 123쪽 참고.
9) 의인화는 인간중심주의적인 기법으로서 자칫 반생태주의적인 사고의 산물로 비판받을 수 있다. 실제로 러스킨(John Ruskin)은 인간중심주의적인 의인화를 "감정적 오류(pathetic fallacy)"로 비판한다. John Ruskin, "Of the Pathetic Fallacy(1856)", *The Norton Anthology of English Literature* Vol. 2. 5th ed. Ed. George Ford and Carl Christ. New York: Norton, 1986.
물론 샤머니즘의 의인화도 "감정적 오류"의 산물로 볼 수 있지만, 반생태적인 것은 아니다. 왜냐하면 샤머니즘의 의인화는 자연의 모든 구성원에 대한 존중과 경외감으로 이어지기 때문이다.
10) 김태곤은 무속의 영혼관에 대하여 다음과 밝히고 있다. "생존이 가시적 존재의 공간적 지속일 때 죽음은 그 가시적 존재조건이 단절되어 순간존재가 영원존재로 회귀해 가는 것이다. 그래서 인간의 존재 자체는 영원한 것이라 믿는 존재근원으로의 회귀사고가 영혼관의 기틀이 된다."
김태곤, 『한국무속연구』, 305쪽.

뿐만 아니라 모든 존재와 공간은 저승으로 나아가는 통로로 인식되기 때문에 신성한 가치를 부여받게 된다. 불멸의 영혼 관념, 그리고 이승과 연결된 저승의 관념은 모든 존재와 공간을 '죽어 있는' 물리적 대상이 아니라 '살아 있는' 신비로운 대상으로 받아들이도록 해준다.

오늘날의 우리가 고대적인 샤머니즘을 신앙으로 받아들이기는 쉽지 않다. 그러나 샤머니즘 생태학은 과학과 이성에 대한 맹신으로 인하여 생태 위기에 직면한 현대인들에게 성찰의 거울을 제공해준다. 샤머니즘 생태학은 인간은 이성적 존재이기에 앞서 영적 존재이며, 자연에는 과학과 이성이 정복할 수 없는 신비의 영역이 존재한다는 점을 상기시켜준다. 샤머니즘 생태학은 우리 안에서 잠자는 영성을 일깨워 자연의 신비와 교감하면서, 인간과 자연의 영적 전일성을 상상적으로나마 경험할 수 있도록 안내해준다. 샤머니즘 생태학의 영적이고 통합적인 세계관은 근대의 과학적이고 대립적인 세계관에 대한 비판의 의미를 지닐 수 있다.

샤머니즘 생태학적 사유는 한국 현대시사의 심층에 도저한 흐름을 이어왔다. 광범위한 시인들의 작품에서 샤머니즘 생태학적 상상력을 살펴볼 수 있지만 대표적인 시인들인 김소월, 백석, 서정주의 시를 논의의 대상으로 한정하였다. 김소월, 백석, 서정주는 각각 1920년대, 1930-40년대, 전후 시기를 대표한다.

세 시인의 생태학적 상상력이 샤머니즘 생태학으로 환원되지는 않는다. 본서는 세 시인의 생태학적 상상력이 샤머니즘적 세계관에 토대를 두고서 창조적이고 개성적인 사유와 상상으로 전개된다고 본다. 다른 많은 시인들의 종교 생태학적 상상력의 심층에서도 샤머니즘적인 색채를 어렵지 않게 찾아볼 수 있지만, 특히 이들 시인들의 작품에 두드러지게 나타나는 것도 사실이다.[11] 본론은 한국 현대시의 대표적인 샤머니즘 생태학적 상

---

11) 세 시인의 샤머니즘적 사유에 대한 논의로는 다음을 참고할 수 있다. 김옥성, 「김소월

상력의 세 가지 양상으로서 '영적 농경 의식', '의인화와 동화적 평등 의식', '불멸의 영혼과 저승적 공간의 상상력' 등을 탐구한다.

시의 샤머니즘 생태학적 상상력」, 『문학과환경』10-1, 문학과환경학회, 2011.; 박현수, 「서정주와 미학적 기획으로서의 신라정신」, 『한국근대문학연구』14, 2006.; 신범순, 「샤머니즘의 근대적 계승과 시학적 양상」, 『시안』18, 2002.; 오태환, 「혼과의 소통, 또는 무속적 요소의 문학적 층위」, 『국제어문』42, 2008.; 이상오, 「서정주 시의 무속적 상상력 연구」, 『인문연구』51, 영남대 인문과학연구소, 2006.; 이숭원, 「백석 시와 샤머니즘」, 『서정시학』, 2006. 가을.

영적 농경 의식
- 김소월의 샤머니즘 생태학적 상상력

　김소월의 시와 산문에는 샤머니즘적인 영적 인간관과 우주관이 잘 드러난다. 김소월은 「詩魂」에서 종교적 영성에 가까운 "영혼"이라는 개념을 제시한다. 그에 의하면, "靈魂은 絶對로 完全한 永遠의 存在며 不變의 成形"이다. 그리고 그 영혼이 "이상적 미의 옷을 닙고" 나타난 것이 "시혼"이다. "영혼"이 "시혼" 이전의 종교적 영성에 가깝다면, "시혼"은 "영혼"의 미학적인 차원으로 이해할 수 있다.

　그러나 여보십시오. 무엇보다도 밤에 쌔여서 한울을 우럴어 보십시오. 우리는 나제 보지 못하든 아름답음을, 그곳에서, 볼 수도 잇고 늣길 수도 있습니다. 파릇한 별들은 오히려 쌔여잇섯서 애처롭게도 긔운있게도 몸을 쩔며 永遠을 소삭입니다. 엇든 쌔는, 새벽에 저가는 오묘한 달빗치, 애틋한 한쪼각, 崇嚴한 彩雲의 多情한 치마쒸를 비러, 그의 可憐한 한두 줄기 눈물을 문지르기도 합니다. 여보십시오, 여러분. 이런 것들은 적은 일이나마, 우리가 대나제는 보지도 못하고 늣기지도 못하든 것들입니다.

다시 한번, 都會의 밝음과 짓거림이 그의 文明으로써 光輝와 勢力을 다투며 자랑할 쌔에도, 저, 깁고 어둠은 山과 숩의 그늘진 곳에서는 외롭은 버러지 한마리가, 그 무슨 슬음에 겨웟는지, 수임업시 울지고 잇습니다, 여러분. 그 버러지 한마리가 오히려 더 만히 우리 사람의 情操답지 안으며 난들에 말라 벌바람에 여위는 갈째 하나가 오히려 아직도 더 갓갑은, 우리 사람의 無常과 變轉을 설워하여 주는 살틀한 노래의 동무가 안이며, 저 넓고 아득한 난 바다의 쒸노는 물껼들이 오히려 더 조흔, 우리 사람의 自由를 사랑한다는 啓示가 안입닛가. 그럿습니다. 일허 버린 故人은 쑴에서 맛나고, 놉고 맑은 行蹟의 거륵한 첫 한방울의 企圖의 이슬도 이른 아츰 잠자리 우헤서 쯧습니다.　　　　— 김소월, 「詩魂」 12)

이 글에서 대낮이 '이성'의 시간이라면, 밤은 "영혼"의 시간이다. 김소월은 밤에 깨어서 하늘을 우러러보면 낮에 볼 수 없었던 것들을 볼 수 있다고 말한다. 이성이 아닌 "영혼"의 눈으로 보았을 때 파릇한 별들에서 우주의 "영원"을, 바다의 출렁이는 물결에서 자연의 "계시"를 감지할 수 있다고 말한다.

급진적인 종교적 생태주의자의 일부는 고대적인 의례나 명상을 통하여 인류의 영성을 회복하고, 우주적 영성과의 교감을 추구해야 한다고 주장한다 13). 김소월에게 "고독"은 고대의 영적인 의례와 명상에 준하는 제의적 조건이다. 김소월의 사유체계에서는 "고독" 속에서 "영혼"이 솟아오르기 때문이다. 그는 "고독"을 "죽음에 갓갑은 山마루"에 올라서야, 혹은 "어둡음의 골방"에 틀어박혀서야, 혹은 "새벽빗츨 밧는 바라지 우헤" 올라서야만 가능해지는 고대의 제의에 가까운 조건에 비유하고 있다.

그에 의하면, 이성이 지배하는 낮의 시간대에 "영혼"은 마음 깊이 짓눌리어 있다. 자아는 밤의 고독한 시간대에 "영혼"을 활성화하면서, 우주의 신비와 영성에 접촉할 수 있다. 김소월이 제시한 낮과 밤은 은유적인 성격

---

12) 『開闢』, 1925. 5.
13) C. Merchant, 허남혁 역, 『래디컬 에콜로지』, 이후, 2001, 155~180쪽.

이 강하다. 낮이 근대-이성을 표상한다면, 밤은 고대-영성을 표상한다고 할 수 있다. 김소월은 낮과 밤의 은유를 통하여 근대인이 잃어버린 영성을 회복하고, 우주에 충만한 영성을 느낄 수 있어야 한다는 견해를 피력하고 있는 것이다.

김소월의 사유체계에서는, "영혼"이라는 자아의 영성이 우주에 가득한 신비에 가 닿을 때, 우주 만물은 자아와 평등한 존재로 다가온다. 왜냐하면 우주 만물에 신비와 영성이 깃들어 있기 때문이다. "영혼"이 고양된 영적 자아에게 "버러지 한 마리"와 "갈대 하나"도 커다란 존재감으로 다가온다. 그렇기 때문에 김소월은 "버러지 한마리가 오히려 더 만히 우리 사람의 情操답지 안으며 난들에 말라 벌바람에 여위는 갈째 하나가 오히려 아직도 더 갓갑은, 우리 사람의 無常과 變轉을 설워하여 주는 살틀한 노래의 동무가 아닌가"라고 묻는다. "버러지 한 마리"와 "갈대 하나"가 자아와 대등한 존재로 인식되는 것이다.

「詩魂」에 제시된 영성은 김소월의 시편 여기저기에서 샤먼적 영성으로 형상화되어 나타난다. 〈무덤〉, 〈찬 저녁〉등의 작품에는 영적 존재들과 교감하는 샤먼적 자아의 이미지가 형상화되어 있다.

> 그누가 나를헤내는 부르는소리
> 붉으스럼한언덕, 여기저기
> 돌무덕이도 음즉이며, 달빗헤,
> 소리만남은노래 서리워엉겨라,
> 옛祖上들의記錄을 무더둔그곳!
> 나는 두루찻노라, 그곳에서,
> 형적없는노래 흘너퍼져,
> 그림자가득한언덕으로 여긔저긔,
> 그누구가 나를헤내는 부르는 소리
> 부르는소리, 부르는소리,
> 내넉슬 잡아쓰러헤내는 부르는소리.   — 김소월, 〈무덤〉 전문.[14]

〈무덤〉에서 화자는 마치 샤먼처럼 영혼을 흔드는 목소리를 감지한다. 그러한 샤먼적 자아에게 자연은 죽은 물질의 덩어리가 아니라 살아있는 영적 대상이다. 자연에는 신비로운 목소리가 가득하고, 돌무더기도 살아서 꿈틀거린다. 〈찬저녁〉에서 그러한 샤먼적 자아는 땅바닥에 드러누워서, 살아 꿈틀거리는 대지를 경험하고 자연에서 흘러나오는 신비로운 소리를 듣는다.

> 어둡게깁게 목메인하눌.
> 꿈의품속으로서 구러나오는
> 애달피잠안오는 幽靈의눈결.
> 그림자검은 개버드나무에
> 쏘다쳐나리는 비의줄기는
> 흘늣겨빗기는 呪文의소리.
>
> 식컴은머리채 푸러헷치고
> 아우성하면서 가시는쟈님.
> 헐버슨버레들은 꿈트릴쌔,
> 黑血의 바다. 枯木洞窟.
> 啄木鳥의
> 쏘아리는소리, 쏘아리는소리.　　　　— 김소월, 〈悅樂〉 전문.15)

화자는 샤먼적 주체의 시선으로 어두운 하늘에서 "유령의 눈결"을 감지하고, 개버드나무를 때리는 빗줄기에서 "주문의 소리"를 듣는다. 나아가 머리채를 풀어헤치고 저승을 건너가는 여인의 이미지를 읽어내고, 고목 속에 파인 구멍에서 "흑혈의 바다"와 같은 저승의 이미지를 찾아낸다. 화자는 온 우주를 가득 채운 영적 존재들을 감지하고 있는 것이다. 샤먼적 주체로서 화자에게 영적 존재들로 채워진 우주는 살아있는 육체와도 같

---

14) 김소월, 《진달내꼿》, 매문사, 1925, 159쪽.
15) 《진달내꼿》, 157~158쪽.

다. 〈여자의 냄새〉에서 신비로운 우주-육체는 여인의 육체로 형상화된다.

〈黙念〉의 "액맥이제", 〈招魂〉의 "초혼", 〈비난수하는 마음〉의 "비난수" 등은 김소월 시의 영성이 한국의 전통적인 문화에 착근한 샤머니즘적 영성임을 방증해준다.

김소월은 샤머니즘적인 영성과 더불어 농경적 노동에 대해서도 큰 관심을 보였다. 위 인용문의 "都會의 밝음과 짓거림이 그의 文明으로써 光輝와 勢力을 다투며 자랑할 째에도……"에서 암시되듯이 소월은 도시적 삶을 부정적으로 생각하였다. 그에게 이상적인 삶은 태양 아래서 땀을 흘려 흙을 일구는 건강한 농경민의 삶이었다.

> - 힘드려먹는 것을 촌살림이라고할까?
> - 쇠파라먹는것을 거릿살님이라할까?
> - 쇠시랑, 호믜, 낫, 괭이가 촌놈의 唯一한生活武器일진대 힘드려먹는것이 촌살님이라함도　過言은 안이다.
> - 한兩에삿다 두兩에 팔고 두 兩에 삿스면 석兩에 파라 그날그날의 생활을 지어, 이것이 거릿놈의 本色일진댄(近日에느러가는 債銀勞動者를 除外), 쇠파라먹는거릿놈이라하여도　雜말은업다.(중략)
> - 사는데는 쇠도貴하고힘도貴하다. 쇠업시어찌살며 힘업시어찌살랴.
> - 그러나쇠업는힘에는 質朴이나잇고 將就性이잇거니와, 힘을스려하는 쇠에는 可憎과 吝嗇박게업다.　　　— 김소월, 「農村相・市街相」[16]

「농촌상・시가상」에서 "힘"은 농촌 공동체의 농경적 노동의 가치를 표상한다. 도시("市街")가 본질적으로 이성("쇠")으로 삶을 꾸려가는 세계라면, 농촌은 노동을 통해 생계를 유지하는 세계이다. 김소월은 전자에 대해 "가증과 인색"이라는 비판적인 인식을 드러내면서, 후자에 대하여 "질박"과 "장취성"이라는 긍정적인 평가를 보여준다.

「시혼」과 「농촌상・시가상」에서 확인할 수 있듯이 김소월 시의 사유

---

16) 김소월, 김용직 편, 《김소월 전집》, 서울대 출판부, 1996, 494쪽.

체계에서는 '영성'과 '노동'이 중요한 요소이다. 두 가지 요소는 농촌 공동체의 상상력에 잘 나타난다. 자아는 영적 인식과 농경의 육체적 노동에 의하여 자연의 생명력으로서 우주적 영성을 경험한다.

김소월의 '영성'과 '노동'에 대한 동경은 사업에 연이어 실패하던 시기에 더욱 강해진다. 사업에 실패하면서 그가 겪었던 자본주의적 삶에 대한 절망감과 농경에 대한 동경은 여러 편의 글에서 잘 드러난다.

> 讀書도아니하고 習作도 아니하고 事業도 아니하고 그저 다시잡기 힘드는돈만 좀노하보낸모양입니다 인제는 또돈이 업스니 무엇을 하여야 조켓느냐 하옵니다　　　　　— '김억에게 보내는 서간' 중에서[17]

인용한 부분은 김소월의 절망과 무기력을 잘 반영하고 있다. 비슷한 시기에 씌어진 작품에서 추정해보면, 그는 야산과 농경지를 산책하면서 생명력을 회복하고자 하였다. 내면적 무기력과 대조적으로 그의 작품들에는 활기찬 농경적 노동과 농촌 마을이 형상화된 경우가 많다. 그는 농촌마을의 샤머니즘적인 농경적 삶의 영성과 생명력을 동경하였던 것이다. 농경적 노동에 대한 동경은 "힘", "땀" 등의 시어에 집약되어 있다.

「농촌상·시가상」의 "힘"과 유사하게 〈기분전환〉의 "땀"도 농경적 노동의 의미를 함축한다. 김소월 시에서 농경으로서의 "힘"은 단순한 육체적 노동이 아니라 자연의 신성한 "힘"을 경험하는 영적인 행위에 가깝게 표현되고 있다.

> 쌈, 쌈, 녀름볏체 쌈흘니며
> 호미들고 밧고랑타고 잇서도,
> 어듸선지 종달새 우러만온다,
> 헌츨한 하눌이 보입니다요, 보입니다요.

---

17) 김용직 편, 《김소월 전집》, 505~507쪽.

사랑, 사랑, 어스름을 맛춘님
오나 오나하면서, 젊은밤을 한솟이 조바심할째,
밟고섯는 다리아래 흐르는 江물!
江물에 새벽빗치 어립니다요, 어립니다요,
　　　　　　　　　　　　　— 김소월,〈氣分轉換〉전문.18)

　이 시의 초고 제목은 '위로(慰勞)'이다. '기분전환'이라는 제목의 의미는
'위로'의 연장선에서 이해할 수 있다. 자본주의적 삶에서 낙담한 김소월은
땀을 흘리며 노동을 하는 전원생활을 동경하였다. 이 시에는 그러한 동경
의 심정이 잘 드러나 있다. 김소월은 농부들이 땀을 흘리는 들판을 산책하
거나, 농경의 노동을 상상하면서 스스로를 '위로'할 수 있었을 것이다. 그
러한 간접적인 '위로'를 통해서 '기분전환'을 하곤 하였을 것이라는 추측이
가능해진다.
　화자는 뙤약볕 아래서 땀흘리며 노동을 하고 있다. 그러나 종달새의 경
쾌한 노랫가락을 듣고, 훤칠한 하늘을 보면서 마음이 시원해짐을 느낀다.
영적 노동을 매개로 자연의 생명력과 교감하는 자아가 형상화되어 있는
것이다.

　　나는 쉼쑤엿노라, 동무들과 내가 가즈란히
　　벌까의하로일을 다맛추고
　　夕陽에 마을로 도라오는쑴을,
　　즐거히, 쑴가운데.

　　그러나 집일흔 내몸이어,
　　바라건대는 우리에게 우리의보섭대일쌍이 잇섯드면!
　　이처럼 쩌도르랴, 아츰에점을손에
　　새라새롭은歎息을 어드면서.

─────────────────
18) 김용직 편,《김소월 전집》, 247쪽.(『三千里』56, 1934. 11. 204.)

東이랴, 南北이랴,
내몸은 써가나니, 볼지어다,
希望의반짝임은, 별빗치아득임은.
물결쏜 써울나라, 가슴에 팔다리에.

그러나 엇지면 황송한이心情을! 날로 나날이 내압페는
자츳가느른길이 니어가라. 나는 나아가리라
한거름, 또한거름. 보이는山비탈엔
온새벽 동무들 저저혼자……山耕을김매이는.
— 김소월, 〈바라건대는 우리에게 우리의보섭대일쌍이 잇섯더면〉 전문.19)

　이 시는 우리 문학사에서 수준 높은 저항시로 평가되고 있다. 한편으로
여기에서 영적인 농경 의식을 읽어낼 수도 있다. 화자는 농경적인 삶에
대한 희원을 드러낸다. "벌싸의하로일", "山耕을김매이는", "우리에게 우리
의보섭대일쌍이 잇섯드면!" 등에는 노동에의 의지가 구체적으로 드러나있
다. 화자가 꿈꾸는 농경적 삶은 "동무들과" 함께 하는 공동체적인 것이다.
화자는 농촌 공동체의 삶을 그리워하고 있다.

　정착할 집과 경작할 대지가 없는 화자에게 "희망"이란 "별빛"처럼 아득
하다. 그러나 화자는 고향 산비탈에서 혼자 김을 매고 있을 동무들을 생각
하면서 미묘한 희망을 느낀다. 다시 그 동무들과 더불어 경작을 할 수 있
을 것이라는 기대와 예견 속에서 자아의 내면에는 영성이 충만하게 차오
른다. "황송한 이 心情"은 「시혼」에서 확인한 '영성'의 충만함과 맞닿아
있다. 이 시에는 붕괴된 농촌 공동체의 현실에 대한 인식과 이상적 농촌
공동체의 복원에 대한 희망이 형상화되어 있다.

　우리두사람은
키놉피가득자란 보리밧, 밧고랑우헤 안자서라.

19) 《진달내꽃》, 145~146쪽.

일을畢하고 쉬이는동안의깃븜이어.
지금 두사람의니야기에는 꼿치필째.

오오 빗나는太陽은 나려쏘이며
새무리들도 즐겁은노래, 노래불너라.
오오 恩惠여, 살아잇는몸에는 넘치는恩惠여,
모든은근스럽음이 우리의 맘속을 차지하여라.

世界의꿋튼 어듸? 慈愛의하눌은 넓게도덥혓는데,
우리두사람은 일하며, 사라잇섯서,
하늘과太陽을 바라보아라, 날마다날마다도,
새라새롭은歡喜를 지어내며, 늘 갓튼쌍우헤서.

다시한番 活氣잇게 웃고나서, 우리두사람은
바람에일니우는 보리밧속으로
호믜들고 드러갓서라, 가즈란히가즈란히,
거러나아가는깃븜이어, 오오 生命의向上이어.
　　　　　　　　　　　　　　─ 김소월, 〈밧고랑우헤서〉 전문.[20]

　　부부로 보이는 "우리 두 사람"이 밭에서 일을 하고 있다. 밭일을 하면서
화자는 무한한 "기쁨"을 느낀다. 그 기쁨은 풍요로운 자연에서 "은혜"를
감지하면서 발생한다. 넘쳐흐르는 "자애"와 "은혜"는 자연에 깃든 '영성'으
로 이해할 수 있다.[21] "자애"와 "은혜"의 경험은 자아의 내면에서 "생명의
향상"으로 이어진다.
　　이 시는 김소월 시에서 자아와 자연의 영성이 심층적으로는 우주의 생
명력과 겹쳐진다는 사실을 잘 보여주고 있다. 김소월 시의 '영'은 온 우주

---

20) 《진달내꽃》, 147~148쪽.
21) 〈밧고랑우헤서〉만으로는 "자애"와 "은혜"를 샤머니즘적 영성으로 해석할 수는 없다.
　　그러나 다른 작품과의 연장선에서 바라본다면 충분히 그러한 해석이 가능해진다.
　　〈默念〉, 〈悅樂〉, 〈招魂〉, 〈비난수하는 마음〉 등은 김소월 시의 영성이 한국의 전통적
　　인 문화에 착근한 샤머니즘적 영성임을 보여준다.

를 관류하는 생명력으로서, '영'으로 인하여 우주는 살아있는 생명체로 지각된다.

작품에서 주목하여야 할 부분은 자연을 경작하는 농경민의 육체적 노동이다. 김소월은 도시인의 삶을 매우 비판적으로 인식하고 자연과 더불어 흙을 일구는 농경민적인 삶을 바람직한 것으로 여겼다. 농경민에게는 "키 놉피가득자란 보리"와 "하늘"과 "태양", "새무리"가 하나의 "자애"와 "은혜"로 묶인 가족으로 경험된다. 작품에서 밭을 일구는 부부는 자연과 인간이 농경을 매개로 하나가 되는 이상적인 농촌 공동체의 표상으로 해석할 수 있다.[22]

김소월이 그려내는 농촌 마을의 이미지에는 '영(靈)'이 충만하게 깃들어 있다. 화자는 충만한 영성으로 마을과 자연에 고여 있는 '영'을 감지한다. 그러한 '영'으로 인하여 마을과 자연은 '살아있는' 세계로 경험된다. 자아와 세계가 영적 존재로 형상화되어 있는 것이다. 김소월이 생각한 이상적인 농촌 공동체는 영성과 노동이 조화를 이루는 영적이고 건강한 공동체였다.

> 해 넘어 가기前 한참은
> 조미조미 하기도 끝없다,
> 저의 맘을 제가 스스로 느꾸는 이는 福있나니
> 아서라, 피곤한 길손은 자리 잡고 쉴지어다.

> 가마귀 좇난다
> 鍾소리 비낀다.
> 송아지가 '음마'하고 부른다

---

22) 한편으로 이 시에는 김소월이 농사일에 무지했다는 사실이 잘 드러나 있다. 작품 배경이 키 높이 자란 보리밭인데, 키 높이 자란 보리밭에서는 잡초가 자랄 수 없기 때문에 김매기를 하지 않는다. 따라서 〈밧고랑우혜서〉의 농촌 공동체는 경험이 아니라 김소월의 창조적 상상력 속에서 탄생한 '이상'으로서의 공동체라고 할 수 있다.

개는 하늘을 쳐다보며 짖는다.

해 넘어 가기前 한참은
처량하기도 짝 없다
마을앞 개천까의 體地큰 느티나무 아래를
그늘진데라 찾아 나가서 숨어 울다 올꺼나.

해 넘어 가기前 한참은
귀엽기도 더하다.
그렇거든 자네도 이리 좀 오시게
검은 가사로 몸을 싸고 念佛이나 외우지 않으랴.

해 넘어 가기前 한참은
유난히 多情도 할세라
고요히 서서 물모루 모루모루
치마폭 번쩍 펼쳐들고 반겨 오는 저달을 보시오.
　　　　　　— 김소월, 〈해 넘어 가기前 한참은〉 부분.[23]

이 시에는 석양에 잠기는 농촌 마을이 신비롭게 그려지고 있다. 시시각
각으로 색이 바뀌는 저녁 하늘 아래의 마을에서 화자는 "조미조미"하고,
"처량"하고, "귀엽"고, "다정"함을 느낀다. 마을 풍경의 변화에 따라 그의
감정도 파도처럼 출렁이고 있다. 그러한 감정은 일종의 영적 경험으로 다
가온다.("검은 가사로 몸을 싸고 念佛이나 외우지 않으랴.") 자아가 영적인
충만감을 느끼는 농촌 마을은 "가마귀", "송아지", "개"와 "큰 느티나무"가
어우러진 생명의 공동체이다. 김소월은 자연과 인간이 조화를 이루는 농
촌 마을을 이상적인 생태학적 공동체로 형상화한 것이다.

무연한 벌우헤 드러다 노흔듯한 이집

---

23) 김용직 편, 《김소월 전집》, 233~234쪽. (『假面』, 1926.7.)

쏘는 밤새에 어듸서 어쯔케 왓는지 아지못할 이비.
新開地에도 봄은 와서, 간열픈 빗줄은
쑥싹의 아슴푸러한 개버들 어린엄도 축이고,
난벌에 파릇한 누집파밧테도 쑤린다.
뒷가시나무밧테 깃드린 까치 쎄 죠화짓거리고
개굴 까에서 오리와 닭이 마주안자 깃을 다듬는다.
무연한이벌, 심거서 자라는 곳도업고 멧곳도업고
이비에 장차 일흠몰을 들곳치나 필는지?
壯快한 바닷물결, 쏘는 丘陵의微妙한 起伏도업시
다만 되는대로되고 잇는대로잇는, 무연한벌!
그러나 나는 내싸리지안는다, 이쌍 이 지금 쓸쓸타고,
나는생각한다, 다시금, 시언한비쌜이 얼굴을 칠째,
예서쑨 잇슬 압날의, 만흔 變轉의 후에
이쌍이 우리의손에서 아름답아질것을! 아름답아질것을!
— 김소월, 〈爽快한아츰〉 전문.[24]

이 시의 배경이 되는 신개지는 아직 마을이 온전히 형성되지 않은 삭막한 벌판에 가깝다. 그러나 봄비가 지나가는 아침에 화자는 충만한 생명력을 느낀다. "상쾌한"이라는 시어는 자연에서 느끼는 영적으로 충만한 생명력을 함축하고 있다. 신개지에 들어선 외딴집의 이미지에는 김소월이 생각한 생태학적 공동체가 형상화되어 있다. 비록 외딴집이지만 개버드나무의 어린 싹, 파릇한 파밭, 집 뒤의 까치떼, 개울가의 오리와 닭 등이 조화를 이루어 충만한 공동체를 이루고 있다. 화자는 봄비에 젖어 생명력이 충만해진 신개지에서 영적인 충만함을 느낀다.

화자는 그러한 영적인 충만감에 근거하여 지금은 비록 신개지이지만 영적인 노동으로서 경작과 재배를 통해서("우리의 손에서") 풍요로운 농촌 마을로 전환되리라는 기대에 부풀어 오른다. 시적 주체는 영적인 노동을 통해 이상향인 풍요로운 농촌 공동체가 완성되리라는 믿음을 드러내고

---

24) 김용직 편, 《김소월 전집》, 255쪽.

있다.

샤머니즘에 착근한 김소월 시의 생태학적 공동체의식은 '영적 노동'에 의하여 자연과 인간이 조화를 이루는 농경적 공동체를 지향한다. 그의 공동체 의식에서는 '노동의 영성'이 가장 두드러지는 특징이다. 김소월은 땀을 흘리며 노동을 하면서 자연의 생명력과 교감하는 농촌 공동체를 이상향으로 설정하고 있다.

샤머니즘적 의인화와 동화적 평등 의식
– 백석의 샤머니즘 생태학적 상상력

　　백석은 근대식 교육과정을 충실하게 이수하고 근대적 직업에 종사해온 근대 지식인이다. 그러나 그의 시에는 질박한 사투리와 토속적인 유풍이 가득하다. 백석이 즐겨 사용하는 사투리와 토속의 원형은 어린 시절의 경험에 자리 잡고 있다. 백석 시에 나타나는 샤머니즘도 그러한 관점에서 고찰할 수 있다. 그의 시에 나타나는 샤머니즘은 종교적-형이상학적이라기보다는 동화(童話)적이다. 백석은 어린 시절의 추억에서 길어올린 동화적인 상상력으로 샤머니즘적인 생태학적 상상력을 펼쳐 보인다.

　　백석 시에서 동화적인 분위기를 만들어 내는 대표적인 수사법이 의인법이다. 의인화는 만물을 신성한 존재나 인간과 대등한 존재로 전환시킨다. 그의 시에서 의인화는 만물에 신격이나 인격에 해당하는 '영'을 부여하는 샤머니즘적 세계관에 뿌리를 내리고 있다.

　　〈마을은 맨천 구신이 돼서〉에는 의인화에 의한 공간의 신성화 양상이 나타난다.

나는 이 마을에 태어나기가 잘못이다
마을은 맨천 구신이 돼서
나는 무서워 오력을 펼 수 없다
저 방안에는 성주님
나는 성주님이 무서워 토방으로 나오면 토방에는 디운구신
나는 무서워 부엌으로 들어가면 부엌에는 부뚜막에 조앙님

나는 뛰쳐나와 얼른 고방으로 숨어 버리면 고방에는 또 시렁에 데석님
나는 이번에는 굴통 모퉁이로 달아가는데 굴통에는 굴대장군
얼혼이 나서 뒤울안으로 가면 뒤울안에는 곱새녕 아래 털능구신
나는 이제는 할수 없이 대문을 열고 나가려는데
대문간에는 근력 세인 수문장

나는 겨우 대문을 삐쳐나 밖앝으로 나와서
밭 마당귀 연자간 앞을 지나가는데 연자간에는 또 연자당구신
나는 고만 기겁을 하여 큰 행길로 나서서
마음 놓고 화리서리 걸어가다 보니
아아 말 마라 내 발뒤축에는 오나 가나 묻어 다니는 달걀구신
마을은 온데 간데 구신이 돼서 나는 아무데도 갈수 없다
　　　　　　　　　　— 백석, 〈마을은 맨천 구신이 돼서〉 전문.25)

　백석은 어린이 화자를 내세워 전통적인 마을 구석구석에 자리 잡고 있
는 무속적인 신들을 상기시키고 있다. "성주님", "디운구신", "조앙님", "데
석님", "굴대장군", "털능구신", "수문장", "연자당구신", "달걀구신"26) 등은

---

25) 백석, 김재용 편, 《백석 전집》, 실천문학사, 1997, 142~143쪽.(『신세대』, 1948. 5.)
26) 이 신들을 소개하면 다음과 같다. 성주님 : 집을 지키고 보호하는 신령, 디운구신
　　: 땅의 운수를 주관하는 귀신, 조앙님 : 부엌의 신, 데석님 : 제석신, 한집안 사람들의
　　수명, 곡물, 의류 및 화복에 관한 일을 맡아보는 신, 굴대장군 : 키가 크고 몸이 아주
　　굵으며 살빛이 검은 귀신, 털능구신 : 대추나무에 숨어 있는 귀신으로 철륜(鐵輪)
　　귀신이라고 함, 수문장 : 문을 지키는 신, 연자당구신 : 연자간을 맡아 다스리는 신,
　　달걀구신 : 측간에 나타나는 귀신. 송준 편, 「시어사전」, 《백석시 전집》, 학영사,
　　1995 참고.

공간의 신이라는 점에서 공간의 영적인 인격화로 이해할 수 있다.

표면적으로 아동 화자는 신들을 무서워하지만, 심층적인 면에서는 신들과 교감을 나누고 있다. 신들과의 교감을 통해 아동 화자는 공간의 풍요를 경험한다. 신들은 초월적인 존재가 아니라 마을 공간의 내오(內奧)에 깃들어 있는 영성이다. 신들의 거처인 마을 구석구석은 신성한 공간이다. 백석은 자아를 에워싼 세계의 신성함을 동화적 상상력으로 보여주고 있는 것이다.

근대인에게 대지와 건축물 등의 공간은 물리적 대상일 뿐이다. 그러한 인식은 무분별한 개발과 파괴, 재건축 등으로 이어지면서 자원의 남용과 환경 파괴라는 결과로 이어졌다. 반면, 전통 사회의 샤머니즘적인 의인화에 의한 공간의 신성화는 인간에 의한 공간의 지배와 착취를 견제하면서 인간과 공간의 생태학적인 관계를 유지하여 왔다.

〈연자ㅅ간〉에서는 만물이 인격화된다.

　　　　달빛도 거지도 도적개도 모두 즐겁다
　　　　풍구재도 얼룩소도 쇠드랑볕도 모다 즐겁다

　　　　도적괭이 새끼락이나고
　　　　살진 쪽제비 트는 기지게길고

　　　　홰냥닭은 알을낳고 소리치고
　　　　강아지는 겨를먹고 오줌싸고

　　　　개들은 게몽이고 쌈지거리하고
　　　　놓여난 도야지 둥구재벼오고

　　　　송아지 잘도 놀고
　　　　까치 보해 짖고

신영길 말이 울고가고
장돌림 당나귀도 울고가고

대들보우에 베틀도 채일도 토리개도 모도들 편안하니
구석구석 후치도 보십도 소시랑도 모두들 편안하니
　　　　　　　　　　　　 ― 백석, 〈연자ㅅ간〉 전문.27)

　백석은 연자간 안팎의 평화로운 풍경을 통해 전통적인 영적 공동체를
형상화하고 있다. 달빛과 햇볕과 사람, 가축과 야생동물, 농기구 등 모든
생물과 무생물이 살아서 즐겁고 편안하다. "달빛", "거지", "도적개", "풍구
재", "얼럭소", "쇠드랑볕", "도적괭이", "쪽제비", "홰냥닭", "강아지", "개",
"도야지", "송아지", "까치", "말", "당나귀", "베틀", "채일", "토리개", "후치",
"보십", "소시랑" 등이 모두 인격화되어 조화롭고 동등한 관계를 유지하며
연자간의 안팎을 채우고 에워싸고 있다. 연자간은 영혼이 충만한 하나의
생명체처럼 느껴진다. 이러한 상상력은 샤머니즘의 범령 사상에 호흡을
대고 있다. 샤머니즘적인 세계관에 기반한 백석의 기억과 상상력의 변증
법에서 만물은 인격적인 영혼을 갖는 평등한 존재들이다.
　백석의 생태학적 상상력은 자연과 인간의 관계에 한정되지 않고, '모든
존재'와 인간의 인격적인 관계 회복에 관심을 기울인다. 근대 세계에서
인격적인 가치를 갖지 못하는 '사물'은 단순한 소비의 대상으로 전락한다.
근대인은 자연을 경쟁적으로 개발하고 상품화하여 소비하면서 엔트로피
를 증가시켜왔다. '모든 존재'의 의인화는 '보존'의 효과를 발생시키면서
엔트로피의 증가를 억제하는 데에 기여하게 된다. '모든 존재'의 의인화
상상력은 '사물'에 대한 존중 의식을 기반으로 하는 세계와 인간의 생태학
적 관계를 보여준다.

---

27) 『조광』, 1936.3.

백석의 생태학적 상상력에는 '차이'를 간과하지 않은 '평등' 의식을 찾아볼 수 있다. 〈모닥불〉은 그러한 평등 의식을 집약적으로 보여준다.

새끼오리도 헌신짝도 소똥도 갓신창도 개니빠디도 너울쪽도 집검불도 가락잎도 머리카락도 헌겊조각도 막대꼬치도 기와장도 닭의짖도 개털억도 타는 모닥불

재당도 초시도 門長늙은이도 더부살이아이도 새사위도 갓사둔도 나그네도 주인도 할아버지도 손자도 붓장사도 땜쟁이도 큰개도 강아지도 모두 모닥불을쪼인다

모닥불은 어려서우리할아버지가 어미아비없는서러운아이로 불상하니도 몽둥발이가된 슳븐력사가있다   ─ 백석, 〈모닥불〉전문.[28]

모닥불은 전통적 공동체가 갖는 따뜻함을 환기한다. 공동체의 온기에는 공동체의 모든 존재들이 참여한다. 가령, 새끼줄, 헌신짝, 소똥, 심지어는 기왓장까지도 모닥불에 연료를 제공해준다. 그러한 공동체의 불꽃 앞에서는 모든 구성원들이 평등하다. 재당도, 초시도, 나그네도, 주인도, 큰개도, 강아지도 모두 평등하게 모닥불을 쪼인다. 백석의 생태학적 공동체 의식의 핵심이 평등이라는 사실이 분명하게 드러나 있다.

그러나 백석의 공동체 의식은 무비판적 행복의 비전에 머무르지 않는다. 백석은 전통 사회나 식민지 외부에서 생태학적 평등의 공동체를 모색하면서도 한편으로는 차이에서 발생하는 고통의 문제를 간과하지 않았다. "우리할아버지가" "몽둥발이가된 슳븐력사"는 생태학적 평등의 공동체 이면에 놓인 차이-차별-고통을 환기시키고 있다.

백석은 유년 시절의 기억을 토대로 전통 사회의 샤머니즘적인 생태학적 상상력을 창조적으로 전개한다. 그는 샤머니즘적인 의인화의 방식으로

---

28) 백석, 《사슴》, 1936.

'평등'한 생태학적 공동체의 이미지를 보여준다. 그러나 백석에게 식민지 조선은 평등한 공동체가 아니었다. 북방으로의 여행 시편은 그러한 현실 인식을 바탕으로 하여 식민지 '외부'로 평등한 공동체를 찾아 떠난 여정의 기록을 담고 있다. 〈북방에서〉, 〈조당에서〉등과 같은 작품에는 백석의 평등한 공동체 의식이 뚜렷하게 드러난다.

> 나아득한 넷날에 나는 떠났다
> 扶餘를 肅愼을 渤海를 女眞을 遼를 金을
> 興安嶺을 陰山을 아무우르를 숭가리를
> 범과 사슴과 너구리를 배반하고
> 송어와 메기와 개구리를 속이고 나는 떠났다
>
> 나는 그때
> 자작나무와 이깔나무의 슬퍼하던것을 기억한다
> 갈대와 장풍의 붙드든말도 잊지않았다
> 오로촌이 멧돌을 잡어 나를 잔치해 보내든것도
> 쏠론이 십리길을 딸어나와 울든것도 잊지않았다
>
> 나는 그때
> 아모 익이지 못할 슬픔도 시름도 없이
> 다만 게을리 먼 앞대로 떠나나왔다
> 그리하여 따사한 해스귀에서 하이얀 옷을 입고 매끄러운 밥을먹고 단 샘을 마시고 낮잠을 잤다
> 밤에는 먼 개소리에 놀라나고
> 아침에는 지나가는 사람마다에게 절을 하면서도
> 나는 나의 부끄러움을 알지못했다
>
> 그동안 돌비는 깨어지고 많은 은금보화는 땅에 묻히고 가마귀도 긴 족보를 이루었는데
> 이리하야 또 한 아득한 새 넷날이 비롯하는때
> 이제는 참으로 익이지못할 슬픔과 시름에 쫓겨

나는 나의 녯 한울로 땅으로—나의 胎盤으로 돌아왔으나

　이미 해는 늙고 달은 파리하고 바람은 미치고 보래구름만 혼자 넋없이 떠도는데

　아, 나의 조상은 형제는 일가친척은 정다운 이웃은 그리운것은 사랑하는것은 우러르는것은 나의 자랑은 나의 힘은 없다 바람과 물과 세월과 같이 지나가고 없다　　—　백석, 〈北方에서—鄭玄雄에게〉전문.[29]

　〈북방에서〉의 화자는 북방으로의 여행을 회상하고 있다. 북방으로의 여행은 "아득한 옛날"로 신비화되어 있다. 화자에게 북방의 기억은 객관적인 것이 아니라 상상 속에서 재구성된 "아득한 새 옛날"이다. 북방의 기억은 백석의 공동체 의식을 잘 보여준다. 이 시에는 사람과 자연의 경계가 허물어진 생태학적 공동체 의식이 표면화되어 있다. "범과 사슴과 너구리", "송어와 메기와 개구리" 등과 같은 동물들, "자작나무와 이깔나무"와 같은 나무들, 그리고 "오로존", "쏠론"과 같은 이민족들이 모두 평등한 존재로 인식되고 있다. 유사하게 〈조당에서〉에는 나라가 다른 사람들이 발가벗고 한 물통에 들어앉아 목욕을 하는 장면을 통해 민족과 민족의 평등한 공동체의 가능성을 보여주고 있다.

---

29) 『문장』2권 6호, 1940. 7.

불멸의 영혼과 저승적 공간의 상상력
- 서정주의 샤머니즘 생태학적 상상력

　　미당의 중요한 시적 성과 가운데 하나는 '샤먼적 주체 깨우기'이다. 미당은 오랜 기간 동안 근대에 의해 억압되어온 샤머니즘적인 영혼의식을 발굴하여 미학적으로 활성화하는 작업을 수행하여 왔다. 미당의 "반근대주의적 혼의 시학"[30]은 샤머니즘적인 영적 주체와 영적 우주에 대한 상상력을 전개하여 왔다. 미당의 샤머니즘적인 반근대주의적 시학은 범부, 최남선, 신채호 등에 의하여 형성된 폭넓은 정신사적 토대 위에서 탄생한 뿌리 깊은 것이다.[31]

　　미당의 샤머니즘 생태학적 상상력은 불멸의 영혼과 저승적 공간의 상상력에서 찾아볼 수 있다. 불멸의 영혼 관념이 영적 인격을 부여하면서 우주

---

30) 신범순, 「반근대주의적 혼의 시학에 대한 고찰」, 『한국시학연구』4, 한국시학회, 2001.
31) 박현수는 미당의 신라정신을 "풍류도 혹은 샤머니즘이라는 우리 문화의 원형을 문학의 새로운 원천으로 제시하고자 한 미학적 기획" 차원에서 이해하고 있다. 그에 의하면 미당의 그와 같은 미학적 기획은 범부, 최남선, 신채호 등과 정신사적 네트워크를 이루고 있다. 박현수, 「서정주와 미학적 기획으로서의 신라정신」, 『한국근대문학연구』7-1, 한국근대문학회, 2006.

만물을 신성화한다면, 저승적 공간 상상력은 현실적 공간 이면에 저승을 설정하면서 영적 공간성을 부여하여 세계를 신비화한다.

〈마른 여울목〉은 샤머니즘적 불멸의 영혼 관념을 잘 보여준다.

　　　　말라붙은 여울바닥에는 독자갈들이 들어나고
　　　　그 우에 늙은 巫堂이 또 포개어 앉아
　　　　바른 손 바닥의 금을 펴어 보고 있었다.

　　　　이 여울을 끼고는
　　　　한켠에서는 少年이, 한켠에서는 少女가
　　　　두 눈에 초롱불을 밝혀 가지고 눈을 처음 맞추고 있던 곳이다.

　　　　少年은 山에 올라
　　　　맨 높은데 낭떠러지에 절을 지어 지성을 디리다 돌아 가고,
　　　　少女는 할수없이 여러군데 후살이가 되었다가 돌아 간 뒤…

　　　　그들의 피의 소원을 따라 그 피의 분꽃같은 빛깔은 다 없어지고
　　　　맑은 빛낱이 구름에서 흘러내려 이 앉은 자갈들우에 여울을 짓더니
　　　　그것도 할 일 없어선지 자취를 감춘 뒤

　　　　말라붙은 여울바닥에는 독자갈들이 드러나고
　　　　그 우에 늙은 巫堂이 또 포개어 앉아
　　　　바른 손바닥의 금을 펴어 보고 있었다.
　　　　　　　　　　　　　　　　— 서정주, 〈마른 여울목〉 전문.[32]

이 시에서 "늙은 무당"은 미당이 지향하는 영적 자아의 이미지이다. "늙은 무당"은 물이 말라 바닥을 드러낸 개울의 자갈 위에 앉아서 아주 오래전 그 자리를 스쳐지나간 소년과 소녀의 사랑의 인연을 상상하고 있다. 무당의 상상 속에서 소년과 소녀의 인연은 현세에 국한된 단회적인 것이

---

32) 서정주, 《미당 서정주 시 전집》, 민음사, 1984, 167쪽.

아니라 다양한 형태로 우주를 순환하면서 만남과 이별을 반복하고 있다. 미당은 카오스 세계에서 펼쳐지는 영원한 영혼의 순환을 다루고 있는 것이다.

"말라붙은 여울바닥"의 이미지는 평소에는 물밑에 가라앉아서 보이지 않는 카오스적 세계의 드러남을 상징한다. 소년과 소녀의 끝없는 만남과 이별은 영적 존재의 대순환을 상징적으로 보여준다. 미당은 샤머니즘적 상상력을 통해 물질로 이루어진 자연 이면의 영적인 세계를 감지하는 영적 인식론을 제안하고 있다. 미당의 영적 인식론에 의하면 우주에는 물이 증발하여 구름이 되고 다시 비로 땅바닥에 떨어져내리는 물질의 순환만이 아니라 영적 존재의 대순환이 진행되고 있다. 미당이 궁극적으로 주장하는 것은 카오스 세계의 영적 순환을 인식하는 영적 인식 능력의 회복이다.

이러한 미당의 상상력에는 샤머니즘의 영혼관과 불교의 윤회론이 혼합되어 있다.

> 외할먼네 마당에 올라온 海溢엔요.
> 예쉰살 나이에 스물한살 얼굴을 한
> 그리고 천살에도 이젠 안 죽기로 한
> 신랑이 돌아오는 풀밭길이 있어요.
>
> 생솔가지 울타리, 옥수수밭 사이를
> 올라 오는 海溢 속 신랑을 마중 나와
> 하늘 안 천길 깊이 묻었던델 파내서
> 새각시때 연지를 바르고, 할머니는
>
> 다시 또 파, 무더기 웃는 청사초롱에
> 불 밝혀선 노래하는 나무나무 잎잎에
> 주절히 주절히 매여달고, 할머니는
>
> 갑술년이라던가 바다에 나갔다가

海溢에 넘쳐오는 할아버지 魂身 앞
열아홉살 첫사랑쩍 얼굴을 하시고
— 서정주, 〈외할머니네 마당에 올라온 海溢—쏘네트 試作〉 전문.33)

　샤머니즘 세계관에서 저승은 이승과 단절된 영역이 아니라 이승의 내오
에 깃들어 있다. 이 시에서 "바다"는 이승 안에 있는 저승의 이미지로 이해
할 수 있다. 해일은 저승의 문을 열고 현실 세계로 밀려 올라온다. 외할머
니는 해일 속에 저승이 실려 있고, 스물한 살에 죽은 외할아버의 "혼신"이
섞여있는 것으로 경험한다.
　여기에서 외할머니는 샤먼적 주체이다. 그녀는 스물한 살 외할아버지의
"혼신"과 교감하면서, 열아홉살 첫사랑 때로 돌아가는 경험을 한다. 샤먼
적 주체로서 외할머니는 혼교를 통하여 처녀 총각 때의 행복한 혼인식을
다시 치르고 있다. 이처럼 미당 시의 영적 자아들에게 세계는 코스모스가
아니라 카오스로 경험된다. 그들에게는 코스모스 세계의 "풀밭길"과 "생솔
가지 울타리"와 "옥수수밭" 등은 언제든지 카오스 세계의 영적 존재들이
흘러들어오는 길이 된다. 따라서 영적 자아들은 우주 만물을 매개로 영적
경험을 하게 된다.

　　국화꽃이 피었다가 사라진 자린
　　국화꽃 귀신이 생겨나 살고

　　싸리꽃이 피었다가 사라진 자린
　　싸리꽃 귀신이 생겨나 살고

　　사슴이 뛰놀다가 사라진 자린
　　사슴의 귀신이 생겨나 살고

---

33) 《미당 서정주 시 전집》, 185쪽.

영너머 할머니의 마을에 가면
할머니가 보시던 꽃 사라진 자리
할머니가 보시던 꽃 귀신들의 떼

꽃귀신이 생겨나서 살다 간 자린
꽃귀신의 귀신들이 또 나와 살고

사슴의 귀신들이 살다 간 자린
그 귀신의 귀신들이 또 나와 살고　　— 서정주,〈古調 貳〉전문.34)

　서정주는 우주 만물의 영혼에 관심을 기울였다. 시적 주체는 모든 존재
는 소멸하면서 그 자리에 "귀신"을 남긴다고 말한다. 모든 존재는 사라지
면서 '영혼'을 남긴다는 것이다. 그러한 논리에 의하면 "국화꽃", "싸리꽃",
"사슴" 등과 같은 모든 동식물들이 영혼을 갖는다. 육체가 소멸한 후에
남는 영혼이 바로 귀신이다.
　미당의 사유는 거기에서 한 걸음 더 나아가 귀신도 영혼이 있다고 말한
다. "꽃귀신"이 살다가 떠난 자리에는 "꽃귀신의 귀신"이, "사슴의 귀신들
이" 살다간 자리에는 "그 귀신의 귀신들이" 생겨나서 산다. 영혼도 영혼을
갖는 것이다. 따라서 미당의 샤머니즘적 상상력에 의하면 영혼을 갖지 않
는 존재는 없다. 온 우주는 영혼으로 가득 차 있다.35)
　나아가 그러한 영혼은 불멸의 존재로서 영원히 우주를 순환한다. 영혼
은 결코 소멸하지 않고 생명체, 물질, 순수한 영혼의 상태로 우주를 끝없
이 순환한다는 것이 미당의 시적 사유이다. 따라서 미당은 새 한 마리,
풀 한 포기, 돌멩이 하나에서도 영혼을 읽어낼 수 있어야 한다고 말한다.
그리고 그 영혼들을 사랑할 수 있어야 한다고 주장한다. 왜냐하면 그 영혼

---

34) 《미당 서정주 시 전집》, 124쪽.
35) 이와 같은 샤머니즘적 사유와 불교적 상상력이 결합하면서 미당 시에는 매우 개성적
　　인 윤회론적 사유가 펼쳐진다.

은 아득한 전생에 자아의 일부였거나 형제자매나 연인이었을 것이기 때문이다. 이러한 생태학적 상상력에서 우리는 사랑하는 사람의 영혼이 깃들어 있는 우주 만물을 사랑해야만 한다.

미당 시의 샤머니즘 생태학적 상상력에서 '영혼' 못지 않게 중요한 요소 중의 하나가 '저승'의 관념이다. 샤머니즘적 사유에서 '저승'은 세계를 신성시할 수 있게 하는 중요한 관념이다. 왜냐하면 샤머니즘적 '저승'은 다양한 방식으로 '이승'과 연결되어 '이승'의 존재들에 영적인 의미를 부여하기 때문이다.

정진홍은 우리 신화에서 발견되는 저승 관념을 다음과 같이 정리한다.

> 저승은 산이요 하늘이며, 땅 밑이요 바다인 것이다.
> 그런데, 이 모든 곳은 그것이 이승과의 대칭적인 자리인 한, 이른바 超自然의 영역에 속해야 옳다. 하지만 그곳은 한결같이 이승에서의 경험 안에 수용되는 자연이기도 하다. 산과 하늘, 땅 밑과 바다는 모두가 이승에서 만나지고 내가 사는 자리에서 이어져 있는 곳이다. 이승은 여전히 산을 끼고 하늘 아래 있으며 바다를 접하고 땅 위에 있다. 그러므로 저승으로서의 하늘은 이승으로서의 하늘이기도 하고 이승에서의 바다는 저승에서의 바다이기도 하다. 결국 이승과 저승은 단절되어 있지 않다. 그러나 또한 서로 이어져 있으나 함께 하여 하나이지는 않다. 하늘, 바다, 산, 땅 밑은 이승이되 저승이고 저승이되 이승인 것이다. 그러나 죽음을 계기로 할 때 비로소 이승은 저승과 다른 곳이 되고, 저승은 이어져 있으나 끊어진 '저편'이 된다.[36]

우리 신화 속에서 저승은 이승의 내부에 있는 산, 하늘, 땅 밑, 바다이다. 샤머니즘적인 세계관에서 산, 하늘, 땅 밑, 바다는 이승이면서 저승인 것이다. 그렇게 볼 때, 저승은 초자연의 영역이면서 동시에 자연의 영역이다. 이승과 저승은 구분은 되지만 단절되어 있지는 않다. 이승과 저승은

---

36) 정진홍, 『한국종교문화의 전개』, 집문당, 1988, 96쪽.

이어져 있지만 죽음을 계기로 '다른 세계'가 된다. 그렇다고 해서 '죽음'이 이승과 저승을 온전하게 끊어놓을 수 있는 것은 아니다. 왜냐하면 사자의 영혼은 언제든지 이승에 출현하기 때문이다. 샤머니즘 세계에서 이승과 저승의 관계는 단절성보다는 연결성이 더 본질적이다.

결국 샤머니즘의 세계관에서 이승은 본질적으로 저승과 겹쳐져 있다. 샤머니즘 세계관에서는 눈에 보이는 세계가 전부가 아니라, 그 배후에 보이지 않는 세계가 존재한다는 것을 알 수 있다. 저승은 자연의 영적인 측면으로서, 자연이 지닌 영성이나 성스러움의 공간적 개념화로 받아들일 수 있다.

미당은 이와 같은 샤머니즘의 저승관을 창조적으로 계승·변용하여 자연의 영성을 복원해낸다. 미당 시의 저승은 공간적인 상상력의 차원에서 이승의 곳곳에 깃들어 이승의 공간을 신성화하게 된다. 한편으로 미당 시에서 저승은 식물이나 동물 등과 같은 생명체를 매개로 이승과 연결된다. 이러한 상상력에서 사물과 공간은 단순한 물리적 존재가 아니라 '신비'를 내함하는 영적 대상이 된다.

공간적 상상력의 차원에서 서정주 시의 다양한 사물과 공간은 '다른 세계'와 맞닿은 통로로 형상화된다. 예를 들어, 널리 알려진〈꽃밭의 독백-娑蘇 斷章〉에서 "꽃"은 '다른 세계'로 나아가는 "문"으로 인식된다. 물론 미당 시에 각인된 '다른 세계'를 모두 '저승'의 이미지로 이해할 수는 없다. 그러나 그 '다른 세계'의 이미지가 샤머니즘적 사유 방식에 착근하고 있다는 점은 부인하기 어렵다. 미당 시의 공간 상상력에서 이승과 연결된 '다른 세계'는 어느 정도 '저승'의 성격을 갖는다.

> 房밑엔 언제나 검은 江물이 흐르고
> 房밑엔 언제나 싸늘한 구렁이가 사렀다.
> 소스라처 깨여나 나는 차젓으나

어느 壁에도 門은 없었고   — 서정주, 〈房〉 부분.[37]

　〈방〉에서 방 밑에는 "언제나 검은 江물이 흐르고", "언제나 싸늘한 구렝이가" 산다. 그러한 "방밑"은 이승과 겹쳐져 있는 '다른 세계'의 이미지이다. 꿈을 꿀 때면 화자는 이승의 내오에 깃들어 있는 '다른 세계'를 넘어다본다. "소스라처 깨여나" 살펴보지만 '다른 세계'로 통하는 문은 보이지 않는다.

　그러나 "어느 벽에도 문은 없었고"라는 대목은, 역설적으로 눈에는 보이지 않지만, 벽과 같은 방의 구조물 어딘가에 '다른 세계'로 통하는 보이지 않는 문이 있으리라는 점을 암시해준다. 이는 방이 단순한 물리적 구조물이 아니라 그 배후에 '다른 세계'를 내포한 공간임을 의미한다.

> 하늘에서 내려오는 성한 동아줄이나 있다면
> 샘 속이라도 몇 萬里라도 갈 길이나 있다면
> 샛바람이건 무슨 바람이건 될 수라도 있다면
> 매달려서라도 자맥질해서라도 가기야 가마.
> 門틈으로건 壁틈으로건 가기야 가마.
> 하지만 너, 내 눈앞에 매운재나 되어 있다면
> 내 어찌 올꼬.
> 홍건한 물이나 되어 있다면
> 내 어찌 올꼬.   — 서정주, 〈古調 壹〉전문.[38]

　이 작품에서는 "문틈"이나 "벽틈"이 '다른 세계'로 이어지는 통로이다. 신랑을 기다리다가 죽어 앉은 자리에서 재가 되어 버린 신부의 전설을 상기한다면 이 시에서 '다른 세계'는 이견의 여지가 없는 '저승'이다. 시적 자아는 문이나 벽 너머 어딘가에 저승이 있으리라 생각하고 있다. 이처럼 미당 시에서 건축물은 단순한 물리적 구조물이 아니라 저승과 이어져있는

---

37) 『시인부락』, 1936. 12.
38) 《미당 서정주 시 전집》, 123쪽.

공간이다. 저승과 이어진, 혹은 저승을 담고 있는 이승의 공간은 함부로 다루어서는 안 되는 신성한 영역이다.

이처럼 미당 시에서 공간은 물리적인 대상이 아니라 저승과 같은 '다른 세계'를 품고 있는 영적인 대상이다. 시적 주체가 공간에 영적인 가치를 부여하고 있음을 알 수 있다. 이러한 사유는 땅이나 건물을 함부로 건드리면 '동티난다'고 경계하는 우리 민간 신앙과 겹쳐진다. 미당 시의 저승-공간 상상력은 생태학적인 차원에서 공간의 신성화라는 의미로 이해할 수 있다. 공간에 대한 영적 가치 부여는 공간을 함부로 훼손하는 행위를 경계하면서 한편으로는 공간-사랑의 감정을 상기시킬 수 있다.

미당 시에서 이승과 저승은 연결성이 중요하다. 두 공간의 연결성은 이승의 공간을 신비화한다. 시적 주체는 다양한 식물이나 동물 이미지를 활용하여 이승과 저승을 매개하는데, 매개 역할을 하는 식물이나 동물에는 영적인 가치가 부여된다.

> 내 기다림은 끝났다.
> 내 기다리던 마지막 사람이
> 이 대추 굽이를 넘어간 뒤
> 인젠 내게는 기다릴 사람이 없으니.
>
> 지나간 小滿의 때와 맑은 가을날들을
> 내 이승의 꿈잎사귀, 보람의 열매였던
> 이 대추나무를
> 인제는 저승 쪽으로 들이밀꺼나.
> 내 기다림은 끝났다.　　　　　— 서정주, 〈기다림〉전문.[39]

이 시에서 저승은 "대추나무" 뒤에 있다. "대추나무"는 이승에서 저승으로 건너가는 통로가 된 셈이다. 이러한 상상력은 샤머니즘적 상상력에 토

---

39) 《미당 서정주 시 전집》, 127쪽.

대를 두고 있다. 무속신앙에서 저승의 공간적 위치는 종종 "모퉁이를 돌아선 저승"과 같이 표현된다.[40] 이러한 상상력과 유사하게 시적 자아에게 죽음은 '모퉁이를 돌아가듯' '대추나무를 돌아가는' 것으로 인식된다. 이와 같은 저승의 상상력에서 "대추나무"는 단순한 물리적 대상이 아니다. "대추나무"는 이승과 저승에 걸쳐있으며, 온전히 이승으로 건너오기도 하고, 때로는 저승으로 넘어가기도 한다. 화자는 "대추나무"에서 저승적 공간과 저승에 거주하는 사랑하는 이의 혼백을 본다. "대추나무"에는 일종의 영적인 가치가 부여되어 있는 것이다.

이와 유사하게 〈내가 심은 개나리〉에서는 "개나리"가 매개 식물로 등장한다. 이 작품에서 개나리는 이승과 저승을 동시에 품고 있다.

> '참한 오막살이집 모양으로 아주 잘 가꾸었읍죠. 이걸 기른 할아버지는 돌아가시고 할머니만 남아 있는데, 혼자 보기는 어렵다고 자꾸 캐가라고만 해서 가져온 나무닙쇼.'
> 내가 올 이른봄에 새로 사서 심은 개나리 꽃나무를 꽃장수는 내게 팔며 이렇게 말했다.
> 그래, 나는 이 개나리 꽃나무에서 또다시 이승과 저승의 두 가지를 나란히 갖는다. 혼자서도 인제는 똑바로 보고 있는 할아버지의 저승과, 똑바로는 아무래도 볼 수가 없어 얼굴을 모로 돌리고 있는 할머니의 이승을……   — 서정주, 〈내가 심은 개나리〉 전문.[41]

시적 자아는 꽃장수에게서 개나리를 산다. 꽃장수에 의하면, 개나리를 기르던 할아버지가 돌아가신 뒤, 혼자 보기 아깝다고 할머니가 자꾸 캐가라고 하여 가져온 꽃나무이다. 개나리를 얻은 자아는 "이 개나리 꽃나무에서 또다시 이승과 저승의 두 가지를 나란히 갖는다"고 말하고 있다. 개나리는 이승의 할머니와 저승의 할아버지를 매개하는 존재인 것이다.

---

40) 정진홍, 『한국종교문화의 전개』, 100쪽.
41) 《미당 서정주 시 전집》, 274쪽.

화자는 개나리를 사다가 자신의 꽃밭에 옮겨 심어 놓고, 이승과 저승을 상상한다. 자아에게 개나리는 순수하게 이승에 속하는 생명 기계가 아니라 저승과 이승의 틈새에 놓여있는 영적 존재인 것이다. 자아는 개나리를 통해서 현실 이면의 영적 세계와 교감하게 된다.

〈기다림〉의 "대추나무"나 〈내가 심은 개나리〉의 "개나리"는 단순한 생물학적 식물이 아니라, 현실과 '다른 세계', 이승과 저승의 경계에 놓여 양쪽을 매개하는 유동적인 존재들이다. 미당 시의 이러한 영적 가치 부여는 평범한 사물들을 '영물(靈物)'로 승격시킨다. 생태학적인 차원에서 이러한 영적 가치 부여는 '식물'의 존엄성을 상정하는 의미를 지닌다.

이승과 저승을 매개하는 상상력은 '동물'의 이미지에도 투영되어 있다.

> 저놈은 대체 무슨심술로 한밤중만되면
> 차저와서는 꿍꿍앓고 있는것일까
> 우리 아버지와 어머니에게 또 나와 나의 안해될사람에게도
> 분명히 저놈은 무슨불평을 품고있는것이다.
> 무엇보단도 나의詩를, 그다음에는 나의表情을, 흐터진머리털 한가닥
> 까지, …낮에도 저놈은 엿보고있었기에
> 멀리 멀리 幽暗의 그늘, 외임은 다만 수상한 呪符.
> 피빛 저승의 무거운물결이 그의쭉지를 다적시어도
> 감지못하는 눈은 하눌로, 부흥…부흥… 부흥아 너는
> 오래전부터 내 머릿속暗夜에 둥그란집을 짓고 사렀다.
> — 서정주, 〈부흥이〉전문.[42]

낮이 이승이 지배하는 시간이라면, 밤은 저승이 지배하는 영역이다. 그러나 낮과 밤이 단절되지 않고 이어진 것처럼 이승과 저승도 이어져 있다.

미당 시에서 "부흥이"는 밤의 동물이다. 〈絶望의 노래-부흥이〉[43]에서

---

42) 《미당 서정주 시 전집》, 50쪽.
43) 『시건설』, 1936. 11.

화자는 "부흥이"를 "暗黑의 使徒", "모든 밝은것 咀呪하는 새"로 규정하고 있다. 밤의 시간대에 속하는 부흥이는 저승의 동물로 인식된다. 낮의 시간대에 부흥이는 사라지는 것이 아니라 이승과 겹쳐져 있는 "幽暗의 그늘"인 저승에 조용히 도사리고 앉아서 이승을 엿본다. 그러다가 저승이 지배하는 밤의 시간대가 펼쳐지면 화자를 찾아와 신비로운 주문을 들려준다. "부흥이"는 "오래전부터 내 머릿속暗夜에 둥그란집을 짓고" 살면서 자아의 일부로 자리 잡고 있다. "부흥이"를 매개로 자아는 저승적인 세계와 교감을 나누게 된다.

이러한 상상력에서 부흥이는 단순히 생물학적인 조류에 그치지 않고 '영물'로 인식되고 있다. 이러한 영적 가치 부여는 몇 종류의 식물이나 동물에 국한되지 않는다. 미당의 시적 상상력은 다양한 존재들에 영적인 가치를 부여한다. 생태학적 차원에서 미당 시의 '저승' 이미지는 샤머니즘적인 영적 가치 부여와 관련된다. '저승' 이미지는 이승의 다양한 존재들에게 '영적인' 생명을 부여하면서 신성화하는 기능을 한다. 미당 시의 사물, 생물과 공간은 영적인 가치를 부여받은 신성한 대상들이다. 이러한 신성화는 타자의 가치를 폄하하면서 지배하고 착취하는 경향을 지닌 근대적 세계관에 대한 비판의 의미를 지닌다.

제3부

불교 생태학적 상상력
Poetic Imagination of Buddhistic Ecology

불교 생태학

　'윤회(輪廻)'나 '불살생(不殺生)'의 교리에서 단적으로 드러나듯이 불교는 세계 종교 가운데에서 가장 생태학적인 종교이다. 불교 사상은 다양한 생태학적 사유로 가득 차 있다. 따라서 다양한 관점에서 불교 생태학적 사유를 도출해낼 수 있지만, 여기에서는 연기론적 사유, 윤회론적 사유, 대칭적 사유의 세 가지 차원으로 나누어 살펴보고자 한다.

　먼저 연기론(緣起論)의 차원에서 생태학적 함의를 고찰한다. 널리 알려진 바와 같이 연기론은 불교이론의 핵심이자 초석으로서 가장 포괄적인 개념이다.[1] 따라서 불교의 모든 사상은 여기에서 가지를 뻗어 나간다고 볼 수 있다. 연기론의 기본 교설은 '이것이 있음에 저것이 있고, 이것이 일어남에 저것이 일어난다[此有故彼有, 此起故彼起]'[2]는 것이다.

　연기론은 현대 물리학이 해결하지 못한 우주의 상호 작용과 상호 관계에 대해 많은 비밀을 암시해준다.[3] 연기론은 우주 만물의 상호 의존적

---

1) 方立天, 『佛敎哲學』, 유영희 역, 『불교 철학 개론』, 민족사, 1992, 193쪽.
2) 『잡아함경』권12.
3) 김용운, 『카오스와 불교-불교에서 바라본 과학의 본질과 미래』, 사이언스북스, 2003,

존재원리이다. 연기론에 의하면 우주에 고립된 실체는 없다. 우주는 마음, 물질, 에너지 등의 모든 자료와 정보가 가시적-불가시적, 직접적-간접적 인과론으로 뒤얽힌 하나의 유기체이다. 연기론은 지구-생태계의 신비로운 상호 의존성과 유기체성의 원리를 보여주는 것이다.

연기론은 카오스적 인과론을 포용하는 매우 폭넓은 인과론으로서 신과학이나 생태학에 큰 영향을 주고 있다. 오늘날 연기론은 유효기간이 만료된 고대 사상이 아니라 어느 정도 대안적 과학의 성격을 갖는다.[4]

다음으로 윤회론의 차원에서 생태학적 함의를 생각해본다. 연기론이 전체로서 우주의 인과론이라면, 윤회론은 개체로서 자아의 인과론이다. 엄밀하게 말해 불교의 윤회론은 윤회의 주체를 상정하지 않는 무아 윤회론이다.[5] 그러나 넓은 의미에서 불교의 윤회론은 무아는 물론 유아도 포함하는 매우 다양한 함의를 지닌다.[6] 넓은 의미의 윤회론에는 정령론적 영혼의 재생과 육체의 변신과 유사한, 근대를 경험한 세대들이 용납하기 어려운 많은 관념들도 내함되어 있다. 그러나 한편으로는 현대 물리학적 성과의 토대에서 수용할 수 있는 면면이 풍부하게 담겨 있기도 하다.

윤회론은 신과학이나 생태학의 관점에서 새롭게 해석될 수 있다. 개체에서 개체로의 자기 동일적 변신이라는 근대 이전의 윤회론과 달리 신과학과 생태학의 관점에서 윤회는 우주전체(복수의 선행존재)가 협력하여

179~195쪽.

4) 현대 과학, 신과학, 생태학은 동양 사상에서 많은 아이디어를 얻고 있다. 근대 과학의 결정론적 세계관이 신비를 몰아내고 세계를 물리적이고 기계적인 대상으로 전락시켰기 때문이다. 물론 현대 과학과 동양 사상의 부분적 유사성을 전면적인 동일성으로 확대해석하는 것은 명백한 오류이다. 그러나 현대 과학, 신과학, 생태학이 동양 사상으로부터 대안적 사유의 단초를 얻고 있는 것도 사실이다.

5) 육파 철학은 유아 윤회론을 발전시킨 반면 불교는 무아 윤회론을 발전시켜 왔다. 이거룡, 「윤회의 주체를 둘러싼 논쟁」, 이효걸 외, 『논쟁으로 보는 불교 철학』, 예문서원, 1998, 62쪽.

6) 오형근, 『불교의 영혼과 윤회관』, 새터, 1995, 39~116쪽.

하나의 개체를 생성하는 과정으로 이해될 수 있다. 이때의 윤회의 과정에서는 우주의 모든 정보들이 새로이 생성되는 후속개체(successor) 속으로 스며들어간다. 신과학적 사유는 후속개체 속으로 진입하는 에너지, 마음과 물질 등의 유무형의 모든 자료와 정보를 불교의 업과 같은 의미로 이해한다.[7] 개체는 선행하는 우주의 모든 자료와 정보를 업으로 물려받는 셈이다.

이렇게 생성된 개체는 개체로서의 수명을 다하면 다시 우주로 흩어진다. 개체의 에너지, 마음, 물질 등과 같은 모든 정보와 자료는 다시 '초양자장(superquantum field)'[8]과 같은 우주의 전일적인 바탕으로 분산된다. 분산과 동시에 모든 정보와 자료는 다시 무수한 후속개체들의 생성과정에 진입한다. 이러한 신과학적 윤회론은 정보와 자료의 이합집산을 자기 동일적 영원성으로 인식한다.

신과학적 윤회론은 단순히 개체에서 개체로 이어지는 영원성으로 단선적 자기 동일성과는 다르다. 신과학적 윤회론의 자기 동일성에는 모든 자료와 정보를 담는 거대한 그릇으로서 우주와 개체의 자기 동일성이 전제되어 있다. 우주와 개체의 자기 동일성이 전제된 상태에서 우주의 분신으로서 선행개체와 후속개체의 자기 동일성을 인정한다는 점에서 신과학적 윤회론은 '범아일체론(梵我一體論)'[9]적인 자기 동일성이라 할 수 있다.

---

7) 김용운, 『카오스와 불교』, 111~138쪽.
8) 초양자장 이론은 우주의 만물이 하나로 연결되어 있다는 비국소성 원리(non-locality principal)에 토대를 두고 있다. 우주는 초양자장으로 충만하며, 우주에 존재하는 모든 것은 초양자장으로부터 정신계, 에너지계, 물질계 등으로 분화된다. 초양자장으로부터 분화한 모든 부분은 전체의 정보를 담고 있다. D. Bohm, *Toward a new theory of the relationship of mind and matter*, Frontier Perspectives, 1990.
9) 슈뢰딩거는 양자역학의 연구를 통하여, 다양성은 겉보기에 불과하고 자아와 우주는 동일하며, 모든 의식은 하나이자 같은 것이라는 결론에 도달하다. 김용운은 슈뢰딩거가 도달한 결론이 "범아일체론(梵我一體論)"이라고 말한다. 김용운, 『카오스와 불교』, 221~223쪽.

마지막으로 불교 사상의 또 다른 특징은 무생물과 생물, 자연과 인간, 자아와 타자, 부분과 전체, 작은 것과 큰 것 등 서로 다른 것을 대칭적인 관계로 인식한다는 점이다. 대칭적 인식은 서로 다른 범주의 대상을 평등한 가치와 유사한 성질을 지닌 유사한 존재로 받아들인다. 나아가 서로 다른 범주가 단절되지 않고 연결되어 있는 것으로 인식한다.

이러한 대칭적 사유는 화엄 사상과 많은 부분이 겹쳐진다. 우선 부분과 전체의 대칭적 관계에 대하여 『화엄경』에서는 "일체의 세계가 한 터럭 속에 들어가고 한 터럭이 일체의 세계에 들어가며, 일체 중생의 몸이 한 몸에 들어가고 한 몸이 일체 중생의 몸에 들어가며, 말할 수 없는 겁(劫)이 일념에 들어가고 일념이 말할 수 없는 겁에 들어간다", "한 작은 티끌 속에 모든 세계가 나타난다", "하나하나의 티끌 속에 한없는 종류의 불국토가 있다" 등과 같이 밝히고 있다.10) 이처럼 부분은 전체를 반영하고, 부분이 모여 전체를 이룬다. 화엄 사상에서 부분과 전체는 평등한 가치를 지니며, 서로가 서로를 반영하는 관계이다. 화엄 사상의 '일즉다 다즉일(一卽多 多卽一)', '일중일체 일체중일(一中一切 一切中一)' 등의 개념은 부분과 전체의 평등하고 상호 반영적인 관계를 의미한다.11)

불교의 연기론이나 윤회론도 대칭적 사유를 보여준다. 연기론도 결국은 만물을 상호 의존적 관계로 파악하면서 만물을 대칭적인 존재로 인식한다. 윤회론도 마찬가지로 인간과 다른 생명체의 관계를 연속적인 관계로

---

10) 불교교재편찬위원회, 『불교 사상의 이해』, 불교시대사, 2004, 383쪽.
11) 『화엄경』의 '인드라 그물'에 관한 아래의 서술은 이와 같은 부분과 전체의 관계를 상징적으로 보여준다. "인드라 하늘에는 진주 그물이 있고, 그 그물은 잘 정돈되어 있어 만일 사람이 어떤 하나의 진주를 주시한다면 그것 속에 다른 모든 것이 반영되어 있는 것을 볼 것이다. 이와 같이 이 세계 내의 각각의 대상들은 단지 그것 자체로서가 아니라 다른 모든 대상들을 서로서로 포함한다. 그러므로 사실상 각각의 대상은 서로 다른 대상이 된다. 한 티끌의 먼지 입자에도 무수한 많은 붓다들이 존재한다." 불교교재편찬위원회, 『불교 사상의 이해』, 382쪽.

파악하면서 인간과 다른 생명체를 평등한 존재로 인식한다. 이처럼 불교 사상은 모든 존재를 대칭적인 관계로 파악하는 양상을 보여준다.

김용운에 의하면 화엄 사상의 대칭적 사유는 프랙탈과 맞물린다.12) 프랙탈은 고전 물리학의 선형적-기계적 인과론에 대한 대안적 질서로서 카오스적 질서이다. 프랙탈 이론에 의하면 자연의 부분이 갖는 형상 패턴은 전체의 형상 패턴을 반복한다. 프랙탈 이론에서는 전체와 부분, 부분과 부분이 자기-유사성(self-similarity) 원리에 의하여 대칭을 이룬다. 생물의 각 세포는 전체에 관한 유전 정보를 담고 있으며, 고사리 잎사귀의 한 부분은 잎사귀 전체와 같고, 잎사귀는 고사리 전체의 모양과 대응한다. 전체와 부분, 부분과 부분이 '일즉다 다즉일'의 관계를 형성하고 있는 것이다.

우주를 자기-유사성의 구조로 보는 불교의 세계관은 고전 물리학, 근대 과학과는 양립할 수 없는 것이었다. 그러나, 현대과학이나 신과학의 논리에서 불교의 대칭적 사유는 '오래된 미래'의 비전을 제공해준다. 대칭적 사고는 타자에 대한 관심과 존중에 초점이 맞추어진 사유방식이다. 생태학적인 차원에서 대칭적 사고는 인간중심주의적 사고에 대한 대안적 사고로서 의미심장하다.

불교 사상의 생태학적 함의를 연기론적 사고, 윤회론적 사고, 대칭적 사고 등의 세 차원에서 살펴보았다. 연기론적 사고는 신비로운 인과론으로서 우주 만물의 상호 의존성과 유기체성에 대한 생태학적 사유를 보여준다. 윤회론적 사고는 다른 존재와 인간, 자아와 타자를 자기 동일성의 차원에서 파악할 수 있는 생태학적 관점을 제공해준다. 대칭적 사고는 인간과 자연, 자아와 타자, 부분과 전체를 평등과 대칭의 관계로 바라볼 수 있는 생태학적 세계관을 보여준다.

---

12) 김용운, 『카오스와 불교』, 79~109쪽.

제 2 장

'절대평등'의 사상과 상상력
– 한용운의 불교 생태 사상과 시적 상상력

만해는 시인이기 이전에 근대 초기의 대표적인 불교 사상가 중 한 명으로 평가할 수 있다. 그는 "철학이 동서고금에 있어서 금과옥조(金科玉條)로 삼아온 내용이 기실 불경의 주석 구실을 하고 있는 데 불과"[13]하다고 생각할 만큼 불교 사상에 대한 자부심이 대단했다. 그에게 불교 사상은 동서고금의 철학은 물론 근대 과학까지도 포용할 수 있는 매우 포괄적인 사상이었다.

만해 사상의 특성은 불교 사상을 토대로 철학과 과학 등 근대 사상을 재해석하면서 전개되는 탈근대 사상이라는 점이다. 그렇기 때문에 만해 사상은 전통을 고수하는 국수주의나 맹목적으로 근대만을 추종하는 진보주의와도 일정한 거리를 확보한다.

만해는 불교 사상을 근간으로 근대 과학을 재해석하면서 자신의 불교 생태 사상을 펼쳐보인다.

---

13) 한용운, 「朝鮮佛教維新論」, 《한용운 전집》 2, 신구문화사, 1974, 42쪽.

오동의 한 잎새는 나무에서 나고, 나무는 땅에서 나고, 오동이 난 땅은 지구의 일부분이다. 지구는 태양계 유성(遊星)의 하나이다. 지구는 성무 시대(星霧時代)로부터 현상(現象)의 지구가 될 때까지 삼엄한 인과율로 변천되어 온 것이다. 그러면 오동 일엽의 개락(開落)이 지구의 창조와 연쇄관계보다도 동일한 계통(系統)의 인과율임을 알기에는 그리 어렵지 아니하다. 그뿐 아니라 지구의 창시는 다수한 태양계와 상호의 관계가 있고, 다수한 태양계는 광막한 허공, 유구한 광음, 무수한 만유, 그들의 총합체인 전우주의 인과율적 몇 부분이다. 그러고 보면 추풍을 따라 힘없이 떨어지는 묘소(渺少)한 오동 한 잎새, 우주의 창시에 그의 운명을 규정한 것이 아니냐. ― 한용운, 「宇宙의 因果律」[14]

한용운은 불교의 연기론적 인과론을 기반으로 근대 과학의 인과율을 포용하면서 자신의 생태학적인 인과론적 우주론을 전개한다. 그에 의하면 우주 만물은 인과율의 그물망 안에 놓이기 때문에 인과 관계를 추적하면 과거와 미래를 알 수 있다. 자칫하면 만해의 이러한 인과 사상은 근대 과학의 기계적 인과론과 혼동될 수 있다.

그러나 불교 사상에 토대를 둔 만해의 인과 사상은 물질과 물질 사이의 기계적 인과론뿐만 아니라 '마음'의 인과론까지 포함한다. 기계적 인과론이 감각적 인과론이라면 '마음'의 인과론은 초감각적 인과론으로서 '믿음', 종교의 영역에 해당되는 것이다. 만해가 바라보는 우주는 물리적 인과론과 신비주의적 인과론으로 직조된 유기체적 우주인 것이다.

만해 사상의 핵심적인 요소는 '평등'이다. 그는 인과론적 질서에 의하여 긴밀하게 연결된 우주 만물은 모두 평등하다고 생각하였다. 따라서 만해의 생태 사상은 한마디로 "절대평등"의 사상으로 규정할 수 있다.

유정, 무정은 일반이라, 무엇이든지 다 평등이라는, 다시 말하면 모든 생물에 이르기까지 이 우주간에 있는 만물은 모두 다 똑같다는, 지금 시

---

14) 《한용운 전집》 2, 296쪽.

대의 말로 표현한다면, 우주의 만물은 절대로 평등이라는 만고에 없는 위대한 이 부르짖음은, 주의로치더라도 이러한 커다란 주의가 어디 있겠읍니까. 오늘날 와서도 모든 생물, 심지어 만물은 절대평등이란 이론도 없거니와, 그러한 생각조차도 못하고 있습니다. 二천 수백여년 전의 인물인 석가가 이러한 생각을 벌써 하였다는 것은 도저히 오늘날 우리들로서는 그의 위대한 그 사상에 탄복할 수밖에 없었읍니다.

— 한용운, 「석가의 정신」15)

오늘날 우리들에게는 만해의 민족주의자로서의 면모가 부각되어 있다. 그러나 불교 사상가로서 만해는 본질적으로 코스모폴리탄이었다. 그가 꿈꾸는 세계는 종국적으로는 "하나하나의 물건, 하나하나의 일을 하나도 빠뜨림이 없이 모두 평등하게"16) 되는 "절대평등"의 경지였다. "절대평등"의 경지는 국가와 국가, 민족과 민족, 인간과 인간은 물론 모든 존재와 모든 사건이 평등한 지평이었다.

그런데 만해의 시대에 시급한 소명은 조국의 독립이었다. 따라서 만해는 국가와 국가의 평등, 민족과 민족의 평등을 우선적으로 달성하고자 하였다. 그는 근대의 자유주의와 세계주의를 내세우며 인간, 민족, 국가의 평등을 강조하였다. 그러나 그는 자유주의나 세계주의가 인간중심주의적인 사상이라는 사실을 잘 알고 있었다. 그렇기 때문에 궁극적으로는 사물과 사건, 인간과 자연이 모두 평등해지는 '절대평등'이라는 이념을 제시하였던 것이다.

만해가 제시한 '절대평등'은 오늘날 심층 생태론자들이 주장하는 생명평등주의보다 한 걸음 더 나아간 생태학적 사유체계이다. 왜냐하면 생명뿐만 아니라 모든 물질 나아가 모든 사건까지도 평등한 경지를 이념으로 설정하고 있기 때문이다.

---

15) 《한용운 전집》 2, 293~294쪽.(『삼천리』4, 1931.11.)
16) 「朝鮮佛教維新論」, 《한용운 전집》 2, 45쪽.

평등과 더불어 주목할 수 있는 사상이 상호 의존성이다.

> '나'가 없으면 다른 것이 없다. 마찬가지로 다른 것이 없으면 나도 없다.
> 나와 다른 것을 알게 되는 것은 나도 아니오, 다른 것도 아니다. 그러나
> 나도 없고 다른 것도 없으면 나와 다른 것을 아는 것도 없다.
> 　나는 다른 것의 모임이요, 다른 것은 나의 흩어짐이다. 나와 다른 것을
> 아는 것은 있는 것도 아니오, 없는 것도 아니다. 갈꽃 위의 달빛이요, 달
> 아래의 갈꽃이다. 　　　　　　　　　　　 — 한용운, 「나와 너」[17]

만해의 유기체적 우주론에서 우주 만물은 인과론적으로 서로 연결되어
있다. 따라서 우주 안에 독립적인 존재는 없다. 타자들의 합생(合生)으로
자아가 탄생되며, 자아는 해체되어 타자로 다시 합생된다. 자아는 타자의
원인자이고, 타자는 자아의 원인자인 것이다. 이처럼 만해 사상에서 모든
존재는 서로가 서로에게 의존한다.

부버가 지적하듯이 근대 세계의 자아와 타자의 관계는 '나'-'그것'의 관
계이다.[18] 이는 근대적 세계관의 타자를 사물화하고 도구화하는 경향을
지적한 것이다. 부버가 그 대안으로 '나'-'너'의 인격적인 관계를 제시하듯
이, 만해도 자아와 타자의 인격적인 관계로서 '나'-'너'의 관계에 대해 깊이
있는 사유를 전개하였던 것이다.

자아와 타자의 인과론적 관련성이나 상호 의존성은 "무한아", "절대아"
라는 개념으로 연결된다.

> 사람은 저열한 육욕의 방종을 속박하고, 고상한 정신 생활을 존귀(尊
> 貴)하게 아는 고로 자아를 확대 연장하여 부모 처자에 미치고, 사회 국가
> 에 미치고, 내지 전우주를 관통하여 산하 대지가 다 자아가 되고, 일체
> 중생이 다 자아에 속하느니 구구한 六척의 몸으로 자아를 삼는 것이 어찌

---

17) 《한용운 전집》 2, 351쪽.(『불교』88, 1931. 10.1.)
18) M. Buber, 표재명 역, 『나와 너』, 문예출판사, 1998, 51쪽.

오류(誤謬)가 아니리요.

공간적으로 그러할 뿐 아니라 시간적으로도 그러하니, 자아라는 것은 육체의 생존하는 시간 즉, 100년 이내의 생명만을 표준하는 것이 아니오, 과거, 현재, 미래를 관통하여 영구한 생명을 가지게 되느니 사람은 과거 조선(祖先)의 영예를 위하여 자기를 희생하는 수도 있고, 미래 아손(兒孫)의 행복을 위하여 자기를 희생하는 수도 있으니, 그로써 보면 자아의 생명은 三세를 통하여 연장되는 것이다.

그러면 자아라는 것은 유한적이 아니며, 상대적이 아니라 실로 무한아(無限我), 절대아(絶對我)가 되는 것이다. ─ 한용운,「禪과 自我」[19]

공간적으로 볼 때 자아와 타자는 인과론적으로 관련되어 있으며 상호 의존의 관련성을 맺고 있기 때문에 우주 안에 고립된 존재는 없다. 좁은 범위에서 자아는 부모와 처자와 연결되어 있으며, 가장 넓은 범위에서는 전우주와 연결되어 있다. 그렇게 볼 때 자아는 가족으로, 사회와 국가로, 그리고 우주 전체의 범위로 확장될 수 있다. 이러한 공간적인 자아의 범위 확대는 심층 생태론자들이 말하는 '자아실현'의 개념과 맞물려 있다.

시간적인 차원에서 자아는 타자의 합생에 참여하면서 후대로 이어진다. 뿐만 아니라, 후손이나 민족을 위해 자아를 희생하기도 하기 때문에 자아는 공동체에 참여하게 된다. 따라서 자아는 자신에서 끝나는 것이 아니라 "과거, 현재, 미래를 관통하여 영구한 생명"을 갖게 되는 것이다.

이렇게 볼 때 한용운 사상에서 우주 만물은 평등한 가치를 가지면서도, 인과론적으로 상호 연결되어 유기적 전체를 이루고 있다.

'절대평등'을 이념으로 하는 한용운의 생태 사상은 작품에도 고스란히 투영된다. 특히, 작은 생명체에 대한 관심은 그의 '절대평등' 사상을 잘 보여준다.

---

19) 《한용운 전집》 2, 322쪽.(『佛敎』제108호, 1933. 7. 1.)

나는 소나무 아래서 놀다가
지팽이로 한줄기 풀을 부질렀다.
풀은 아모 反抗도 怨望도 없이
나는 부러진 풀을 슬어한다.
부러진 풀은 永遠히 이어지지 못한다.

내가 지팽이로 부질러지 아니 하였으면
풀은 맑은 바람에 춤도 추고 노래도 하며
銀같은 이슬에 잠자고 키쓰도 하리라.

모진 바람과 찬 서리에 꺾이는 것이야 어찌하랴마는
나로 말미암아 꺾어진 풀을 슬어한다.

사람은 사람의 죽음을 슬어한다.
仁人志士 英雄豪傑의 죽음을 더욱 슬어한다.
나는 죽으면서도 아모 反抗도 怨望도 없는 한줄기 풀을 슬어한다.
　　　　　　　　　　　　— 한용운, 〈一莖草〉 전문.20)

　　불교에는 십선도(十善道)의 하나로 '산 것을 죽이지 않는대[不殺生]'는
계율이 있지만, 대체로 '식물'보다는 '동물'에 적용되고 있다. 그러한 상황
을 의식한 듯 만해는 '식물'의 생명 가치에 대해서 의문을 제기한다. 우연
히 부러뜨린 풀 한 포기도 생명체가 아닌가? 만해는 인간이나 동물에게만
삶이 존재하는 것이 아니라 식물의 삶도 존재한다고 말한다. "풀은 맑은
바람에 춤도 추고 노래도 하며 銀같은 이슬에 잠자고 키쓰도 하리라."는
미시적 시각으로 풀의 마이크로코즘(microcosm)을 보여준다. 화자의 관
점에 의하면 인간과 동물뿐만 아니라 식물도 그들의 세계와 삶이 존재한
다. 대부분의 사람들은 "사람의 죽음"에 대해 슬퍼하고 특히 "인인지사 영
웅호걸"의 죽음은 더욱 슬퍼하지만 작은 풀 따위는 안중에도 없다. 하지만

---

20) 한계전 편, 《님의 침묵》, 서울대 출판부, 1996, 237~238쪽.(『조선일보』, 1936. 4. 3.)

화자는 한 포기 풀도 영웅호걸의 생명과 대등한 생명 가치가 존재하기 때문에 슬퍼해야 한다는 생각을 드러낸다.

이와 같은 만해의 '절대평등'의 사상은 〈一莖草〉 외에도 〈一莖草의 생명〉(『惟心』2, 1918.), 〈쥐(鼠)〉(『조선일보』, 1936. 3. 31.), 〈파리〉(『조선일보』1936. 4. 5.), 〈모기〉(『조선일보』, 1936. 4. 5.) 등의 작품에 구체적으로 드러난다.

'절대평등'의 생태학적 상상력의 이면에는 신비적 대상과 우주의 순환에 대한 인식이 전제되어 있다.

> 바람도업는공중에 垂直의波紋을내이며 고요히써러지는 오동닙은 누구의발자최임닛가
> 지리한장마씃헤 서풍에몰녀가는 무서은검은구름의 터진틈으로 언뜻언뜻보이는 푸른하늘은 누구의얼골임닛가
> 꼿도업는 깁흔나무에 푸른이끼를 거처서 옛塔위의 고요한하늘을 슬치는 알ㅅ수업는향긔는 누구의입김임닛가
> 근원은 알지도못할곳에서나서 돍쌕리를울니고 가늘게흐르는 적은시내는 구븨구븨 누구의노래임닛가
> 련꼿가튼발꿈치로 가이업는바다를밟고 옥가튼손으로 끗업는하늘을만지면서 써러지는날을 곱게단장하는 저녁놀은 누구의詩임닛가
> 타고남은재가 다시기름이됩니다. 그칠줄을모르고타는 나의가슴은 누구의밤을지키는 약한등ㅅ불임닛가 — 한용운, 〈알ㅅ수업서요〉 전문.[21]

만해의 생태 사상은 종교로서 불교를 토대로 근대 과학을 수용하고 있기 때문에, 종교적-신비적인 요소와 과학적-물리적인 요소를 변증적으로 수용하고 있다. 〈알ㅅ수업서요〉에는 종교적-신비적인 측면이 잘 드러난다.

화자는 자연에서 "오동잎", "하늘", "향기", "시내", "저녁놀" 등의 감각적 대상들을 발견하고, 그 대상들의 아름다움에 매료된다. 그런데 자연의 아

---

21) 한계전 편, 《님의 침묵》, 120쪽.

름다운 이미지들이 순수한 물리적 대상으로만 다가오는 것은 아니다. 그는 감각적 대상들 이면에서 "누구"로 표상되는 신비적 존재를 감지해낸다. 아름답게 펼쳐진 자연의 이미지들은 "누구의 발자취", "누구의 얼굴", "누구의 노래", "누구의 시" 등에서 확인할 수 있듯이 신비적 존재의 흔적으로 다가온다.

만해의 생태 사상에서 우주는 유기적 전체이다. 개별적으로 존재하는 우주 만물을 하나의 유기적 전체로 묶는 원리는 인과론이며 상호 의존성이고 만물을 관류하는 불성이라 할 수 있다. "오동잎", "하늘", "향기", "시내", "저녁놀" 등은 우주자연을 구성하는 개별적인 파편이다. '누구'가 표상하는 신비적 대상은 그러한 개별적인 파편을 하나로 묶어준다. 따라서 '누구'는 신비적 인과율이나 상호 의존성, 혹은 불성으로 이해할 수 있을 것이다.

〈알ㅅ수업서요〉는 신비적 대상에 대한 인식과 더불어 순환론에 대한 인식을 보여준다. 신비적 대상에 대한 인식은 순환론에 대한 인식과 결부되어 있다. 마지막 행의 "그칠줄을모르고타는 나의가슴은 누구의밤을지키는 약한등ㅅ불임닛가"는 "나" 또한 우주의 고립된 주체가 아니라 신비적 대상을 매개로 한 유기적 전체로서의 우주에 통합된 존재임을 드러내고 있다.

한편으로 "타고남은재가 다시기름이됩니다."에서 확인할 수 있듯이 자아는 우주의 순환 속에서 끊임없이 소멸하고 재탄생하는 순환적 주체이다. 유기적 전체로서의 우주 안에서 개별적 자아들은 소멸과 재탄생의 무한한 순환을 통해 우주의 대순환을 형성한다. 자아의 순환이 없다면 우주의 순환도 없다. 그러한 맥락에서 자아의 가슴이 "약한 등불"이 되어 신비적 존재의 밤을 밝힌다는("누구의밤을지키는") 상상력이 가능해진다.

우주적인 차원에서 순환성의 다른 측면이 항상성이다. 우주의 물질과 에너지, 정신은 끊임없이 순환하면서 항상성을 유지한다.[22] 이와 같은 순환성과 항상성은 개별적인 것들의 끊임없는 상호 작용을 통해 확보되는 유기적 전체로서의 우주를 형성한다. 만해의 시 곳곳에는 우주의 원리로서 순환성과 항상성이 형상화되어 있다.

①우리는 맛날째에 써날것을염녀하는것과가티 써날째에 다시맛날것을 믿습니다.
아아 님은갓지마는 나는 님을보내지 아니하얏습니다.
제곡조를 못 이기는 사랑의노래는 님의沈默을 휩싸고돔니다.
— 한용운, 〈님의 침묵〉부분.[23]

②님이어 그술은 한밤을지나면 눈물이됩니다
아아 한밤을지나면 포도주가 눈물이되지마는 쏘한밤을지나면 나의 눈물이 다른포도주가됩니다 오오 님이어 — 한용운, 〈葡萄酒〉부분.[24]

③一莖草가 丈六金身이되고 丈六金身이 一莖草가됩니다
天地는 한보금자리오 萬有는 가튼小鳥입니다
나는 自然의거울에 人生을비처보앗슴니다
苦痛의가시덤풀뒤에 歡喜의樂園을 建設하기위하야 님을쩌난 나는 아아 幸福입니다 — 한용운, 〈樂園은 가시덤풀에서〉부분.[25]

순환성과 항상성의 원리는 ①에서 "회자정리(會者定離), 거자필반(去者必反)"의 원리로 변주된다. 우주의 대순환 속에서 모든 물질과 존재는 결합하였다가 흩어지고 흩어졌다가 다시 결합을 되풀이한다. 만해 시에서 순환의 원리는 인간 관계는 물론 역사적 상황에도 적용이 된다.
순환의 원리에 의하여 ②에서는 눈물이 포도주가 되고, 포도주가 눈물

---

22) 김종욱, 『불교생태철학』, 동국대 출판부, 2004, 83~91쪽.
23) 한계전 편, 《님의 침묵》, 118쪽.
24) 한계전 편, 《님의 침묵》, 151쪽.
25) 한계전 편, 《님의 침묵》, 169쪽.

이 되며, ③에서는 작은 일경초가 육척의 커다란 존재(장육금신)로 변모되고 커다란 존재가 다시 작은 일경초로 뒤바뀔 수 있다.[26] 이러한 물질과 존재의 대순환 속에서 모든 존재는 서로가 서로에게 빚지고 있기 때문에 우주 만물이 한 가족이고, 커다란 존재나 작은 존재나 모든 존재는 평등하다. "천지는 한보금자리오"가 우주 만물의 가족 관계를 의미한다면, "萬有는 가튼小鳥입니다"는 절대평등의 경지를 의미한다.

만해는 '절대평등'의 경지에 도달하기 위해서는 실천이 필요하다고 말한다. 그러한 실천적 측면을 그는 "구세주의"[27]로 규정한다. 구세주의적인 실천이 전제될 때 세계는 궁극적으로 '절대평등'의 경지에 도달하게 된다. 만해 시에서 구세주의적 실천은 '죽음'의 이미지로 형상화된다.

> 당신은 나의죽엄속으로오서요 죽엄은 당신을위하야의準備가 언제든
> 지 되야잇습니다
> 만일 당신을조처오는사람이 잇스면 당신은 나의죽엄의뒤에 서십시오
> 죽엄은 虛無와萬能이 하나입니다
> 죽엄의사랑은 無限인同時에 無窮입니다
> 죽엄의압헤는 軍艦과砲臺가 쯰끌이됩니다
> 죽엄의압헤는 强者와弱者가 벗이됩니다
> 그러면 조처오는사람이 당신을잡을수는 업습니다
> 오서요 당신은 오실쌔가되얏습니다 어서오서요
> ― 한용운, 〈오서요〉부분.[28]

앞에서 살펴본 바와 같이 만해 시에서 모든 존재는 죽음과 재탄생을 반복하면서 우주를 순회한다. 순환의 지평에서 보면 자아의 죽음은 타자의 합생 과정이다. 자아는 죽음의 과정을 통해 타자에게 전이되는 것이다.

---

26) 한계전의 주해에 따르면, 丈六은 一丈六尺으로, 부처님의 키로 이해할 수 있으며, 金身은 불상을 뜻한다. 한계전 편, 《님의 침묵》, 64쪽.
27) 한용운, 「朝鮮佛敎維新論」, 《한용운 전집》2, 45쪽.
28) 한계전 편, 《님의 침묵》, 211~212쪽.

그러한 논리에서 실천과 희생의 궁극적인 경지는 '죽음'이다.

　이 시에서도 '죽음'은 실천과 희생의 상징적인 표현으로 해석할 수 있다. 자아의 죽음은 타자를 탄생시킨다("당신은 나의죽엄속으로오서요"). 죽음은 표면적으로는 "허무"이지만 본질적으로는 우주를 재탄생으로 이끄는 "만능"의 의미를 지닌다. 그렇기 때문에 자아는 "죽엄의사랑은 無限인同時에 無窮임니다"라고 말한다. "죽음"으로 상징되는 구세주의적 실천과 희생에 의하여 "군함과 포대"로 상징되는 지배와 착취의 세력이 소거된다. 그리하여 "죽음"에 의하여 궁극적으로 '강자와 약자가 벗이 되는' 절대평등의 지평이 확보된다.

　이처럼 만해 시의 생태학적 상상력은 '절대평등'의 경지를 이념으로 설정하면서, 구세주의적 실천과 희생을 강조하고 있다. 만해가 산문에서 보여준 생태 사상이 작품에도 투영되어 있음을 확인할 수 있다.

제3장

'중생(衆生) 총친화(總親和)'의 사상과 상상력
— 이광수의 불교 생태 사상과 시적 상상력

이광수의 생태 사상은 '중생 총친화'의 사상으로 규정할 수 있다. '중생 총친화'의 사상은 우주 만물이 다투지 않고 서로 사랑하는 이상적인 세계를 지향한다. 이러한 이광수의 생태 사상은 인과론과 생명 평등 의식을 핵심으로 한다.

> 나는 이것을 믿소. 이 중생 세계가 사랑의 세계가 될 날을 믿소. 내가 법화경을 날마다 읽는 동안 이 날이 올 것을 믿소. 이 지구가 온통 금으로 변하고 지구상의 모든 중생들이 온통 사랑으로 변할 날이 올 것을 믿소. 그러니 기쁘지 않소?
>
> 내가 이 집을 팔고 떠나는 따위, 그대가 여러 가지 괴로움이 있다는 따위, 그까진 것이 다 무엇이오? 이 몸과 이 나라와 이 사바 세계와 이 온 우주를(온 우주는 사바 세계 따위를 수억 억만 헤아릴 수 없이 가지고 있었고 있고 있을 것이오) 사랑의 것으로 만드는 일이야말로 그대나 내 나라가 할 일이 아니오? 저 뱀과 모기와 파리와 송충이, 지네, 그리마,

거미, 참새, 무, 나무, 결핵균, 이런 것들이 모두 상극이 되지 말고, 총친화 (總親和)가 될 날을 위하여서 준비하는 것이 우리 일이 아니오? 이 성전 (聖戰)에 참예하는 용사가 되지 못하면 생명을 가지고 났던 보람이 없지 아니하오? ― 이광수, 「육장기」(1939)[29]

이광수가 꿈꾸는 이상적인 세계는 "중생 세계"가 "사랑의 세계"가 되는 세계이다. 그가 말하는 중생은 인간에 국한되지 않고 모든 생명체를 포괄한다. "모기와 파리" 같은 해충은 물론 "결핵균"과 같은 병균까지도 중생의 범주에 포함된다. 따라서 이광수가 지향하는 '중생 총친화'의 세계는 모든 대립과 갈등이 해소되고("모두 상극이 되지 말고") 해충은 물론 병균까지도 서로 사랑하는 이상적인 경지이다.

'중생 총친화'의 경지는 전일적인 유기체적 우주론에 토대를 두고 있다.

因緣法이란 무엇인가. 自然科學에서 因果律이라고 稱하는 것과 마찬가지로, 因은 緣은 만나서 반드시 果를 낳는다는 것이다. 因 없는 果는 없고, 因이 있고 緣이 있으면 반드시 果를 生한다. 因緣法은 偶然을 容許하지 않는다. 宇宙人生에는 偶然이란 것은 없다.
自然界나 人事나 다 因緣法으로 織成된 것이다. 毫末만한 因緣法이라도 어그러지는 날이면 宇宙는 壞滅될 것이다.
큰 機械에 조그마한 못 하나만 튕겨도 運轉이 不可能함과 같다.
― 이광수, 「生死關」[30]

이광수는 불교의 인연법과 근대과학의 인과율을 변증법적으로 발전시켜 자신의 전일적인 유기체적 우주론을 만들어낸다. 이광수의 변증법적 인과론은 불교의 인연법으로 근대과학의 인과율을 포용하는 형식을 취한다. 따라서 그에게 본질적인 것은 과학이 아니라 불교이다. 그에 의하면 우주는 인과론적 관계로 직조된 전일적 유기체이다. 그의 우주론에서 우

---

29) 이광수, 《이광수 전집》 8, 삼중당, 1976, 57쪽.
30) 《이광수 전집》 10, 261쪽.(『신시대』, 1941. 2.)

주 만물은 가시적·불가시적인 인과와 직접적·간접적인 인과 관계로 긴밀하게 연결되어 있다. 그러한 인과론적 우주론에서는 행동 하나, 말 한마디도 인과론적인 영향력을 발휘한다. 그는 인과론적 질서로 정교하게 빚어진 우주를 "조그마한 못 하나만 튕겨도 運轉이 不可能"해지는 "기계"에 비유한다. 이광수가 생각하는 인과론적 질서로 짜이어진 우주기계는 무기체가 아니라 마음과 생명이 담겨 있는 전일적 유기체이다.[31] 그는 정밀한 인과론적 우주 내의 "우주인생에는 우연이란 것은 없다"라고 강변한다.

나아가 우주 내의 모든 생명체들이 영위하는 "우주인생"은 모두 "한 집 식구"라고 말한다.

> 지구라야 조그만한 티끌 하나 아니오? 이를테면 이 무궁한 우주라는 큰 집의 조그마한 방 한 간 아니오? 우리 지구상에 사는 인류란 이 단간방에 모여 사는 한 식구야. 그러니 얼마나 정답겠소? 얼마나 서로 불쌍히 여기고 서로 도와야 하겠소.
> 짐승도 그렇지요. 새도, 벌레도, 나무, 풀도 그렇소. 다 마찬가지야. 나와 한 집 식구야. 나와 같은 마음을 가지고 있소. 기뻐하고 슬퍼하고, 나고 죽고. 그의 살던 것이 내 살 되고, 내 살이던 것이 그의 살 되고 이것은 범망경(梵網經)까지 아니 보더라도 얼른 알아지는 것 아니오?
> 내 창 밖에 와서 울고 간 새가 어느 생에 내 아버지였는가 내 어머니였는가?
> — 이광수, 「육장기」(1939)[32]

인용문에는 이광수의 우주론과 생명 평등 의식이 잘 드러난다. 이광수는 광대무변한 우주가 무수히 많은 층위로 이루어져 있다고 생각했다. 광대무변한 우주는 우주-지구-국가-가정-신체 등의 무수한 대우주와 소우주의 층위로 이루어진다는 것이다. 가령, 인간의 신체도 무수히 많은 세포와

---

31) 이광수는 유기체적 우주기계를 "대기구(大機構)"로 규정하기도 한다. 「因果의 理」, 《이광수 전집》 8, 458쪽.(『매일신보』, 1940. 3. 8-9.)
32) 《이광수 전집》 8, 56쪽.

세균들이 서식하는 하나의 소우주이다.

이러한 다층구조적 우주론의 견지에서 "지구"는 "무궁한 우주라는 큰 집의 조그마한 방 한 간"에 불과하다. 그리고 지구상의 모든 생명체는 "식구"나 다름없다. 이러한 사유는 생명 평등 의식과 연결된다. 그는 지구라는 작은 방에 인간과 함께 세들어 사는 "새도, 벌레도, 나무, 풀도" 모두 "한 집 식구"라고 말한다. 이러한 생명 평등 의식은 심층적인 차원에서 불교의 윤회론에 호흡을 대고 있다. "내 창 밖에 와서 울고 간 새가 어느 생에 내 아버지였는가 내 어머니였는가?"는 윤회론적 사유를 단적으로 보여준다.

요컨대 '중생 총친화'의 사상으로 규정할 수 있는 이광수의 생태 사상은 불교의 인연법과 근대과학의 인과율에 토대를 두고 있다. 우주는 인과론적으로 짜여인 전일적 유기체이며, 우주-지구 안의 모든 생명체는 평등한 "식구"들이다. 이광수의 생태 사상의 핵심적인 요소는 '인과론'과 '생명 평등 의식'이다.

이광수는 시인이라기보다는 소설가이고 사상가였다. 그의 정신적 활동 영역에서 시가 차지하는 부분은 미미한 것이 사실이다. 그러나 시는 이광수의 내면세계가 가장 진솔하게 드러나는 영역이라고 할 수 있다. 비록 미학적인 수준은 높지 않지만, 그의 시편들은 그의 생태 사상을 진솔하게 드러낸다. 이광수의 생태학적 상상력에서는 우주의 다층구조론, 인과론적 우주론, 윤회론적 자아관, 생명 평등 의식 등이 두드러지게 나타난다.

> 뉘라 지구더러 마음이 없다 하던고?
> 지구에 마음 없으면 내게 마음 있으리
> 나의 괴로움은
> 지구의 괴로움이다

그가 구는 것도 달리는 것도
난 날이 있으니 끝날 날도 있다
그의 業障이 다할 때
그의 大願이 이룰 때

나의 業과 願은 地球의 業과 願
地球의 業과 願은 太陽의 業과 願
그리고 太陽의 運命은
곧 宇宙의 運命이다

아아 無始의 한 生命 한 願의 마음
쉬움 없이 움직이고 변화하는 그 애씀
그 願이 무엇이런가
더욱 큰 사랑의 調和

지구여, 돌라 달리라, 힘 다할 때까지
한 땀의 에네르기도 滅함이 없다
꺼먼 그대의 그림자
환하게 빛나기까지

내 몸이 만번 죽어 썩어도 내 뜻이
아니 죽듯이, 못 죽듯이, 늘 살 듯이
우주의 원도 그래   ― 이광수, 〈地球〉부분.[33]

〈地球〉에는 '나-지구-태양계-우주'의 다층 구조가 나타난다. 이광수의
생태학적 사유체계에서 '나', '지구', '태양계'는 대우주에 포함된 소우주들
로서 각각 층을 이루어 대우주를 형성하고 있다. 큰 우주가 작은 우주를
포함하고 있기 때문에, 나의 마음은 지구의 마음이고, 지구의 마음은 태양
계의 마음이며, 태양계의 마음은 우주의 마음이다. 그리하여 '나의 마음'은

---

[33] 《이광수 전집》 9, 521쪽. (『문예』제2권 6호, 1950. 6.)

'우주의 마음'으로 인식된다. 이렇게 볼 때 우주는 무기체가 아니라 '마음'을 가진 하나의 유기적 생명체이다.

이러한 생태학적 다층구조론의 상상력의 견지에서 '나의 업과 원'은 '지구의 업과 원'으로, '지구의 업과 원'은 '태양계의 업과 원'으로, '태양계의 업과 원'은 '우주의 업과 원'으로 인식된다. 이와 같은 상상력의 논리에서 '나의 운명'은 '우주의 운명'과 포개어진다. '나의 운명'과 '우주의 운명'은 동일하게 "無始의 한 生命"이며 "한 願의 마음"이다. 화자는 우주를 관류하는 하나의 생명의 '원(願)'의 마음은 궁극적으로 "더욱 큰 사랑의 調和"를 지향한다고 말한다. 이광수 시에서 "조화"는 궁극적으로 자아와 타자, 부분과 부분, 부분과 전체의 조화이다.

우주 전체의 "더욱 큰 사랑의 調和"를 향해 지구는 끊임없이 공전하고 자전하고 있으며, 자아는 끊임없이 죽고 다시 태어나는 윤회를 반복한다. 우주 만물의 운동과 순환에 의하여 언젠가 모든 상극이 사라지고 모든 중생이 총친화의 경지에 도달하게 된다는 것이 이광수의 생태학적 상상력의 핵심이다.

> 꽃이 한 송이 피기에 얼마나 힘이 들었나
> 해의 힘 바람의 힘 물의 힘 땅의 힘
> 그리고 시작한 때를 모르는 알 수 없는 생명의 힘
> 꽃이 한 송이 피기에 알 수 없는 힘이 다 들었다.
>
> 되어서 반나절도 못 가는 어리디 어린 채송화 한 송이
> 일각도 쉬임이 없이 쌓이고 쌓인 우주에 정력의 날아남
> 그 많은 정력을 장시간 이루 대일 수 없다는 듯이
> 꽃이 이울어 져버린 자리에는
> 보라 불어 오르는 그 자방을
> 한 꽃은 져도 꽃의 목숨은 끝이 없다

영원한 역사를 씨에 담아 또 피고 또 피어
한없이 같은 꽃을 피어도 다 새 꽃이다
무궁한 윤회에 그의 바라는
목적은 무엇인고?   — 이광수, 〈꽃〉 전문.[34]

〈꽃〉에는 생태학적 인과론과 윤회론이 잘 드러난다. 1연은 인과론적 우주론을 형상화하고 있다. 화자는 한 송이의 꽃을 피우기 위하여 "해", "바람", "물", "땅" 등 온 우주가 협력하였다고 말한다. "시작한 때를 모르는"이라는 대목은 꽃을 피우기 위한 인과 관계의 시작이 태초로 거슬러 올라간다는 점을 말해준다. 뿐만 아니라 "알 수 없는 생명의 힘"은 가시적, 직접적인 인과 관계뿐만 아니라 불가시적, 간접적 인과 관계도 꽃의 개화에 작용하고 있음을 말해준다. 시적 자아는 우주의 가시적-불가시적, 직접적-간접적 모든 인과 관계가 작용하여 한 송이의 꽃을 피운다고 말한다.

2연과 3연은 윤회론에 토대를 둔 상상력이다. 화자는 꽃이 진 자리에서 "자방"을 발견한다. 꽃은 떨어져서 씨앗을 남기고 씨앗은 또 다른 꽃을 피워낼 것이다. 그러한 방식으로 꽃은 "피고 또 피어" 영원한 생명을 이어 나갈 것이다. 이와 같은 꽃의 영원성은 "무궁한 윤회"로 연결된다.

"한 없이 같은 꽃을 피어도 다 새 꽃이다"는 이광수의 윤회론적 존재론을 집약적으로 보여준다. 영원한 시간을 관류하며 무수히 피고 지는 꽃은 어떤 면에서는 모두 '같은' 꽃이지만 어떤 면에서는 모두 '다른' 꽃들이다. 피고 지는 꽃은 동일성과 개체성이라는 양면성을 갖기 때문이다. 이러한 이광수의 윤회론적 존재론에서 자아는 탄생과 죽음을 영원히 반복하면서 동일성을 유지하지만 한편으로는 언제나 새로운 육체로 갈아입고 새로운 개체성으로 바뀌는 새로운 자아이다.

이러한 윤회론적 존재론은 자아가 우주의 대순환에서 단절된 고립된

---

34) 《이광수 전집》 9, 533~534쪽.

'중생(衆生) 총친화(總親和)'의 사상과 상상력   *127*

개체가 아니라 우주의 대순환을 향해 열린 생태학적 자아임을 말해준다.

윤회론에 착근한 이광수의 존재론에서 모든 생명체는 평등하다. 나아가 자아는 모든 생명체를 희로애락을 지니고 인간과 대칭적인 관계를 맺는 존재로 인식한다. 〈할미꽃〉35), 〈비둘기〉36), 〈귀뚜라미〉37), 〈구더기와 개미〉38) 등은 이광수의 생명 평등 의식을 단적으로 보여주는 시편들이다.

보리밭 가에
찌그러진 무덤―
그는 저 찌그러진 집에
살던 이의 무덤인가

할미꽃 한 송이
고개를 숙였고나
아아 그가 갈던 밭에
아아 그가 사랑튼 보리
푸르고 누르고
끝없는 봄이 다녀 갔고나

이 봄에도
보리는 푸르고 할미꽃이 피니
그의 손자 손녀의 손에
나물 캐는 흙 묻은 식칼이 들렸고나

변함 없는 農村의 봄이여
끝없는 흐르는 人生이여   ― 이광수, 〈할미꽃〉 전문.39)

35) 《이광수 전집》 9, 503~504쪽.(이광수, 《춘원 시가집》, 박문서관, 1940.)
36) 《이광수 전집》 9, 496쪽.(『朝光』, 1936. 05.)
37) 《이광수 전집》 9, 496쪽.(『여성』, 1937. 1. 신년호)
38) 《이광수 전집》 9, 512쪽.(『희망』1, 1950. 2.)
39) 《이광수 전집》 9, 503~504쪽.(《춘원 시가집》)

화자는 어느 봄날 보리밭 가에서 "찌그러진 집"과 "찌그러진 무덤"을 보고, "찌그러진 집"에 살던 사람이 죽어서 "찌그러진 무덤"에 묻힌 것이라고 생각한다. 다시 "할미꽃 한 송이"를 발견하고선 무덤에 묻힌 이가 노파라고 생각한다. 그리하여 할미꽃은 죽은 노파의 환생으로 인식된다. 할미꽃으로 환생한 노파는 봄의 들판에서 나물을 캐는 손자 손녀를 바라보고 있다. 할미꽃과 소년, 소녀가 윤회론적 혈연 관계로 맺어지는 것이다. 이처럼 이광수의 윤회론적 상상력에서 모든 생명은 소멸하지 않고 다른 존재로 재탄생하면서 우주를 순회하며 타자들과 생태학적인 인연 관계를 형성한다.

이광수 시의 생태학적 상상력의 실천적 측면이 '사랑'이다. 윤회론과 생명 평등 의식에 입각한 이광수의 생태학적 사랑의 대상은 우주 만물이다. 생태학적 자아는 "버러지"[40]와 "삼계중생"[41] 모두를 사랑해야한다. 타자에 대한 생태학적 사랑은 불교의 자비론과 연결되어 있다. 그는 '우주 만물에 내재된 불성[皆有佛性]'을 모든 생명체가 담지한 사랑의 의미로 해석한다.[42] 모든 생명체는 유전적으로 생태학적 사랑을 갖고 태어난다는 것이다. 생태학적 사랑이 바로 불성이며, 생태학적 사랑을 담지한 모든 생명체는 곧 부처로 이해된다.

그렇다면 이광수가 생각한 생태학적 사랑은 구체적으로 어떠한 양상을 띠는가?

> 나는 그대를 사랑하노라
> 하고 싶어하는 사랑이매
> 그대에게 구하는 바 없노라

---

40) 〈능금 공양〉, 《이광수 전집》 9, 567쪽.(《춘원 시가집》)
41) 〈우리 서로〉, 《이광수 전집》 9, 526쪽.(《사랑》)
42) 「神秘의 世界 慈悲의 原理」, 《이광수 전집》 8, 409쪽.(『大潮』 5. 1930. 8.)

나는 내 모두를 그대에게 주노라
　　주고 싶어 주는 것이매
　　그대에게 바라는 바 없노라

　　그대 만일 나를 사랑하면
　　기쁘게 받겠노라. 그러나
　　나는 그대에게 진실로 구하는 바 없노라.
　　　　　　　　　　　　　　　　— 이광수, 〈無所求〉 전문.[43]

　근대사회에서 사랑의 윤리는 주고 받는 것을 원칙으로 한다. 그러나 이광수가 생각한 생태학적 사랑은 그와 달리 대가 없이 주는 무조건적인 사랑이다. 나아가 "내 모두를 그대에게 주노라"에서 확인할 수 있듯이 자기 희생적인 사랑이다.

　이러한 무조건적이고 희생적인 사랑은 신비적 인과론에 착근하고 있다. 「생의 원리」[44]나 〈因果應報〉[45] 등에서 확인할 수 있듯이 생태학적 사랑은 본질적으로는 무조건적이지 않다. 왜냐하면 '지금 여기'에서 베푸는 사랑은 비록 기억에 없더라도 전생이나 혹은 자신도 모르는 사이에 무수히 많은 타자에게서 받은 사랑이나 자신이 타자에게 저지른 업보에 대한 인과론적인 대가이기 때문이다. 따라서 타자에 대한 생태학적 사랑은 선택이 아니라 당위이다.

　무조건적이고 이타적인 사랑의 가장 극단적인 경지는 죽음이다.

　　무엇은 못 드리리, 몸이어나 혼이어나
　　억만 번이나 죽고 나고 죽고 나서
　　그 목숨 모다 드려도 아까울 것 없어라

---

43) 《이광수 전집》 9, 498쪽.
44) 《이광수 전집》 9, 420쪽.(1935.5.26.-6.2.)
45) 《이광수 전집》 9, 510쪽.(1949. 3. 17.)

三千大千世界 바늘 끝만한 구석도
임 목숨 안 버리신 따이 없다 하였어라
중생을 사랑하심이 그지 없으시어라

어둡던 맘일러니 이 빛이 어인 빛고?
久遠劫來에 못 뵈옵던 빛이어라
그리고 굳은 業障이 이제 깨어지니라

무엇을 바치리까? 박복하고 빈궁하와
바칠 것 바없어라. 그똥 몸을 아끼리만
한 송이 꽃만 못하오매 그를 설어합니다. — 이광수, 〈佛心〉 전문.[46]

이광수는 우주에서는 무수히 많은 생명체가 끊임없이 죽고 태어나면서
항상성이 유지된다는 사실을 숙지하고 있었다. 이광수의 생태학적 사유체
계에서 새로 태어나는 생명체는 이전에 죽은 생명체들을 자양분으로 삼아
합생된다. 그렇기 때문에 생명체들의 죽음은 타자를 위한 생태학적 사랑
의 궁극적 경지라고 할 수 있다. 윤회론적 사유의 견지에서 생명체들은
무수히 많은 죽음과 재탄생을 거치면서("억만 번이나 죽고 나고 죽고 나
서") 억만 번의 "목숨"을 바치면서 생태학적 사랑을 실천하는 것이다.

그런데 이광수의 생태학적 사유체계에서 죽고 태어나는 모든 생명체들
이 바로 부처이다. 따라서 부처는 우주 곳곳에서 무수히 많은 목숨을 바치
면서 중생에게 생태학적 사랑을 베푸는 자이다("三千大千世界 바늘 끝만
한 구석도/ 임 목숨 안 버리신 따이 없다 하였어라"[47]).

인과론과 윤회론에 뿌리 내린 이광수 시의 생태학적 사랑은 무조건적이
며 이타적인 것이다. 이러한 사랑은 생명체에 대한 배려와 존중, 그리고
생태계 전체를 위한 개체의 희생이라는 의미를 지닌다.

---

46) 《이광수 전집》 9, 571쪽. (《춘원 시가집》)
47) 여기에서 "임"은 부처이자 모든 생명체를 의미한다.

제4장

'유일생명(唯一生命)'의 사상과 상상력
— 조지훈의 불교 생태 사상과 시적 상상력

시와 산문을 통해 자신의 생태 사상을 전개한 시인은 많다. 그러나 생태 사상을 체계적인 시론으로 개념화시킨 시인은 드물다. 조지훈의 시론은 생태 윤리와 미학을 변증시켜 생태시론의 이론적 토대를 점검하였다는 점에서 시사적이다.

주지하는 바와 같이 근대미학의 핵심적 이념 중 하나가 '미적 자율성'이다. 미적 자율성의 논리에 의하면 시학은 윤리와는 별개의 분야이다. 반면 생태 시학은 생태 윤리와 미학이 결합된 분야로서 '미적 자율성'에 위배되는 이념적 지향을 보인다. 미적 자율성에 입각한 근대 미학은 생태 윤리와 거리가 멀다. 칸트는 예술미와 자연미를 구분한다.[48] 칸트는 예술미와 달리 자연미의 경우는 근본적으로 도덕 법칙과 겹쳐진다고 보았다.

자율성을 중시하는 근대 미학과 달리 조지훈의 시론에서 예술미는 자연미의 연장선에 놓인다.

---

48) I. Kant, 이석윤 역, 『판단력 비판』, 박영사, 1996, 175~180쪽.

그러므로, 시뿐 아니라 모든 예술은 자연을 정련(精鍊)하여 그것을 다시 자연의 혈통에 환원시키는 것, 곧 '막연(漠然)한 자연(自然)'에 특수한 의미를 부여함으로써 새로운 의미를 발견하는 것이라고 말할 수 있다. 그러므로, 자연에 더 많이 통할수록 우수한 시며 실제에서도 훌륭한 예술작품은 하나의 자연으로 남는 것을 볼 수 있다. 이로써 우리는 '자연미(自然美)의 구극(究極)이 예술미에 결정(結晶)되고 예술미의 구극은 자연미에 환원된다'는 것을 알 수 있다. 훌륭한 자연을 사람이 만든 듯하다고 찬탄하는가 하면 훌륭한 예술을 자연의 솜씨 곧, 신품(神品)이라고 찬탄하지 않는가. 그 이유가 여기에 있는 것이다.

— 조지훈, 「시의 생명」[49]

조지훈에게 '예술'은 '자연'을 '정련하여 특수한 의미를 부여하면서 새로운 의미를 발견하는 것'이다. 조지훈에게 위대한 예술은 "자연에 더 많이 통"하는 예술, 자연에 가까운 예술이다. 따라서 예술미의 궁극적인 경지는 자연미이다. 조지훈이 말하는 예술미의 궁극적인 경지는 단지 외형적인 면에서 자연미에 다가가는 것을 의미하지는 않는다.

조지훈의 시론에서 시는 자연의 모방이 아니라 "자연의 연장"[50]이다. '자연의 연장'은 형식적인 모방이 아니라 자연의 생명과 시의 생명을 연결하는 개념이다. 그는 자연과 시의 생명을 연결하기 위한 실천적 개념으로서 '사랑'을 제시한다.

①생명은 자라려고 하는 힘이다. 생명은 지금에 있을 뿐 아니라 장차 있어야 할 것에 대한 꿈이 있다. 이 힘과 꿈이 하나의 사랑으로 통일되어 우주에 가득 차 있는 것이 우주의 생명이 아니겠는가. 우주의 생명이 분화된 것이 개개의 생명이요, 이 개개의 생명의 총체가 우주의 생명이라고 볼 것이다. 그러므로, 나는 '시는 자기 이외에서 찾은 저의 생명이요, 자기에게서 찾은 저 아닌 것의 혼(魂)'이라고 한다. 다시 말하면,

---

49) 조지훈, 《조지훈 전집》 2, 나남출판, 1998, 20~21쪽.
50) 《조지훈 전집》 2, 21쪽.

'대상을 자기화하고 자기를 대상화하는 곳에 생기는 통일체 정신'이
시의 본질이라고 나는 믿는다. '인간 의식과 우주 의식의 완전 일치의
체험'이 시의 구경(究竟)이라고 믿어진다는 말이다. 이런 뜻에서 우주
의 생명적 진실을 수정(受精)함으로써 시를 생탄(生誕)시키는 것은 시
인의 보편한 지향이라 할 것이다.　　　　— 조지훈, 「시의 생명」[51]

②실상은 자연물질가치든 이상정신가치든 그 구극이 인간의 근본적 요
구총체(要求總體)에 환원할 때 가치는 실로 생활 하나밖에 없을 것이
요, 지(知)・정(情)・의(意)는 유일생명(唯一生命)에 통섭(統攝)될 것
이다.　　　　　　　　　　　　　　— 조지훈, 「시의 감성」[52]

　조지훈의 생태시론에는 '자연-시인-시'를 관류하는 '생명'이 전제된다.
그 '생명'은 온 우주와 시인, 시를 관류하는 하나의 동일한 생명이기 때문
에 "유일생명"으로 규정된다. 그의 시론에서 대자연의 생명은 "자라려고
하는 힘"이며 "지금에 있을 뿐 아니라 장차 있어야 할 것에 대한 꿈"을
지니고 있다. 그에 의하면 모든 존재는 각각 개별적인 생명을 지니고 있지
만 심층적인 면에서는 '유일생명'으로 연결된다.
　한편으로 "대자연의 생명은 하나의 위대한 사랑"이라고 말한다. 여기서
의 "위대한 사랑"은 대자연의 생명의 실천적 차원이라 할 수 있다. 이 "사
랑"은 다양한 양태로 존재하는 개별 생명들에게 질서와 활기를 불어넣으
면서 우주에 '유일생명'이 충만하게 한다.
　그렇다면 대자연의 생명과 시는 어떻게 연결되는가. 양자의 매개항이
바로 시인의 천분으로서의 '사랑'이다. 시인의 사랑은 대자연을 관류하는
생명과 호흡을 포착하여 시인의 생명으로 끌어들이고, 시인의 생명은 다
시 시의 생명을 탄생시키게 된다. 그리하여 '자연-시인-시'는 '유일생명'으
로 연결된다. 조지훈에게 위대한 시는 바로 대자연의 생명과 시인의 생명

---

51) 《조지훈 전집》 2, 26쪽.
52) 《조지훈 전집》 2, 32쪽.

과 시의 생명이 혼연일체를 이룬 작품이다.

자신의 생태학적 시론과 무관하지 않게 조지훈은 시적 상상력의 차원에
서도 자연과 생명에 관심을 기울인다. 많은 작품들에서 시적 자아는 온
우주를 관류하는 유일생명과 교감하는 양상을 보여준다.

무너진 城터 아래 오랜 세월을 風雪에 깎여온 바위가 있다

아득히 손짓하며 구름이 떠가는 언덕에 말 없이 올라 서서

한 줄기 바람에 조찰히 씻기우는 풀잎을 바라보며

나의 몸가짐도 또한 실오리 같은 바람결에 흔들리노라

아 우리들 太初의 生命의 아름다운 分身으로 여기 태어나

고달픈 얼굴을 마조 대고 나즉히 웃으며 얘기 하노니

때의 흐름이 조용히 물결치는 곳에 그윽히 피어 오르는 한떨기 영혼이여
― 조지훈, 〈풀잎 斷章〉전문.[53]

"무너진 성터"나 "오랜 세월을 풍설에 깎여온 바위"는 장구한 시간을 환
기시킨다. 반면 "구름"이나 "풀잎"은 덧없는 존재이다. 화자는 "한 줄기 바
람에 조찰히 씻기우는 풀잎"과 교감을 나누며 자신 또한 풀잎처럼 "바람결
에 흔들리"는 경험을 한다. 풀잎과의 교감은 장구한 시간성과 결합하여
"태초의 생명"에 대한 생각으로 거슬러 올라간다. "태초의 생명"은 그가
시론에서 언급한 "유일생명"과 맞닿아 있다. 비록 풀잎과 자아는 현상적으
로는 개별적인 "분신"들이지만 본질적으로는 "유일생명"에 연결되어 있다.
조지훈의 생태학적 상상력에서는 "풀잎"도 자신과 다름 없는 하나의 생명

---

53) 《조지훈 전집》 1, 54쪽.

체이며 시간을 거슬러 올라가면 "태초의 생명"을 매개로 자신과 연결된다.

조지훈의 생태학적 상상력에서 주목할 부분 중의 하나가 시간의식이다. 그는 "태초"로부터 현재를 지나 미래로 끝없이 이어지는 시간을 의식한다. 그러한 시간의식에서 '현재'는 태초의 "유일생명"이 흩어지고 만나고 다시 흩어지는 과정 속에 놓인 작은 "물결"의 하나이다. "때의 흐름이 조용히 물결치는 곳"은 그러한 장구한 시간 속에서 자아와 풀잎이 교감하는 찰나적 현재를 의미한다.

시간의식과 함께 두드러지는 또 다른 특징은 부분과 전체에 대한 인식이다. 조지훈의 생태학적 상상력에서 모든 존재는 하나의 전체인 "유일생명"으로 연결되어 있으면서, 현상적인 측면에서는 독립적인 개체로서 "분신"으로 존재한다.

> 살아 있는 모든 것의/ 가슴 속 깊이
>
> 꽃다이 흐르는/ 한 줄기 鄕愁
>
> 짐짓 사랑과/ 미움을 베풀어
>
> 다시 하나에 통하는/ 길이 있고나
>
> 내 또한 아무 느낌 없는/ 한 오리 풀잎으로
>
> 고요히 한줌 흙에/ 의지하여 숨쉬노니
>
> 구름 흘러가는 언덕에/ 조용히 눈 감으면
>
> 나의 영혼에 連하는/ 모든 生命이
>
> 久遠한 刹那에/ 明滅하노라.　　　― 조지훈, 〈풀잎 斷章2〉 전문.[54]

이 시에도 부분과 전체, 영원과 순간에 대한 생태학적 상상력이 뚜렷하게 드러난다. "살아 있는 모든 것"은 결국 "유일생명"으로부터 분화된 "분신"들을 의미한다. "유일생명"에서 분리되어 나온 "분신"들은 근원을 향한 "향수"를 느낀다. 그러나 "분신"들은 결국은 "다시 하나에 통하는 길"을 따라 구원한 시간을 흘러간다.

시적 주체는 "구원"한 시간과 "찰나" 속에서 끊임없이 "명멸"하는 "모든 생명"들에 대한 사유를 펼친다. "분신"으로서 개별적인 생명들은 "찰나" 속에서 끊임없이 "명멸"하지만, 모든 생명들은 '유일생명'으로 이어져 "구원"의 시간을 관류하는 생명의 흐름을 형성한다.

〈풀잎 斷章〉과 〈풀잎 斷章2〉는 조지훈의 생태시를 대변하는 작품들이다. 이 시편들은 "풀잎"이라는 작은 존재를 매개로 부분과 전체, 영원과 순간에 대한 사유로 이루어진 생태학적 상상력을 보여준다.

이러한 생태학적 상상력은 불교의 윤회론과 맞닿아 있다. 그러나 조지훈 시에는 "유일생명"에 대한 인식이 강력하게 자리 잡고 있기 때문에 윤회론과는 많은 차이를 보인다. 〈염원〉은 조지훈의 윤회론적인 생태학적 상상력을 가장 잘 보여주는 작품이다.

아무리 깨어지고 부서진들 하나 모래알이야 되지 않겠습니까. 石塔을 어루만질때 손끝에 묻는 그 가루같이 슬프게 보드라운 가루가 되어도 恨이 없겠습니다.

촛불처럼 불길에 녹은 가슴이 굳어서 바위가 되던 날 우리는 그 차운 비바람에 떨어져 나온 分身이올시다. 宇宙의 한알 모래 자꾸 작아져도 나는 끝내 그의 모습이올시다.

고향은 없습니다. 기다리는 임이 있습니다. 지극한 소망에 불이 붙어

54) 《조지훈 전집》 1, 289~290쪽.

이몸이 영영 사라져 버리는 날이래도 임은 언제나 만나뵈올 날이 있어야 하옵니다. 이렇게 거리에 버려져 있는 것도 임의 소식을 아는 이의 발밑에라도 밟히고 싶은 뜻이옵니다.

　나는 자꾸 작아지옵니다. 커다란 바윗덩이가 꽃잎으로 바람에 날리는 날을 보십시오. 저 푸른 하늘가에 피어 있는 꽃잎들도 몇 萬年을 닦아온 조약돌의 化身이올시다. 이렇게 내가 아무렇게나 버려져 있는 것도 스스로 움직이는 生命이 되고자 함이올시다.

　출렁이는 波濤속에 감기는 바위 내 어머니 품에 안겨 내 太初의 모습을 幻想하는 조개가 되겠습니다. 아— 나는 조약돌 나는 꽃이팔 그리고 또 나는 꽃조개.　　　　　　　　　　　— 조지훈,〈念願〉전문.[55]

마지막 행의 "나는 조약돌 나는 꽃이팔 그리고 또 나는 꽃조개"는 윤회론적인 상상력을 선명하게 보여주는 대목이다. 그런데 특이하게도 조지훈은 윤회론적인 순환의 시작점에 "석탑", "커다란 바윗덩이" 등과 같은 근원적인 존재의 이미지를 설정하고 있다. 자아는 "바윗덩이"에서 한 알의 모래알갱이로 떨어져나와 꽃잎이 되고 조개가 된다. 시적 주체는 바위에 붙어있는 조개를 "내 어머니 품에 안겨 내 太初의 모습을 幻想하는 조개"로 표현하고 있다. "바위"는 "내 어머니"이며 "내 태초의 모습"으로서 근원적인 존재인 것이다.

조지훈의 생태학적 상상력의 논리 구조에서 본다면 "바위"는 "유일생명"의 상징으로서 '지구' 자체를 의미한다고 볼 수 있다. 바위-지구에서 모래알갱이로 떨어져나온 자아는 우주를 순회하면서 자꾸 작아지지만 생명체가 되기를 꿈꾼다("스스로 움직이는 生命이 되고자 함"). 생명체들은 다시 태초의 생명인 바위-지구로 복귀하는 순환의 양상을 보여준다. 이처럼 조지훈의 생태학적 상상력에서 모든 존재는 유일생명-지구에서 떨어

---

55)《조지훈 전집》1, 96쪽.

져나와 우주를 순회하다 결국 다시 유일생명-지구로 복귀하는 과정을 되풀이한다.

제5장

'중생일가관(衆生一家觀)'의 사상과 상상력
– 서정주의 불교 생태 사상과 시적 상상력

　　서정주의 문학 사상은 흔히 '신라정신'이라고 알려져 있다. 미당 스스로 "민족정신의 가장 큰 본향으로 생각되는 신라사의 책들을", 가령 "三國遺事나 三國史記 그밖의 책들"을 공부하면서 "신라정신"을 터득하였음을 밝히고 있기 때문이다. 미당은 자신이 신라사의 책들에서 배운 "신라정신"이 다름 아닌 "영원성"이라는 사실도 적시하고 있다.[56]

　　생태학적 차원에서 미당의 "신라정신"-"영원성"은 심층적인 차원에서 불교의 윤회론과 맞닿아 있다. 미당의 생태 사상의 출발점은 자아의 영원성이다. 그는 한국전쟁을 지나면서 죽음에 대한 극도의 불안과 공포를 경험했음을 고백한다. 미당은 신라인들의 윤회론적 사유를 수용하면서 자아의 영원성에 관한 사유를 정립해나간다. 그러나 미당은 불교의 윤회론을 고스란히 수용하지 않는다. 그는 윤회론을 근대 과학의 인과론, 물질불멸

---

56) 서정주, 「내가 아는 永遠性」, 《미당 수상록》, 민음사, 1976, 108~109쪽.

의 법칙과 에너지보존의 법칙 등으로 재해석하면서 자신만의 창조적인 생태학적 사유체계를 구축한다. 윤회론에 착근한 미당의 생태 사상은 "중생일가관"으로 요약할 수 있다.

> 三國遺事를 보면 金大城이라는 新羅의 좋은 佛信徒는 그의 生父母를 위해서 佛國寺를 짓고, 그의 생전의 부모를 위해서 석굴암을 짓고, 사냥 가서 죽인 한 마리의 곰이 꿈속에 나타나 애원하는 것을 들어 곰의 넋을 위해 長壽寺라는 절을 지었다. 또, 東萊溫泉으로 매 사냥 갔던 新羅의 어떤 이는 매한테 쫓긴 꿩이 새끼를 안고 우물 속으로 내려앉는 것을 보고, 매가 나무에 앉아 눈물을 흘리고 있는 걸 記念해, 靈鷲寺라는 절간을 그곳에 세웠다. 이런 일들은 佛敎式 3世를 通한 現實觀과 衆生一家觀이 빚어낸 이야기지만, 내게는 그 論理야 어이ㅎ건 그 想像 그것만으로도 많이 아름다워 보인다. ── 서정주, 「佛敎的 想像과 隱喩」[57]

미당은 자신의 시적 상상력이 "佛敎式 3世를 通한 現實觀과 衆生一家觀"에 많은 것을 빚지고 있음을 밝힌다. "3세를 통한 현실관"이란 전생, 현생, 내생을 관류하는 세계관이라는 의미로서 결국 윤회론적 세계관과 겹쳐지는 개념이다. 윤회론적 상상력에서 자아는 우주 만물로 윤회하기 때문에 우주 만물은 자아의 분신이거나 혈연이다. 그러한 맥락에서 "중생일가관"은 우주 만물이 한 가족이라는 의미이다.

미당의 생태 사상을 함축적으로 보여주는 "중생일가관"은 윤회론과 긴밀하게 연결되는데 그는 이를 근대 과학의 개념들로 설명한다.

우선 미당은 자아의 영원성을 설명하기 위하여 근대 과학의 '물질불멸의 법칙'을 끌어들인다. 물질불멸의 법칙이란 라부아지에에 의해 확정된 질량보존의 법칙을 말한다.[58] 이는 화학반응이 일어나기 전부터 후까지,

---

57) 서정주, 《서정주 문학 전집》 2, 일지사, 1972, 265~268쪽.
58) 물질불멸의 법칙은 물질보존의 법칙, 물질불생불멸법 등으로도 일컬어진다. 그 의미와 과학사적 의의에 대해서는 다음을 참고할 수 있다. 김영식 외, 『과학사』, 전파과학

화학변화의 전과정을 통하여 원소의 질과 양이 불변한다는 사상으로 근대 과학의 기초 이론의 하나이다.

> 이 하늘과 땅 사이에는 우리가 아는한 따로 아주 도망갈 수 있는 좁쌀 알만한 구멍도 없다. 하늘과 땅 사이는 한 사람의 死體가 分散하여 旅行 하는 푼수로도 모두 가득히 充實한 터전일 뿐, 딴 아무 虛한 것도 있을 수는 없는 것이다.
> ― 서정주, 「하늘과 땅 사이의 사람들과 動物들의 死體 이야기」[59]

미당은 물질불멸의 법칙에 의하여 한 사람의 사체는 썩어서 자연으로 환원되어 흩어져서 영원히 우주를 순환한다고 생각한다. "하늘과 땅 사이" 에는 물질이 달아날 틈이 없으므로 자아와 타자의 분신들로 가득 채워져 있다는 생각이다. 그러나 미당은 유물론적 사고에 머무르지 않았다. 물질 의 영원성에서 영혼-마음의 영원성을 유추해낸다. 그는 저급한 물질도 영 원히 우주를 순환하는데 하물며 형이상에 속하는 영혼-마음이 불멸하지 않으리라고는 생각할 수도 없다고 말한다.

> 육체만이 아닌 영혼으로 살기로 하면 죽음이라는 것은 없어지는 것이 고, 그리운 것들을 두고 죽는 섭섭함도 견딜만한 것이 되는 것인 데다가, 이 魂이 영원히 거쳐 다닐 필연의 방방곡곡과 큰 길 좁은 길들을 생각해 보는 것은 참 재미있다. 魂뿐만이 아니라 그 物質不滅의 法則을 따라서 내 死後 내 육체의 깨지고 가루 된 조각들이 딴 것들과 합하고 또 헤어지며 巡廻하여 그치지 않을 걸 생각해 보는 것도 아울러 큰 재미가 있다.(중략)
> 물질만이 불멸인 것이 아니라, 물질을 부리는 이 마음 역시 불멸인 것 을 아는 나이니, 이것이 영원을 갈 것과 궂은 날 밝은 날을 어느 뒷골목 어느 蓮꽃 사이 할 것 없이 방황해 다닐 일을 생각하면 매력이 그득히 느껴짐은 당연한 일이다. ― 서정주, 「내 마음의 現況」[60]

사, 1995, 139~145쪽.
59) 《미당 수상록》, 121~122쪽.
60) 《서정주 문학 전집》 5, 285~286쪽.

미당의 생태 사상에서 자아의 영원성은 물질의 영원성과 영혼·마음의 영원성 두 가지로 구성된다. 물질의 영원성은 "物質不滅의 法則을 따라서 내 死後 내 육체의 깨지고 가루 된 조각들이 딴 것들과 합하고 또 헤어지며 巡廻하여 그치지 않을 걸 생각해 보는 것도 아울러 큰 재미가 있다."에 나타나는 바와 같이 사후에 자아의 분신이 물질의 조각으로 흩어져서 영원히 우주를 순회하는 것을 의미한다. 근대적 세계관에서 이러한 물질의 영원성은 자아와 무관하지만, 미당의 생태학적 상상력은 물질도 자아의 연장선에서 이해하는 특징을 보인다.

영혼·마음의 영원성이란 물질이 영원히 우주를 순회하듯이 영혼·마음도 영원히 우주에서 맴돈다는 것이다. 영혼·마음은 물질, 식물, 동물 등 다양한 존재와 결합해서 우주를 떠돌기도 하고, 때로는 바람처럼 순수한 영혼·마음의 형태로 순환할 수도 있다는 것이다. 미당의 생태 사상에서 물질불멸의 법칙은 영혼의 불멸성과 결합되어 있음을 알 수 있다.

물질불멸의 법칙과 더불어 미당은 근대과학의 에너지 보존의 법칙이나 필연성(인과론)의 법칙을 끌고 들어와서 자아의 영원성의 논리를 뒷받침하는 양상을 보인다.

> 情도 情이려니와 또 물질의 去來와 相逢·別離에도, 必然性의 길밖에는 없는 것이니, 이 물질을 부르는 임자인 마음 즉 魂의 길에도 必然性 이외의 딴 길이 있을 걸 생각할 수 없는 것이라면, 이 金大城과 前生의 어머니와의 相逢도 必然일밖에… 내가 내 육체를 가지고 高麗大學校 英文科 敎授室을 찾아가서 金宗吉씨를 만나는 길이 한 因緣의 必然이듯이, 金大城이가 그의 前生 어머니를 만나는 것도 한 因緣의 必然일밖에…. 다만 金大城이의 경우는 이것이 꼭 肉體를 가지고만 다니는 길뿐만이 아니라 육체 없이 가는 길까지를 가지고 있는 차이뿐이지…….
> 日前에 어떤 物理學에 精通한 친구 하나를 만났더니 말하기를 "요새 에너지의 어떤 部分的 結合과 離散에선 必然性을 볼 수 없다고 하네, 이 사람!"하여서 잠시 깜짝 놀란 일이 있거니와, 이런 변덕은 원래 主人이

아닌 **物質**이니 그런 것이지, 마음의 **必然性** 그거야 어디 **差違**를 **計出**할
나위나 있는 것인가?　　　　　　 — 서정주, 「내 마음의 **現況**」[61]

근대 과학의 결정론적 세계관에서 우주는 인과론적 질서로 짜여져 있
다. 그래서 모든 사건은 필연성의 지배를 받는다. 이러한 결정론적 세계관
은 불교의 연기론과 많은 부분이 겹쳐진다. 미당은 결정론적 인과론을 연
기론적인 인과론으로 재해석하면서 자신의 생태 사상이 근대과학에 위배
되지 않는다는 점을 밝히고자 한다.

그러나 결정론적 인과론이 가시적이고 직접적인 인과 관계만을 전제하
는 기계적 인과론인 반면, 연기론적 인과론은 불가시적이고 간접적인 인
과 관계까지도 포괄하는 신비주의적인 인과론이다. 하지만 미당은 양자의
차이를 알아차리지 못하고 혼선을 일으키기도 한다. 이질적인 두 인과론
을 무리하게 변증시키면서 미당은 궁극적으로는 자신의 신비주의적인 생
태 사상이 근대과학과 위배되지 않는다는 점을 입증하고자 하였다.

미당의 논리에 의하면 우주는 신비주의적인 인과 관계로 정교하게 빚어
져 있다. 행위, 생각, 에너지 등 모든 요소들은 인과 관계에 의하여 시간적
공간적으로 온 우주로 퍼져나간다. 그리하여 만물과 사건은 서로 긴밀하
게 신비적 인과론으로 연결된다. 따라서 우주에서 고립된 사물이나 사건
은 존재하지 않는다.

살펴본 바와 같이 미당의 '중생일가관'은 윤회론적이고 연기론적인 사
유를 토대로 물질불멸의 법칙, 에너지 보존의 법칙, 필연성의 법칙 등의
근대 과학을 재해석하면서 체계화된다. 그러한 사유체계에 의하면 우주에
존재하는 모든 물질이나 생물은 과거의 자아나 형제, 연인의 분신으로 구
성되기 때문에 자아와 혈연 관계나 연인관계를 맺게 된다. 또한 자신의
생각이나 행동 하나 하나가 온 우주에 영향을 끼치면서 자아는 시간적

---

61) 《서정주 문학 전집》 5, 286쪽.

공간적으로 타자들과 인연 관계를 형성하게 된다. 그리하여 자아와 타자 (우주 만물)는 식구와도 같은 관계를 형성하게 된다.

　미당의 생태학적 상상력의 핵심은 윤회론이다. 한국 현대시사에서 미당만큼 윤회론적인 생태학적 사유를 깊고 넓게 전개한 시인은 드물다. 미당의 '중생일가관'의 근간도 윤회론이다. 만물은 우주를 순회하면서 타자와 혈연이나 연인의 관계를 맺게 된다는 것이다. 그러한 윤회론적인 생태학적 상상력을 가장 잘 보여주는 작품이 〈인연설화조〉이다.

　　　언제든가 나는 한 송이의 모란꽃으로 피어 있었다.
　　　한 예쁜 처녀가 옆에서 나와 마주보고 살았다.

　　　그 뒤 어느 날
　　　모란꽃잎은 떨어져 누워
　　　메말라서 재가 되었다가
　　　곧 흙하고 한세상이 되었다.
　　　그게 이내 처녀도 죽어서
　　　그 언저리의 흙 속에 묻혔다.
　　　그것이 또 억수의 비가 와서
　　　모란꽃이 사위어 된 흙 위의 재들을
　　　강물로 쓸고 내려가던 때,
　　　땅 속에 괴어 있던 처녀의 피도 따라서
　　　강으로 흘렀다.

　　　그래, 그 모란꽃 사윈 재가 강물에서
　　　어느 물고기의 배로 들어가
　　　그 血肉에 자리했을 때,
　　　처녀의 피가 흘러가서 된 물살은
　　　그 고기 가까이서 출렁이게 되고,
　　　그 고기를, ―그 좋아서 뛰던 고기를
　　　어느 하늘가에 물새가 와 채어 먹은 뒤엔

처녀도 이내 햇볕을 따라 하늘로 날아올라서
그 새의 날개 곁을 스쳐 다니는 구름이 되었다.

그러나 그 새는 그 뒤 또 어느 날
사냥꾼이 쏜 화살에 맞아서,
구름이 아무리 하늘에 머물게 할래야
머물지 못하고 땅에 떨어지기에
어쩔 수 없이 구름은 또 소나기 마음을 내 소나기로 쏟아져서
그 죽은 샐 사간 집 뜰에 퍼부었다.
그랬더니, 그 집 두 양주가 그 새고길 저녁상에서 먹어 消化하고
이어 한 嬰兒를 낳아 養育하고 있기에,
뜰에 내린 소나기도
거기 묻힌 모란씨를 불리어 움트게 하고
그 꽃대를 타고 올라오고 있었다.

그래 이 마당에
現生의 모란꽃이 제일 좋게 핀 날,
처녀와 모란꽃은 또 한 번 마주보고 있다만,
허나 벌써 처녀는 모란꽃 속에 있고
前날의 모란꽃이 내가 되어 보고 있는 것이다.
　　　　　　　　　　　　　 ― 서정주, 〈因緣說話調〉 전문.62)

　불교의 인연설화는 대개 전생과 현생, 내생을 관류하는 윤회와 인연에
관한 것이다. 미당은 그러한 인연설화의 상상력을 시로 풀어내고 있다.
윤회론적인 생태학적 상상력은 맨 처음 처녀와 모란(화자)의 인연으로 시
작된다. 모란꽃잎은 땅바닥에 떨어져 재가 되고, 처녀는 죽어 흙 속에 묻
히면서 삼세를 관류하는 인연의 서사가 전개된다.

　모란꽃이었던 화자는 흙 위의 재가 되고, 강물로 떠내려가 물고기의 육
체가 되었다가, 물새에게 먹혀 물새의 육체가 되고, 물새는 사람에게 먹힌

62) 서정주,《미당 서정주 시 전집》, 민음사, 1984, 154쪽.

후 '나'의 육체가 된다. 모란꽃은 윤회의 기나긴 여정을 거쳐 '나'로 환생한 것이다. 시적 주체는 그러한 윤회론적 자아서사와 더불어 '나'의 주변을 맴돌며 인연을 유지하면서 우주를 순회하는 연인의 이미지를 설정한다.

모란꽃을 마주보고 살던 처녀는 흙 속에 묻혀 모란꽃의 재와 섞였다가, 처녀의 피는 다시 강물로 떠내려가 자아-물고기의 주변에서 출렁이고, 다시 하늘로 증발하여 구름이 되어 자아-물새곁을 스쳐 다니다가, 소나기로 땅에 떨어져 모란씨를 움트게 하고 모란꽃이 된다.

자아와 연인의 기나긴 윤회론적 인연의 서사는 맨 처음 처녀와 모란꽃 (자아)의 관계에서 시작되어 모란꽃과 자아의 관계로 위치가 뒤바뀐다. 이러한 윤회론적 상상력은 궁극적으로 우주 만물이 자아와 타자의 분신이며 서로 혈연이나 연인의 관계를 맺고 있다는 의미를 상기시킨다.

> 첫 窓門 아래 와 섰을 때에는
> 피어린 牧丹의 꽃밭이었지만
>
> 둘째 窓 아래 당도했을 땐
> 피가 아니라 피가 아니라
> 흘러내리는 물줄기더니,
> 바다가 되었다.
>
> 별아, 별아, 해, 달아, 별아, 별들아,
> 바다들이 닳아서 하늘 가며는
> 차돌같이 닳아서 하늘 가며는
> 해와 달이 되는가. 별이 되는가.
>
> 세째 窓門 영창에 어리는 것은
> 바닷물이 닳아서 하늘로 가는
> 차돌같이 닳는 소리, 자지른 소리.
> 세째 窓門 영창에 어리는 것은

가마솥이 끓어서 새로 솟구는
하이얀 김, 푸른 김, 사랑 김의 떼.

하지만 가기 싫네 또 몸 가지곤
가도 가도 안 끝나는 머나먼 旅行.
뭉클리어 밀리는 머나먼 旅行

그리하여 思想만이 바람이 되어
흐르는 내 兄弟의 앞잡이로서
철따라 꽃나무에 기별을 하고,
옛 愛人의 窓가에 기별을 하고,
날과 달을 에워싸고 돌아다닌다.
눈도 코도 김도 없는 바람이 되어
내 兄弟의 앞을 서서 돌아다닌다.   ― 서정주, 〈旅愁〉 전문.[63]

〈여수〉에도 〈인연설화조〉와 유사한 상상력이 나타난다. 화자는 사후의
자아의 윤회에 대해 상상하고 있다. 첫 단계에서 화자는 "피어린 꽃밭"에
있다. 자아가 식물의 세계로 윤회하고 있음을 알 수 있다. 둘째 단계에서
는 이제 생명체의 세계에서 벗어나 "물"과 "바다"의 일부가 된다. 셋째 단
계에서는 하늘로 솟구치는 수증기가 된다. 셋째 단계까지는 자아의 영혼
이 물질과 결합된 상태로 윤회하는 양상을 보여주고 있다. 미당의 윤회론
적 상상력에서 자아는 식물, 동물, 물질 등과 같은 삼라만상으로 윤회하면
서 다양한 존재로 변모한다. 마지막 연에서 확인할 수 있듯이 미당은 인간
의 영혼은 물질과 분리되어 순수한 영혼의 상태로 바람처럼 우주를 순회
할 수도 있다고 생각하였다. 이처럼 미당의 윤회론적 상상력에서 우주 만
물은 하나의 인격체이며, 허공도 우주를 순회하는 영혼으로 가득 채워져
있다. 이러한 미당의 상상력은 우주 만물을 인격적으로 존중하면서 자연

---

63) 《미당 서정주 시 전집》, 148~149쪽.

을 신비화한다는 점에서 생태학적인 면모를 드러낸다.

미당이 이처럼 물질과 생물의 상태로 혹은 순수한 영혼의 상태로 끝없이 우주를 순환하는 자아의 이미지를 형상화하는 이유는 "형제"와 "애인"에서 찾을 수 있다. 즉, 혈연과 연인에 대한 사랑이 자아를 끝없이 우주를 순환하도록 이끄는 동인이 되고 있는 것이다. 이러한 상상력에서 우주 만물은 형제나 애인으로 가치화된다. 여기에서 형제나 연인에 대한 사랑은 궁극적으로 자연에 대한 생태학적 사랑으로 이해할 수 있다.

일반적으로 불교에서 윤회는 고통스러운 순환의 사슬이다. 따라서 윤회의 사슬을 끊고 해탈하는 것이 불교적 구원이다. 불교 사상과 달리 미당이 집요하게 윤회론적 상상력을 천착하는 이유는 바로 인간과 자연에 대한 생태학적 사랑에서 찾을 수 있다.

미당 시의 윤회론적 사유의 동력으로서 사랑은 '춘향' 연작이나 〈선덕여왕의 말씀〉과 같은 작품들에서도 찾아볼 수 있다.

> (전략)
> 저승이 어딘지는 똑똑히 모르지만
> 춘향의 사랑보단 오히려 더 먼
> 딴 나라는 아마 아닐것입니다
>
> 천길 땅밑을 검은 물로 흐르거나
> 도솔천의 하늘을 구름으로 날드래도
> 그건 결국 도련님 곁 아니예요?
>
> 더구나 그 구름이 쏘내기되야 퍼부을때
> 춘향은 틀림없이 거기 있을거예요!
> * 兜率天 − 佛敎의 欲界六天의 第四天.
> ─ 서정주, 〈春香 遺文-春香의 말 參〉부분.[64]

---

64) 《미당 서정주 시 전집》, 99쪽.

도솔천은 인간적인 욕망이 남아있는 하늘이다. 화자는 죽은 후에도 "검은 물", "구름", "소나기"로 우주를 순회하며 "도련님" 곁을 맴도는 윤회론적 자아를 상상한다. 이처럼 미당 시에서 타자에 대한 사랑은 자아가 초월을 지향하지 않고 끝없이 도솔천의 하늘 아래를 순회하게 만든다. 윤회론적 순회를 통해 자아는 우주 만물과 혈연과 연인의 관계를 형성하게 된다.

> 피 예 있으니, 피 예 있으니,
> 너무들 인색치 말고
> 있는 사람은 病弱者한테 柴糧도 더러 노느고
> 홀어미 홀아비들도 더러 찾아 위로코,
> 瞻星臺 위엔 瞻星臺 위엔 그중 실한 사내를 놔라.
>
> (중략)
> 하지만 사랑이거든
> 그것이 참말로 사랑이거든
> 서라벌 千年의 知慧가 가꾼 國法보다도 國法의 불보다도
> 늘 항상 더 타고 있거라.
>
> 朕의 무덤은 푸른 嶺 위의 欲界 第二天
> 피 예 있으니, 피 예 있으니, 어쩔 수 없이
> 구름 엉기고, 비 터잡는 데― 그런 하늘 속.
>
> 내 못 떠난다.   ― 서정주, 〈善德女王의 말씀〉 부분.[65]

선덕 여왕은 죽은 후에 "욕계 제이천"에 자리 잡고자 한다. 삼계론에서 본다면 욕계는 무색계, 색계에 이어 가장 낮은 세계이다. 그렇다면 선덕 여왕은 왜 낮은 단계의 세상에 머무르고자 하였을까. 미당은 어느 글에서 "욕계 제이천"으로 제시된 도리천(忉利天)을 "선덕여왕이 자기의 본분을

---

65) 《미당 서정주 시 전집》, 113쪽.

알아 자기의 갈 하늘이라고 말해놓은"[66] 곳이라고 밝힌다. 욕계 제이천은 선덕여왕이 쌓은 공덕에 맞는 공간이라는 의미이다. 선덕 여왕은 더 많은 공덕을 쌓아야만 더 좋은 세계에 태어날 수 있다. 그가 쌓아야 하는 공덕은 "柴糧도 더러 노느고", "더러 찾아 위로코" 등에서 확인할 수 있듯이 타자에 대한 사랑이다. 선덕 여왕은 아직 타자들에게 베풀어야만 하는 사랑이 많이 남아 있기 때문에 낮은 세계에 머물러야만 한다고 생각한 것이다.

미당 시의 윤회론적 상상력에서 타자에 대한 사랑은 곧 자연-우주 만물에 대한 사랑과 겹쳐진다. 자연-우주 만물에 대한 사랑은 다름 아닌 생태학적 관계 맺음을 지향하는 생태학적 사랑이다.

---

66) 서정주, 「자연과 영원을 아는 생활」, 《서정주 문학 전집》 5, 300쪽.

제4부

노장-도교 생태학적 상상력
Poetic Imagination of Lao · Zhuāng-Taoistic Ecology

제1장

노장-도교 생태학

　'노장-도교 생태학'은 '노장(老莊) 생태학'과 '도교(道敎) 생태학'을 포괄하는 개념이다. 노장 사상(도가 사상)이 자연주의적 철학이라면 도교는 현실주의적인 종교이다. 양자는 확연이 다른 범주에 속하지만 도교가 도가 사상을 상당부분 흡수한 만큼 겹쳐지는 면이 많다는 사실도 간과할 수는 없다.

　노장 사상은 가급적 인위적인 것을 멀리하고 자연 그대로를 지향한다.[1] 그러한 점에서 노장 사상의 이념은 근대의 인간중심주의를 비판하면서 자연과 인간의 조화와 공존을 지향하는 심층 생태주의의 이념과 유사하다. 노자의 '무위자연(無爲自然)'은 그러한 이념을 고스란히 반영하고 있다. '무위자연'은 넓게는 인위적인 것을 배제하고 자연스러움을 추구하는 개념

---

1) 노장 사상에서 '자연'은 넓은 의미에서는 우주의 섭리나 삶의 원리로, 좁은 의미에서는 오늘날의 '자연'의 의미로 이해가 가능하다. 주지하는 바와 같이 넓은 의미의 차원에서 노장 사상은 자연주의나 생태주의에 한정되지 않고 우주의 섭리에 따른 삶의 방식에 대한 폭넓은 논의이다. 그러나 좁은 의미의 차원에서 노장 사상은 풍부한 생태학적 함의를 갖는다. 본서는 후자의 차원에 초점을 맞추어 논의를 전개한다.

이다. 즉, '상선약수(上善若水)'에도 드러나듯이 타자와 다투지 않고 겸손하게 우주의 섭리에 발맞추어 물이 흐르듯이 살아가는 것이 넓은 의미의 '무위자연'이라 할 수 있다. 그러나 좁은 의미에서 생태학적 차원의 '무위자연'은 인간중심적인 일체를 멀리하고 자연과 인간의 조화와 균형을 추구하는 개념으로 규정할 수 있다.

장자의 '소요유(逍遙遊)'도 '무위자연'과 마찬가지로 넓은 의미에서는 현실적 구속으로부터의 해방을 의미하며, 좁은 의미에서는 자연과의 조화를 추구하는 삶을 의미한다고 볼 수 있다. 생태학적인 차원에서 '소요유'는 자연의 리듬과 보조를 맞추어 살아가는 생태학적인 삶으로 이해할 수 있다.

장자의 '제물론(齊物論)'은 만물평등 사상으로서 도가의 '존재 상대성 이론'으로 규정할 수 있다. 제물론에 의하면 만물은 타자와의 관계에서 상대적으로 존재하며, 타자에게 의존하여 존재한다. '제물론'은 근대의 인간중심주의를 반성하고 자연의 입장에서 세계를 바라보고, 자연과 인간의 상호 의존성을 성찰하게 한다는 생태학적 함의를 갖는다.

'소국과민(小國寡民)' 사상은 도가의 생태학적 공동체론이다. '소국과민'은 '영토가 작고 백성이 적은 나라'로서 자급자족이 가능한 농촌 공동체로 이해할 수 있다. 이러한 공동체는 가급적 인위적인 도구나 기계를 멀리하고 자연과 조화를 이루며 살아가는 농경적 공동체이다. 동아시아의 전원시에 나타난 전원적 삶은 그러한 도가의 생태학적 농경 공동체론과 맞닿아 있다.

현실주의적 종교로서 도교는 과의도교(科儀道敎)와 수련도교(修練道敎)로 나누어 볼 수 있다. 과의도교는 도사(道士)가 중심이 되어 다양한 의식을 통하여 재앙을 물리치고 복을 기원하는 의식행사 중심의 기복도교(祈福道敎)이다. 반면 수련도교는 신선 사상이나 양생술 등을 통하여 개인의 정신적-육체적 건강을 증진시키고 나아가 불로장생을 지향한다.

도교에도 생태학적 사유가 풍부하지만 본서에서는 작품 분석의 편의를 위해 수련도교의 양생법, 특히 복식법적 상상력의 생태학적 함의에 주목한다. 생태학적 차원에서 도교의 복식법은 자연에서 얻은 음식물을 매개로 자연과 자아의 일체감을 확보하려는 의도를 담고 있다고 이해할 수 있다. 다시 말해, 도교의 복식법은 자연의 음식을 매개로 자연의 생명력에 다가가면서 자연을 닮아가는 생태학적 방법으로 볼 수 있다.

제 2 장

소요유와 만물제동의 상상력

장자 사상의 핵심은 소요유와 제물론의 두 가지로 압축할 수 있다. 이 두 가지는 궁극적으로 자아의 행복을 지향한다. 소요유와 제물론은 각각 상반된 방향에서 행복을 달성하는 방법을 제시한다. 소요유가 현실을 달관·초월적으로 인식하는 방법이라면, 제물론은 현실을 긍정하는 방법이다.

소요유는 현실과 역사의 질곡으로부터의 해방을 의미한다. 소요유는 시비, 이해, 가치, 집착 등에서 벗어난 정신적 자유를 지향하는 개념이다. 현실로부터의 해방과 정신적 자유가 확보된 지평이 "무하유지향(無何有之鄕)"이다. "무하유지향"은 '어디에도 존재하지 않는 곳', '아무 것도 소유하지 않는 곳', '아무런 집착이 없는 곳' 등의 의미로 이해할 수 있다. 결국 소요유는 현실의 법칙에서 벗어나 삶을 산책하듯이 놀이하듯이 살아가는 정신적인 자세를 의미한다. 장자는 소요유의 정신적 자세를 곤과 붕의 이미지로 설명한다.

봉의 등은 태산과도 같고 날개는 하늘을 가득 메운 구름과도 같아서 회오리 바람을 일으켜 구만리나 솟아오른다. 구름 위로 솟구쳐 푸른 하늘을 등에 진 연후에 남쪽으로 날아간다. 이처럼 남명으로 날아가는 붕을 연못의 메추라기가 비웃으며 말했다.

"저놈은 대체 어디로 가는 것일까? 나는 힘껏 날아올라도 몇길 지나지 않아 아래로 다시 떨어져 쑥대밭 사이를 나는 것이 고작인데 저녀석은 도대체 어디로 가는 걸까?"

이것이 바로 작은 것과 큰 것의 차이다.[2]

곤은 "크기가 몇 천리나 되는지" 알 수 없는 물고기이며, 붕은 등넓이가 "몇 천리에 달하는지" 알 수 없이 커다란 새이다. 장자는 현실 세계가 매미, 비둘기, 메추라기와 같은 존재들의 세계라면, 소요유의 세계는 곤과 붕의 세계라고 비유적으로 표현하고 있다. 인용한 글에서 현실이 "작은 것"의 세계라면, 소요유의 세계는 "큰 것"의 세계이다.

"큰 것"은 대국적인 삶의 태도를 의미한다. 박이문은 소요유를 "자아라는 작은 관점을 벗어나서 우주라는 대국적인 입장"[3]에 서는 삶의 자세라고 설명한다. 대국적인 입장에서 시비, 이해, 집착에서 벗어나 산책하듯 유희하듯 삶을 즐기는 것이 바로 소요유이다.[4]

이처럼 넓은 의미의 소요는 집착에서 벗어나 초월과 자유를 지향하는 대국적인 삶의 태도를 의미한다. 그러나 생태학적 관점에서 소요는 자연의 리듬과 일체가 되는 삶이라는 좁은 의미로 이해가 가능하다.

인간이 현실과 역사에서 초월할 수 있는 방식은 결국 자연과의 거리를 제거하고 자연의 리듬과 합일하는 데에서 찾을 수 있기 때문이다. 도가의 논리에 의하면 인위적인 것을 멀리하고 자연에 가까이 다가가면서 정신적인 초월과 해방을 경험할 수 있는 것이다.

무위는 그러한 이념을 실천하기 위한 행동 원칙이다.[5] 박이문은 무위를

---

2) 『莊子』, 「逍遙遊」(감산, 오진탁 역, 『감산의 장자 풀이』, 서광사, 1990, 23쪽.)
3) 박이문, 『노장 사상』, 문학과 지성사, 1996, 126쪽.
4) 박이문은, 소요유를 "산책"과 "축제"에 비유하여 설명한다.
5) 박이문, 『노장 사상』, 130쪽.

"직접 자연과의 절대적 조화를 구하는 행위"로, 도가가 추구한 "궁극적인 가치를 자연과의 완전한 조화"로 규정한다.6) 장자의 소요는 넓은 의미에서는 정신적 해방을 의미하지만 생태학적인 좁은 의미에서는 자연의 리듬과 일체가 되는 삶의 태도를 의미하는 것이다.

제물론은 이러한 소요의 개념과 밀접하게 관련되어 있다. 제물론은 '만물은 모두 존재론적으로 평등하다(萬物齊同)'는 사상으로서 도가의 '존재 상대성 이론'으로 규정할 수 있다. 도가의 존재 상대성 이론은 '만물은 상대적으로 존재한다'는 개념과 '만물은 서로 의존해서 존재한다'는 개념의 두 가지로 구성된다.

> 사물은 저것 아닌 것이 없으며 옳지 않은 것이 없다. 저것으로부터 보면 자기의 허물은 보이지 않고 스스로를 알면 모두를 알게 된다. 그러므로 저것은 이것에서 비롯되고 이것은 저것에서 비롯된다고 한 것이다.7)

> 저것과 이것은 상대적인 관계에 있다. 하지만 삶이 있으므로 죽음이 있고 죽음이 있는 곳에 삶이 있는 것이다. 옳음이 있으므로 옳지 않음이 있고 옳지 않음이 있으므로 옳음이 있는 것이다. 옳음에 연유해서 틀림이 있고 틀림을 근거로 옳음이 있는 것이다. 따라서 성인은 상대적인 시시비비를 떠나 홀로 道에 비추어 본다. 이것이야말로 크나큰 긍정이다.8)

'만물은 상대적으로 존재한다'는 것은 관점에 따라 존재의 정체성이 달라진다는 의미이다. 예를 들어, 이쪽에서 보면 이것과 저것으로 구분되는 것은, 저쪽에서 본다면 저것과 이것으로 역전된다. 나의 입장에서 보면 옳은 것이지만 상대방의 입장에서 보면 틀린 것일 수 있다.

한편 '만물은 서로 의존해서 존재한다'는 것은 이것이 없다면 저것도

---

6) 박이문, 『노장 사상』, 104~105쪽.
7) 『莊子』, 「齊物論」(『감산의 장자 풀이』, 64쪽.)
8) 『莊子』, 「齊物論」(『감산의 장자 풀이』, 65~66쪽.)

없으며, 저것이 없다면 이것도 없다는 것이다. 틀림이 있음으로 옳음이 있고, 옳음이 있으므로 틀림이 있는 것도 같은 이치이다. 따라서 우주에서 고립된 실체는 없으며 모든 존재는 서로에게 의존하여 존재한다.

장자는 만물은 서로에게 의존하여 상대적으로 존재하므로 편견에서 벗어나 역지사지의 입장을 취하여야 한다고 말한다. 이러한 장자의 존재 상대성 이론은 생태학적 차원에서 의미심장하다. 왜냐하면 근대에 추동력을 제공해온 인간중심주의에 대한 치명적인 비판이 될 수 있기 때문이다. 장자는 그의 글 곳곳에서 인간중심주의에서 벗어나 상대적인 견지에서 우주를 바라보아야함을 역설하고 있다. 장자는 다음과 같은 비유를 통하여 존재 상대성 이론을 쉽게 설명한다.

> 사람은 습한 데서 자면 허리병으로 반신불수가 되어 죽게 되지만 미꾸라지도 그렇던가? 사람은 나무 위에서 있을 경우 벌벌 떨지만 원숭이도 무서워하던가? 셋 가운데 어느 쪽이 바른 거처를 알고 있는 건가? 사람은 초식 동물의 고기를 먹고 순록은 풀을 뜯고 지네는 뱀을 맛있게 먹고 올빼미는 쥐를 즐겨 먹지. 넷 가운데 어느 누가 올바른 맛을 아는 것일까? 원숭이는 편지를 짝으로 하고 고라니는 사슴과 교배하고 미꾸라지는 물고기와 함께 놀지. 모장과 여희는 세상 사람들이 미녀라고 칭송하지만, 그들을 보면 물고기는 물속 깊이 들어가고 새는 하늘 높이 날아오르며 순록과 사슴은 결사적으로 달아나지. 넷 가운데 누가 천하의 미인을 아는 것일까? 내가 보건대 사람들이 인의와 시비를 어지럽게 주장하는데 나라고 어찌 그것들을 가려낼 수 있겠나![9]

인간에게 불편한 장소가 미꾸라지나 원숭이에게 쾌적한 장소일 수 있으며, 인간의 입맛에 맞는 음식이 순록과 지네와 올빼미에게는 맞지 않는다. 사람들에게는 가까이 하고 싶은 미녀일지라도 물고기나 새에게는 두려운 존재일 뿐이다. 마찬가지로 인간의 사회에도 다양한 주의와 주장이 존재

---

9) 『莊子』, 「齊物論」(『감산의 장자 풀이』, 92~93쪽.)

하지만 어느 것이 옳고 그르다고 말하기 어렵다는 것이다.

장자는 미꾸라지, 원숭이, 순록, 지네, 올빼미, 고라니, 물고기 등 다양한 동물을 예로 들면서 생태학적인 색채를 드러내고 있다. 장자의 관점에 의하면 인간은 함부로 자연을 개발하고 이용해서는 안 된다. 왜냐하면 자연의 개발과 이용은 인간의 관점에서 인간의 이익을 위해 이루어지는 것이기 때문이다. 미꾸라지, 원숭이, 지네, 올빼미, 고라니, 물고기의 입장을 고려한다면 인위적인 자연의 개발과 이용은 불가능해진다. 도가의 '무위'는 그러한 맥락에서 자연에 대한 인위적인 행동을 견제하는 생태학적인 개념이다.

장자는 여러 차례에 걸쳐 인간중심주의에서 벗어나는 방법을 제시한다. '물화'는 구체적인 방법론이다.

> 언젠가 장주(莊周)가 꿈에 나비가 되어 즐거이 날아다녔네. 스스로 흡족하게 날아다니다 보니 자신이 인간 장주인지도 몰랐지. 그러다가 문득 잠에서 깨어나 보니 분명히 누워 있는 게 바로 장주였다네. 그가 꿈에 나비가 된 것인지 나비가 꿈에 그가 된 것인지 몰랐다네. 장주와 나비는 틀림없이 다른 존재일 것이므로 이를 물화(物化)라고 일컫는다네.[10]

존재 상대성 이론의 관점에서 장자는 역지사지의 태도를 즐겨 제시한다. 그에 의하면 인간의 입장을 초월하여, 물고기의 입장, 고라니의 입장, 새의 입장에서 자연을 바라볼 줄 알아야만 진리에 도달할 수 있다. 그렇다면 어떻게 다른 존재의 입장에서 세계를 볼 수 있다는 말인가. 이에 대하여 장자는 '물화(物化)'의 방식을 제시한다.

인용한 부분은 '호접몽(胡蝶夢)'으로 세간에 널리 알려져 있다. 장자는 꿈에 나비가 되어 날았는데, 나비가 장자의 꿈을 꾼 것인지 장자가 나비의

---

10) 『莊子』, 「齊物論」(『감산의 장자 풀이』, 107쪽.)

꿈을 꾼 것인지 알 수가 없었다고 한다. 장자와 나비는 다른 존재이지만 서로가 서로의 관점을 이해하는 경지에 도달하였다. 장자는 이를 물화, 즉 다른 사물과 동일화되는 경지로 설명하고 있다. 장자의 물화는 낭만주의적인 감정이입과는 다른 개념이다. 장자와 나비는 다른 존재이지만 장자가 나비일 수 있고, 나비가 장자일 수도 있다는 물화는 존재 상대성의 이론을 잘 보여준다. 이는 차이가 전제된 동일성의 경험이라 할 수 있다.

이러한 물화의 개념은 생태학적인 관점에서 '내'가 '나비'일 수 있고, '나비'가 '나'일 수 있다는 생태-윤리적인 상상력과 연결해볼 수 있을 것이다. 물화의 상상력을 내면화할 수 있는 사람은 함부로 나비를 죽일 수 없고, 또한 나비의 서식지인 자연을 훼손하기 어려울 것이다.

아래에서는 작품을 통해 소요유나 만물제동과 관련된 생태학적 상상력을 살펴본다.

> 내 오늘도 찾아왔나니
>
> 아무런 세상 사람의 발자취도 없는
> 여기는 남모르는 나의 작은 산책로다. ― 김달진, 〈散策路〉 부분.[11]

김달진 시에는 산책하는 화자의 이미지가 빈번하게 출현한다. 김달진의 많은 시편들에서 화자는 주로 "세상 사람의 발자취"가 드문 숲길을 "혼자" 걷는 것을 즐겨한다. 이는 노장의 반속(反俗)적인 경향과 맞닿아 있다. 인적이 드문 산길로 홀로 걷는 것은 모든 인위적이고 사회적인 구속을 거부한 자연으로의 귀환을 의미한다. 화자는 자연 속에서 정신적인 자유를 향해 소요하는 것이다.

---

11) 김달진, 《김달진 전집》 1, 문학동네, 1997, 16쪽.

가을비 지난 뒤의
산뜻한 마음
지팡이 들고 혼자 뜰을 거닐면
저녁 햇빛에 익어가는 단풍잎.

아무 일도 없이 뒤언덕에 올라가
아무 생각 없이 서성거리다가
그저 무심히 그대로 내려왔다
아까시아숲 밑에 노인이 앉아 있다.　　— 김달진, 〈가을비〉 전문.[12]

"아무 일도 없이", "아무 생각 없이" "무심히" 등과 같은 시어는 노장적
유토피아로서 "무하유지향(無何有之鄕)" 혹은 "무위(無爲)"의 경지를 암시
해준다. 화자는 인위적인 것이 없는 순수하게 자연적인 것, 도(道)에 가까
운 상태를 지향하고 있다. "무심히"가 암시해주듯이 화자는 무잡한 세속의
일을 잊고 무념무상의 상태로 자연을 소요한다. 화자는 자연과 혼연일체
를 이룬 것이다.

그와 같은 화자의 앞에 노인이 나타난다. 이 노인의 정체는 무엇일까.
중국의 전원문학에는 고기잡이 노인과 백구(白鷗)가 자주 등장하는데, 양
자는 모두 아름다운 자연 속에서 심신의 자유를 마음껏 누리는 도가적인
존재의 상징이다. 노인은 도인(道人)에서, 그리고 백구는 진금백학(珍禽白
鶴)에서 기원한 이미지이다.[13] 이 작품에 등장하는 아까시숲 아래의 노인
은 바로 도인의 상징이면서, 동시에 물아일체를 이룬 화자의 분신으로 이
해할 수 있다.

도가적 이상향으로서 무하유지향은 물론 반속적인 세계로서 자연 속에
서 찾을 수 있다. 그리하여 도가들은 세속을 피하여 자연 속에 은둔하는

---

12) 《김달진 전집》 1, 217쪽.
13) 葦旭昇, 「중국고전문학에 끼친 도교의 영향」, 한국도교사상연구회 편, 『노장 사상과
　　동양 문화』, 아세아문화사, 1995, 454쪽.

경향을 보인다. 그렇다고 해서, 도가들이 세속을 부정하는 것은 아니다.[14] 왜냐하면 근본적으로 무하유지향은 정신적 자유와 관련된 마음의 문제이기 때문이다.

> 사람들 모두
> 산으로 바다로
> 新綠철 놀이 간다 야단들인데
> 나는 혼자 뜰 앞을 거닐다가
> 그늘 밑의 조그만 씬냉이꽃을 보았다
>
> 이 우주
> 여기에
> 지금
> 씬냉이꽃이 피고
> 나비 날은다.   — 김달진, 〈씬냉이꽃〉 전문.[15]

사람들이 모두 산과 바다를 찾아 들떠있는 신록철에 화자는 혼자서 뜰 앞을 거닌다. 여기에서는 세속과 자연의 관계가 역전된다. 즉, 사람들로 흥성스러운 산과 바다는 오히려 무잡한 속세이며, "혼자" 산책을 하는 뜰 앞이 오히려 무위의 세계인 자연인 것이다.

『莊子』에서 무하유지향은 "광막한 들판(廣莫之野)", "끝없이 펼쳐진 들판(壙埌之野)"으로 표현된 유토피아이다. 그런데 그 광활한 무하유지향이 화자의 뜰 앞에 펼쳐지고 있는 것이다. 무하유지향은 이 세상 너머 초월적인 영역에 별도로 존재하는 곳이 아니다[16]. 그곳은 자연 속, 자연의 사물 속에, 그리고 자아의 마음 속에 존재한다. 이 작품에서 화자는 작은 "씬냉

---

14) 노자의 사상이 반속적인 경향이 강한 반면, 장자의 사상은 세속을 포용한 포월의 성격이 강하다. 물론 장자의 사상도 노자의 반속적인 사상을 상당히 수용하고 있다.
15) 《김달진 전집》 1, 216쪽.
16) 심재상, 『노장적 시각에서 본 보들레르의 시세계』, 살림, 1995, 95쪽.

이꽃" 한 송이에서 무한히 넓고 자유로운 유토피아를 발견한다.

도가에서는 이러한 체험이 자연의 도와의 교감에서 비롯된다고 본다. 자연에 흐르는 도(道)와의 교류를 통하여 화자는 자연과 일체감을 확보하게 된다. 자연과의 일체감을 통하여 자아는 정신적인 자유를 누리게 된다. 소요는 바로 그와 같은 정신적인 자유의 은유이다.

결국 김달진은 자연에서 도를 발견한 자의 유토피아에 대하여 이야기하고 있다. 김달진 시에서 번잡한 속세를 벗어나 홀로 자연을 거니는 장면은 소요 정신에 토대를 두고 있다. 소요에 의한 자연과의 교감을 통해 자아는 정신적인 자유를 확보하고, 노장적 유토피아를 체험한다.

김달진과 더불어 신석정의 시에서도 이러한 소요의 이미지를 찾아볼 수 있다. 신석정의 시에는 장자가 말한 물화(物化)의 이미지가 종종 나타난다. 물화란 주체의 무화를 통한 주객 대립의 해소이다.[17]

> 고산식물을 품에 안고 길러낸다는 너그러운 산
> 청초한 꽃 그늘에 자고 또 이는 구름과 구름
>
> 내 몸이 가벼이 흰 구름이 되는 날은
> 강 너머 저 푸른산 이마를 어루만지리……— 신석정, 〈靑山白雲圖〉

시적 주체가 그려내는 "청산백운도"는 도가적 이상향이다. 화자는 청산과 백운을 바라보면서, 자아를 잊고 "흰 구름"이 되는 상상을 한다. 여기에서 자아는 흰 구름이 아니지만, 언젠가 흰 구름이 되리라는 상상을 하고 있다. 그러한 상상을 통하여 자아는 주체를 망각하고 지금-여기의 구속으로부터 자유로워진다. 자아와 구름은 존재의 일원화를 확보하지만, 여전히 따로 독립된 개체로 남아 있다. 이러한 상상력이 전적으로 장자의 호접

---

17) 이종성, 「선진도가의 자연관을 통해 본 현대문명의 비판적 대안」, 『철학논총』22, 새한철학회, 2000, 83~85쪽.

몽과 같은 물화와 같다고 볼 수는 없다. 하지만, 구름이라는 객체로의 물화를 통하여 시적 자아가 정신적인 자유를 누리게 된다는 점에서는 어느 정도 겹쳐지는 부분이 있다. 시적 자아는 물화를 통하여 청산백운도라는 이상향을 소요하게 된다.

> 나는 바위에 걸어앉어
> 향그러운 솔씨를
> 하나
> 둘
> 하나 둘
> 까 먹었다
>
> 나는 갑자기 산새처럼 가뜬하여지고
> 나는 갑자기 산새처럼 날어보고 싶었다
>
> 저 평온한 푸른 하늘을……
> 못 견디게 평온한 저 하늘 아래를……　　　— 신석정, 〈登高〉부분

화자는 산새처럼 솔씨를 까서 먹는다. 솔씨를 발겨서 먹는 행위는 한편으로는 산새의 행위의 모방으로, 다른 한편으로는 양생의 한 방법으로서 초목약을 복용하는 행위의 상징적 표현으로 이해할 수 있다. 즉, 화자는 산새를 흉내 내어 솔씨를 벗겨먹으면서, 솔씨에 담겨있는 자연의 기를 섭취하면서 산새와 동화되어 간다. 자아는 산새로 물화되는 것이다.

그와 같은 의미작용에 의하여 화자는 "산새처럼" 가벼워짐을 느끼면서, "산새처럼" 날아보고 싶어한다. "저 평온한 푸른 하늘을" 훨훨 날아보고자 하는 화자의 소망 속에서 우리는 자유로움에 대한 의지를 읽어낼 수 있다. 그러한 의지는 다름이 아닌 도(道)와의 일체감에서 생성되는 정신적인 자유로서 소요의 경지에 대한 표현이다.

그렇게 볼 때 〈등고〉는 "솔씨", "산새"를 매개로 자연과 일체감을 확보하면서 무한한 정신적인 자유를 느끼는 화자를 통해 노장적인 소요의 경지를 형상화하고 있는 작품으로 규정할 수 있다.

김관식은 「소요유」편의 곤과 붕을 인유하여 소요유의 상상력을 펼치면서, 자연의 생명력에 다가가는 시적 자아의 모습을 보여준다.

봄은 가고 또/ 다시 돌아와/ 가녀린 햇살 실오리처럼./ 겨드랑밑 추혀
드는 간질이는 바람결 부서진 깃죽지에 새살 돋으면/ 대여섯 달은 넉넉
히 두고 먹을 糧道를 마련하여

鵬翔雲表!/ 단숨에 구만리를 날아 오르라./ 나 홀로 운전하여 오늘은
南溟/ 天池로 간다.

시방은 發情하는 새로운 季節./ 하늘과 땅은, 사랑 사랑의 앙가슴 맞비
비며 春意에 겨워 가쁘게 헐레벌떡 곤한 숨결을 들이쉬고 내쉬는데,

靑黛로 눈썹 그린 山자락마다/ 범발 디디고서 머리 풀은 아지랑이 보
리밭머리 紫朱고름 흩날리며/ 홀린 듯 나와 멍청하니 서 있는 새악시 입
가상에 달래 냉이 내음새.

종다리야 넌 무얼 안다고/ 쬐그만 몸뚱어릴 허공에 초싹초싹 추스르고
선/ 가는 허리 부러지게 자지러져 웃느뇨.
— 김관식, 〈游鯤의 書〉전문.18)

이 시에는 봄날 들판을 걷는 즐거움과 자유로움이 담겨 있다. 생명력이
넘쳐나는 봄날의 충만함을 "시방은 發情하는새로운 季節"이라 표현하고
있다. "하늘과 땅"이 "春意"로 가득하다. 시적 자아는 봄기운이 가득한
"산자락", "아지랑이", "보리밭", "달래 냉이 내음새" 사이를 소요유하고 있

---

18) 김관식, 염무웅 편, 《다시 曠野에-증보판 김관식 시 전집》, 창작과 비평사, 1979,
82~83쪽.

다. 자연의 생명력과 동화된 자아는 마치 곤이 되고 붕이 되어 구만리를 날아오르는 듯한 기분에 젖는다. 나아가 자아는 남명천지를 헤엄치는 곤과 구만리를 솟구치는 붕으로 물화된다[19]. 자아와 곤·붕의 동일화에는 소요유와 물화의 상상력이 겹쳐져 있는 것이다. 이처럼 김관식 시에서 소요유와 물화는 서로 맞물려 자아의 확장을 가능하게 해준다. 〈몽유도원도〉는 소요유와 물화에 의한 존재 해방의 다양한 방식을 집약적으로 보여준다.

오늘은 나도 고기잡이라, 그물을 말어 사렴 사렴 걷어 담고 닻 감아 돛 일우어 물이랑에 남실거리는 아지랭이 봄날을…

푸른 이끼의 시내 언덕 위에는 복사꽃이 노을같이 피어 있길래 어지러이 떨어져 궁구르는 꽃이팔. 머나 먼 어데론지 저어서 가고.

빛나는 바위굴로 기어들어가면은 깊은 골목에 개짖는 소리.// (중략)

忍冬 넌출에 피는 꽃은 金銀花/ 차를 대려 마시며 옛글을 보다 고개를 들어 구름 밖에 머언 생각을 달리기도 하다가 무심코 수그리며 陶處士를 생각는다.// (중략)

藥草밭 풀을 매다 쉬일 참에는 흰돌을 등에 지고 엇비슷이 기대어 서 너盞 流霞酒에 느긋이 醉하여서 환히 핀 꽃그늘에 눈 잠깐 조으는 사이 꿈결을 스쳐 흐르는 山나비 한 쌍. ― 김관식, 〈夢遊桃源圖〉부분.[20]

---

19) 이 시가 「소요유」편을 인유하고 있다는 점을 염두에 둔다면, 마지막 연에 등장하는 "종다리"는 봄날의 충만함을 반영한다기 보다는 「소요유」편의 '매미와 비둘기'의 대용물로 이해하는 것이 자연스럽다. 즉, "종다리"는 "붕"이라는 거대한 새와 대조되어, 현실의 질곡에 묶여있는 소인배에 대한 경계를 함축하는 이미지로 이해할 수 있다. 그렇게 본다면, 시적 주체는 자아와 현실의 질곡에서 벗어나 자연과 우주의 리듬과 하나가 되어 큰 자아를 체험하면서 봄날의 들판을 '소요유'하고 있는 반면, 소인배들은 자연과 하나가 되는 이러한 즐거움의 경지를 체험하지 못하고 작은 자아의 상태로 경험 세계에 갇혀 있는 것이다.

시적 자아는 녹음이 무성한 숲을 걸으면서, 숲을 푸른 "물이랑"으로 상상한다. 그리하여 도연명의 〈도화원기(桃花源記)〉의 세계로 흘러들어 간다. 자아는 〈도화원기〉의 주인공이 되어 도원경(桃源境)을 체험하기도 하고, "인동 넌출에 피는" "금은화"로 차를 끓여 마시며 도연명("도처사")이 되어보기도 하고, 지나가는 "산 나비"를 발견하고는 호접몽을 꾸는 장자가 되어보기도 한다. 자유롭게 존재의 양태를 바꾸어가는 상상을 하는 것이다. 이러한 상상을 통한 존재의 변용과 존재의 해방은 장자가 말하는 소요유나 물화의 사유에 깊이 뿌리내리고 있다.

시적 주체는 들길과 숲길을 거닐고 전원생활을 즐기면서 고전 속 주인공과 교감하는 방식으로 자아 확장과 존재 해방을 보여주는 것이다. 이러한 상상력은 자연을 관류하는 신비적 타자인 '초월계'를 향해 자아를 이끌어준다.

> 나는 아직도 혼자서는 따로이 일어설 수가 없어 날이날마다 틈만 있으면 수풀 사이로 바자희며 걸음을 배우는 것이었다. 그러는 사이에 서로 정이 들어 아주 흉허물없이 아무런 벗이 된 모양이다.(중략)
> 비록 저 하찮은 것들일지라도 기쁨과 슬픔이라든지 사랑하고 미워하며 하고자 하는 곳에 이르기까지 그 살아가는 기막힌 이치를 도저히 살펴 알아차린다는 것은 소홀치아니 희한한 일뿐더러 여간 어려운 일이 아니다. ― 김관식, 〈山길〉 부분.[21]

〈山길〉에서 자아는 산길을 소요유하면서, 나무들과 새들이 들려주는 이야기에 귀를 기울이며, 바위와 암소의 표정을 읽는다. 그러한 소요유의 과정을 통하여 자아는 모든 생명을 관류하는 "기막힌 이치"를 "살펴 알아차린다". 자아는 자연의 모든 사물과 생물들이 자신과 동일한 이치로 연결

---

20) 《다시 曠野에》, 58~59쪽.
21) 《다시 曠野에》, 42~43쪽.

되어 있다는 사실을 깨닫게 되는 것이다. 이와 유사하게「추수감사절의 아가」에서도 자아는 가을 들판을 "소요"하면서, 풍요를 만들어내는 초월적 존재인 "당신"에게 감사를 느끼게 된다. "당신"의 "은혜"는 흘러넘쳐서 온 들판을 풍요로 채우고 있다. "기막힌 이치"나 "당신"의 "은혜"는 자연을 구성하는 모든 사물과 생명, 그리고 자아를 하나의 "이치"와 "은혜"의 끈으로 묶어준다. 따라서 자아는 다른 사물이나 생명체들과 '물화'의 관계로 연결되어 있음을 확인하게 된다.

김관식 시에서 '소요유'의 구체적인 실천 방법은 문명에서 벗어나 들길과 산길을 노니는 것이다. '소요유'의 과정에서 시적 자아는 '물화'에 의한 존재 확장을 경험하고, 자연 속에서 노닐며 자연에 담긴 생명력과 교감하는 양상을 보인다. 자아는 그러한 존재 확장과 교감에 의해 작은 자아의 구속에서 벗어나 정신적 해방을 경험한다.

제3장

'소국과민' 사상과 도가적 전원시

노자는 자연과 사물에 대한 관찰에서 얻은 지혜를 사회 원리와 정치 규범으로 제시한다. 그는 자연과 사물에 대한 이해를 토대로 이상적인 공동체를 모색하였다. 그가 제시한 이상적인 공동체는 '소국과민'으로 알려져 있다. 오늘날 노자의 '소국과민'은 생태적 공동체론의 차원에서 새롭게 조명할 수 있다.

> 나라가 작고 백성이 적고 열 사람, 백 사람을 겸한 인재가 있지만 부리지 않고 백성은 죽음을 중히 여겨 멀리 떠나지 않는다. 비록 배와 수레가 있어도 타지 않으며 갑옷과 무기가 있지만 쓰지 않고 다시 새끼줄을 약속 표시하는 데 사용해, 자기가 지금 먹은 음식을 달게 먹고 입고 있는 옷을 멋있게 여기고 자신이 거주하는 곳에서 편안하게 그 풍속을 즐긴다. 이웃 나라가 서로 바라보며 닭과 개의 소리가 서로 들려와도 백성은 늙어 죽을 때까지 서로 왕래하지 않는다.[22]

'소국과민' 사상에 의하면 소규모 자급자족의 농촌 공동체로서 '영토가

---

22) 『老子』(감산, 오진탁 역, 『감산의 노자 풀이』, 서광사, 1990, 250쪽.)

작고 백성이 적은 나라'가 이상적인 공동체이다.[23] "이러한 소규모의 자연적 공동체는 위정자의 통치가 필요 없을 뿐만 아니라 공동체 구성원들의 자율로 충분히 가능하다"[24]. 즉 지배와 위계로부터 자유로운 자치적 공동체인 것이다. 또한 "배와 수레", "갑옷과 무기"를 쓰지 않고, 새끼줄로 약속을 표시한다는 점에서 문명의 이기를 멀리하고 최대한 자연에 가까운 삶을 지향하는 공동체임을 알 수 있다.

동아시아의 전통 사회에서 도가적인 자유로운 정신을 추구하기에 가장 적합한 삶은 전원생활이었다.[25] 자급자족이 가능한 전원생활은 다양한 위계와 지배로부터 어느 정도의 자유를 누리면서도 인간적인 공동체 생활을 향유할 수 있게 해주었다. 중국의 많은 은사들은 전원생활을 통해 도가적인 소국과민의 삶을 실천하였다. 그들은 초야에 묻혀 농사를 짓는 삶에서 큰 즐거움을 얻었고, 그러한 삶을 전원시로 표현하였다. 도연명은 그런 도가적인 전원시인의 원조이다. 도가적인 전원시적 상상력은 우리 현대 시인들에 의해서도 폭넓게 수용되어 왔다.

이 장에서는 김상용, 백석, 박목월, 김관식의 시를 중심으로 도가적 전원시를 살펴본다.

김상용은 시인이자 영문학자로서 창작시뿐만 아니라 번역시와 수필을 비롯한 다양한 글을 남겼으며, 우리에게 전원시인으로 널리 알려져 있다. 그러나 김상용의 시는 대표작 〈남으로 창을 내겠오〉 외에는 알려진 작품이

---

23) 임동춘, 「노자의 자연관으로 본 정치관」, 『중국인문과학』24, 중국인문학회, 2002, 137~138쪽.
24) 이효걸, 「동양철학의 환경윤리적 태도」, 김성진 외, 『생태문제와 인문학적 상상력』, 나남출판, 1999, 126쪽 참고.
25) 유가도 은거에서 즐거움을 느꼈으나, 그것은 진정한 즐거움이 아니었다. 유가의 이상은 어디까지나 치국평천하였으며, 은거는 부득이한 상황에서 어쩔 수 없이 선택해야 했던 "기다림"의 수단이었다. 반면에 도가에게는 은거생활 자체가 이상이었다. 張法, 유중하 외 역, 『동양과 서양, 그리고 미학』, 푸른숲, 2000, 260쪽.

별로 없다. 그것은 〈남으로 창을 내겠오〉가 두드러지게 완성도 높은 작품인 이유도 있지만, 다른 작품들의 수준이 높지 않은 이유도 있을 것이다.

한국 전원시사에서 김상용은 〈남으로 창을 내겠오〉 한 편만으로도 전원시인으로서 충분한 존재의 의의를 지닌다. 이 작품은 도연명과 이백의 도가적 상상력을 계승하고 있다.

왜 푸른 산에 사느냐 물으면　　問余何事棲碧山
말없이 웃으니 마음 여유롭네　　笑而不答心自閑
복사꽃 흐르는 물 아득히 가니　　桃花流水杳然去
별천지가 있어 속세와 다르네　　別有天地非人間
　　　　　　　　　　　　　　　　— 이백, 〈山中問答〉

南으로 창을 내겠소
밭이 한참갈이
괭이로 파고
호미론 풀을 매지요

구름이 꼬인다 갈 리 있소
새 노래는 공으로 들으랴오
강냉이가 익걸랑
함께 와 자셔도 좋소

왜 사냐건
웃지요.　　　　　　— 김상용, 〈南으로 窓을 내겠오〉 전문.26)

주지하다시피 도연명의 〈도화원기(桃花園記)〉는 노자의 이상적 공동체론인 소국과민 사상을 형상화한 작품이다. 〈산중문답〉의 3-4행은 도화원기를 인유하고 있다. 그리고 〈남으로 창을 내겠오〉의 마지막 연은 〈산중문

---

26) 김상용, 《망향》, 문장사, 1939.

답)의 1-2행과 맞닿아 있음을 알 수 있다. 이렇게 본다면 〈남으로 창을 내겠오〉는 이백과 도연명을 거슬러 올라가 노자의 '소국과민' 사상과 연결된 텍스트가 된다. 이 시에서 복잡한 속세와 멀리 떨어진 한적한 산골에서 농사를 지으며 살고자하는 도가적인 생태학적 삶의 의지를 보여주고 있다.

전통주의자로서 백석은 전통 사회의 샤머니즘적인 유풍에 많은 관심을 기울였을 뿐만 아니라 도가적인 삶에 대해서도 많은 관심을 보였다. 백석은 여러 편의 시편들에서 도가적인 소요하는 삶과 생태학적인 삶에의 의지를 드러낸다. 〈귀농〉은 도가적인 삶의 의지가 반영된 전원시이다.

> 白狗屯의 눈녹이는 밭가운데 땅풀리는 밭가운데
> 촌부자 老王하고 같이 서서
> 밭최뚝에 즘부러진 땅버들의 버들개지 피여나는데서
> 볕은 장글장글 따사롭고 바람은 솔솔 보드라운데
> 나는 땅님자 老王한테 석상디기 밭을 얻는다
>
> 老王은 집에 말과 나귀며 오리에 닭도 우울거리고
> 고방엔 그득히 감자에 콩곡석도 들여 쌓이고
> 老王은 채매도 힘이들고 하루종일 百鈴鳥 소리나 들으려고
> 밭을 오늘 나한테 주는것이고.
> 나는 이젠 귀치않은 測量도 文書도 실증이 나고
> 낮에는 마음놓고 낮잠도 한잠 자고싶어서
> 아전노릇을 그만두고 밭을 노왕한테 얻는 것이다
>
> 날은 챙챙 좋기도 좋은데
> 눈도 녹으며 술렁거리고 버들도 잎트며 수선거리고
> 저 한쪽 마을에는 마돌에 닭 개 즘생도 들떠들고
> 또 아이어른 행길에 뜨락에 사람도 웅성웅성 흥성거려
> 나는 가슴이 이 무슨 흥에 벅차오며
> 이 봄에는 이 밭에 감자 강냉이 수박에 오이며 땅콩에 마늘도 파도
> 심으리라 생각한다

수박이 열면 수박을 먹으며 팔며
감자가 앉으면 감자를 먹으며 팔며
까막까치나 두더지 돝벌기가 와서 먹으면 먹는 대로 두어두고
도적이 조금 걷어가도 걷어가는 대로 두어두고
아, 老王, 나는 이렇게 생각하노라
나는 老王을 보고 웃어 말한다

이리하여 老王은 밭을 주어 마음이 한가하고
나는 밭을 얻어 마음이 편안하고
디퍽 디퍽 눈을 밟으며 터벅터벅 흙도 덮으며
사물사물 해볕은 목덜미에 간지로워서
老王은 팔장을 끼고 이랑을 걸어
나는 뒤짐을 지고 고랑을 걸어
밭을 나와 밭뚝을 돌아 도랑을 건너 행길을 돌아
지붕에 바람벽에 울바주에 볕살 쇠리쇠리한 마을 가르치며
老王은 나귀를 타고 앞에 가고
나는 노새를 타고 뒤에 따르고
마을끝 蟲王廟에 蟲王을 찾어뵈려 가는길이다
土神廟에 土神도 찾어뵈려 가는길이다   — 백석, 〈歸農〉전문.[27]

백석의 〈귀농〉은 〈수박씨 호박씨〉와 더불어 도가적인 정취가 짙은 작품이다. 이 시의 내용을 살펴보면, 화자는 시골 부자 "노왕"(왕씨)에게서 밭을 얻는다. 왕씨는 채마를 가꾸는 일도 힘이 들어 하루 종일 새 소리를 즐기며 한가로이 지내려고 화자에게 밭을 내어주는 것이다. 화자는 "측량"이나 "서류"와 관련된 "아전노릇"을 그만두고 이제 밭을 일구면서 살고자 한다.

이 시에서 귀농은 경제적인 목적을 위한 것이 아니라 소요하는 삶을 위한 것이다. "아전노릇"을 그만 둔다는 것은 사회적인 구속에서 벗어남을

---

27) 『조광』7권 4호. 1941.04.

의미한다. "낮에는 마음 놓고 낮잠도 한잠 자고 싶어서"는 구속에서 벗어난 자유로운 삶에 대한 의지를 드러내고 있다. 이러한 자유로운 삶은 자연의 리듬에 맞추어 물 흐르듯이 살아가는 도가적인 소요하는 삶을 의미한다.

나아가 "까막까치나 두더지 돝벌기가 와서 먹으면 먹는 대로 두어두고/ 도적이 조금 걷어가도 걷어가는 대로 두어두고"와 같은 대목은 화자의 귀농이 경제적인 목적이 아니라 근본적으로는 자연과 일체되는 삶을 지향하고 있음을 말해준다. "충왕"과 "토신"에게 예를 올리는 행위는 화자의 귀농이 생태학적인 삶으로의 귀의임을 암시한다.[28]

이러한 점들을 고려한다면 화자의 귀농은 근본적으로 생태학적이면서 소요하는 삶을 의미한다는 사실을 알 수 있다. 생태학적이면서 소요하는 삶은 도가가 추구하는 이상적인 삶이다. 그러한 삶은 번화가에서 어느 정도 떨어진 곳에서 농사를 지으면서 가능해진다. 귀농을 결정한 화자는 그러한 이상적인 삶에 대한 기대에 들떠있다. "나는 가슴이 이 무슨 흥에 벅차오며"는 화자가 생태학적이면서 소요하는 삶에 대한 기대로 부풀어 있음을 잘 보여준다.

박목월은 초기시에서 서경적인 방법으로 맑고 아름다우며 생명력이 충만한 자연을 그려내었다. 초기시의 청노루, 산도화, 사슴 등은 도화원을 연상시키는 이미지들이다. 동양 문화권에서 도화원은 이상향을 의미한다. 초기시에서 박목월은 자신이 마음속에 품은 이상적인 세계를 그려내고 있었던 것이다. 대표적인 초기 시인 〈산도화〉에는 박목월이 꿈꾸었던 이상적인 세계가 형상화되어 있다.

산은
九江山

---

28) 벌레의 신과 흙의 신에 예를 올리는 행위는 벌레와 흙으로 표상되는 자연에 대한 존중의 상징으로 이해할 수 있다.

보랏빛 石山

山桃花
두어송이
송이 버는데

봄눈 녹아 흐르는
옥같은
물에

사슴은
암사슴
발을 씻는다.　　　　　　　— 박목월, 〈산도화(山桃花)〉 전문.[29]

　　초기시가 속세에서 멀리 떨어진 순수한 자연을 노래한다면, 중기시는
주로 생활인으로서 삶의 애환을 다룬다. 박목월은 생활인으로서 성실하게
사회 활동을 하면서 한편으로는 시인으로서의 명성을 얻기도 하였다. 그
는 사회적으로 성공한 인생을 살아간 사람으로 평가받을 수 있다. 그러나
초기시편은 그가 마음 한 편으로는 속세에서 멀리 떨어진 자연을 이상향
으로 동경하고 있었음을 말해준다. 생활을 노래한 중기시편에서도 그는
자연에 대한 강한 동경을 드러낸다.

　　唐人里변두리에
　　터를 마련할가보아.
　　나이는 들고……
　　한 四·五百坪(돈이 얼만데)
　　집이야 움막인들.
　　그야 그렇지. 집이 뭐 대순가.
　　아쉬운 것은 흙

---

29) 박목월, 이남호 편, 《박목월 시 전집》, 민음사, 2003, 56쪽.

'소국과민' 사상과 도가적 전원시　*179*

五穀이 여름하는.
보리 · 수수 · 감자
때로는 몇그루 꽃나무.
나이는 들고……
아쉬운 것은 自然.
(후략)   ─ 박목월, 〈당인리(唐人里) 근처(近處)〉 부분.30)

중기시에 해당하는 〈당인리 근처〉에는 전원생활을 하고 싶으나 경제적
인 사정이 여의치 않아 안타까워하는 서민적인 정서가 잘 드러난다. 초라
한 움막이라도 상관없지만 직접 손으로 흙을 일구고 작물과 화초를 재배
할 수 있는 대지가 간절히 그리웠던 것이다. "아쉬운 것은 自然."이라는
구절에는 생태학적 삶에 대한 욕망이 노골적으로 드러나 있다.
초기시에서 박목월은 농사를 지으며 아름다운 자연에 파묻혀 살고 싶은
심경을 〈산이 날 에워싸고〉에서 다음과 같이 드러내고 있다.

산이 날 에워싸고
씨나 뿌리며 살아라 한다
밭이나 갈며 살아라 한다

어느 짧은 山자락에 집을 모아
아들 낳고 딸을 낳고
흙담 안팎에 호박 심고
들찔레처럼 살아라 한다
쑥대밭처럼 살아라 한다

산이 날 에워싸고
그믐달처럼 사위어지는 목숨
그믐달처럼 살아라 한다
그믐달처럼 살아라 한다   ─ 박목월, 〈산이 날 에워싸고〉전문.31)

_____

30) 이남호 편, 《박목월 시 전집》, 100쪽.

사회적 동물로서 인간은 일반적으로 인간들과 더불어 살면서 부귀공명을 추구한다. 그러나 사람들은 한편으로는 부귀공명을 멀리하고 두메산골에서 농사를 지으며 청정하게 살아가는 삶을 꿈꾸기도 한다. 유가와 도가는 이러한 대조적인 삶을 각각의 이상으로 설정하고 있다. 유교적 가치관에서는 사회에 나아가 입신양명하는 것을 중요하게 여긴다. 반면 도가적 가치관에서 입신양명의 꿈은 스스로를 우환의 수렁으로 몰아가는 헛된 욕망에 불과하다.

생활인으로서 박목월은 현실에서 입신양명을 추구하며 살아갔지만, 그의 마음 속에서는 청정한 산골에서 고요하게 살아가고 싶은 꿈이 쉽게 사그라지지 않았던 것이다. "산이 날 에워싸고 씨나 뿌리며 살아라 한다"는 화자의 내면에서 꿈틀거리는 도가적 삶의 욕망으로부터 들려오는 목소리이다.

김관식의 전원시적 상상력은 멀리는 '소국과민' 사상에 호흡을 대고 있으며, 가까이는 우리 선대 시인들의 도가적인 전원시적 상상력을 계승하고 있다. 김관식의 전원시적 상상력은 앞선 시인들보다 더 적극적이고 구체적으로 이상적인 전원생활의 모습을 그려내고 있다. 시적 주체에게 전원생활은 자아와 자연이 조화와 균형을 이루는 양생에 가장 적합한 공동체적 삶의 방식이다.

힘들여 잡아당긴 활시위처럼 구부러져 휘어든 으늑한 골아실에 외 엮고 진흙 발라 草堂을 두어 낮에는 들에 나가 콩도 심고 팥도 가꿔 역사를 하고 비내리는 날일랑 집안에 들어앉아 청올치 노를 비벼 반가운 손이 오면 내어다 깔 돗자리를 매거나 名節날 어린 것들 호사로이 신겨줄 꽃메투리를 삼는 것이다.

---

31) 이남호 편, 《박목월 시 전집》, 46쪽.

때로는 구럭에다 온가지의 산나물과 藥뿌리를 캐어오고 밤이면 새발심지 皮麻子 기름등잔 또는 광솔불 아래 옛글을 본다. 언제고 보배로운 거문고와 술항아리. 그리고 숲사이엔 여남은 통의 꿀벌을 치고.

마을 아낙네들 도리도리 모여 앉아 길쌈하는 뜨락에 퇴깽이새끼 도야지새끼들도 나와 돌아다닌다.

시골 살림살이도 맛들이기 나름이지. 나는 나의 가난한 食率들을 거느리고 아하 이런 隱僻한 산골짝에 없는 듯이 파묻혀 조용히 살더라도 연연히 걸어오는 新綠과 같이 타고난 목숨을 티없이 조촐히 기른다는 그것은. 얼마나 스럽고 즐겁고 또 빛나는 이야기가 될 것인가.
             — 김관식, 〈養生銘〉 부분.[32]

"양생명"이라는 제목은, 전원 공동체가 양생의 삶에 가장 적합한 공동체임을 암시해준다. 김관식 시에서 전원생활은 고독한 수행생활이 아니다. "은벽한 산골짝"이지만, "식솔들을 거느리고" 이웃들과 "마을"을 이루어사는 생활이다. 그 마을은 "아낙네"와 "퇴깽이새끼"와 "도야지새끼들", "꿀벌", "산나물", "약뿌리" 등, 사람과 동물, 식물들이 조화롭게 어우러져 있는 생태적 공동체이다.

시적 주체가 꿈꾸는 생태학적 공동체는 철저하게 자급자족적이다. 야생에서 자라는 "산나물"과 "약뿌리"를 채취하고, "외"와 "콩", "팥"을 재배하며, "꿀벌"을 쳐서 양식을 마련한다. 칡덩굴을 거두고 손질해서("청올치 노를 비벼") "돗자리"와 "꽃메투리"를 만들고, "피마자 기름"과 "광솔불"로 어둠을 밝힌다. 시적 주체는 가능하다면 문명을 멀리하고 자연친화적인 공동체적 삶을 영위하고자 한다. 그러한 공동체는 자연의 순환 속에 놓여있는 지속가능한 사회이다.

은벽한 산골을 배경으로 설정된 이러한 이상적 공동체의 삶의 양태는

---

32) 《다시 曠野에》, 112~113쪽.

〈養生修〉, 〈몽유도원도〉 등에서도 찾아볼 수 있다.

　　아희야. 봄비가 오거들랑 그 어데 이웃에라도 가서 藤나무 苗種이나
한 포기 얻어다가 사립 앞에 심어라.

　　그리고 또 늬 親舊들이 더러 찾아 오거든 뜰안에 돋아나는 슬기로운
풀잎들이 하나도 다치잖게 멀찌감치 물러나 행길에서 놀아라.

　　앞으로 여기 와서 여치와 베짱이가 맑고 가는 목청으로 은실을 뽑아
가을 비 멎은 뒤의 시냇물같이 사느라운 노랫가락 나직히 읊으리니.

　　花草밭에는 온가지의 꽃송이가 빛나는 눈웃음을 그윽히 머금고 서로
잘 어울리어 아름다운 얘기를 향기로서 주고받아 한껏 즐거운 삶을 누리
는 모양새를 똑똑히 좀 익혀 보아 두어라.

　　우리들은 모름지기 天生 麗質의 착한 性稟을 無恙하게 자라도록 김매
고 고수런해 가꾸어 보자.

　　철따라 菜麻에선 아욱이나 명아주의 푸새가 나고 山에는 삽주싹과 수
리치도 있길래 풀뿌리를 캐먹고 延命을 하더라도 錦心繡腸을 지녀야 하
느니라.　　　　　　　　　　　　　　　 ― 김관식, 〈養生修〉 전문.[33]

　〈몽유도원도〉에서 김관식은 도가적 이상향으로서 "도원"의 삶은 다름
아닌 전원생활이라고 말해준다. 노장의 무위자연의 원리에 순응하여, 소
박하게 농사를 지으며 화목한 가정을 꾸리는 모습이 이상적 공동체로서
'도원(桃源)'의 삶으로 형상화되고 있다.

　〈양생명〉과 유사하게 〈양생수〉에는 가족을 거느리고 전원에서 채마를
가꾸고, 산에서 산나물과 약초를 캐먹는 양생의 삶을 그려내고 있다. 이
시에 "풀잎들이 하나도 다치잖게" 하려는 자연에 대한 배려의 마음과 "여

---

33)《다시 曠野에》, 70쪽.

치와 베짱이"와 공생하려는 생태학적 의지가 잘 드러나 있다. 이 시에서 "금심수장"은 꽃, 풀, 곤충, 동물 등 자연의 모든 구성원들과 조화롭게 공존하려는 생태학적인 마음을 의미한다.

김관식 시에서 양생에 적합한 생태학적 공동체는 '소국과민' 사상과 맞닿아 있는 소규모 농촌 공동체이다. 시적 주체는 전원생활을 통해 가급적 문명을 멀리하고 최대한 자연에 가까이 다가가고자 한다. 그러므로 전원생활 자체가 목적이 아니라 그것에 의한 자연과의 양생적 합일이 근본적인 목적이다.

제4장

도교적 복식법의 상상력

도가는 주로 자연과의 합일을 통한 정신적인 자유를 추구한다. 그런데, 도교에서는 정신 못지않게 육체도 중시한다.[34] 육체의 불로장생을 추구하는 경향은 다른 종교보다 현저하게 두드러지는 도교의 중요한 특징 중의 하나이다. 도교에서는 기(氣)의 조절을 통해 정신의 건강과 육체의 불로장생을 추구한다.

도교의 기론(氣論)에 의하면, 우주전체는 '기(氣)'로 이루어져있다. 우주 생명의 '기'가 분화하여 개체생명의 '기'를 생성하고, 기체생명의 '기'는 흩어져 다시 우주생명의 '기'로 복귀한다. 양생관(養生觀)에 의하면 만물은 '기'를 매개로 서로 연결되어 있으므로, '만물일체(萬物一體)', '물아일여(物我一如)'의 유기체적 생명관이 성립한다.[35] 또한 도가의 천인론(天人論)에 의하면 "전체로서의 우주자연(天)과 개체생명으로서의 인간(人)"은 하나의 "유기적 조합체계"이다. 개체생명이 소우주라면, 전체생명은 대우주이

---

34) 물론, 도가가 육체를 배제하고 정신만을 추구하는 것은 아니다. 그러나 도교에 비해서 육체보다는 정신을 중시한다는 사실은 부인하기 어렵다.

35) 김용수, 「'웰빙'과 도교 '양생'」, 『동서 사상』1, 2006, 61~64쪽 참고.

고 양자는 유기적으로 연결되어 상보적으로 영향을 주고받는다. 그리고 인체를 중심으로 내부 환경체계(人)와 외부 환경체계(天)가 서로 소통하면서 생명환경을 형성하고 있다36).

이러한 노장-도교의 천인론이나 기론은 모두 자연과 인간을 유기적 통일체로 규정한다. 노장-도교의 '양생'은 그러한 유기체론에 입각하여 자연과의 관계 속에서 인간의 생명력을 보존하고 증진시키고자 하는 실천적 개념이다. 노장-도교의 '양생'에는 육체적 건강을 증진하는 행위에서부터 초월적 삶을 지향하는 정신적 수련까지 매우 다양한 방법이 있다37).

도교에서 복식법은 음식을 매개로 천지만물의 근원적 생명력으로서 '원기(元氣)'38)와 개체의 정신적-육체적 조화와 균형을 추구하는 방법이다. 결국 음식을 통해 자연의 기를 섭취하여 자아의 내부에 원기를 충전할 수 있다는 생각이다. 이러한 도교적인 사유체계에서 자아는 음식을 매개로 자신이 거주하는 '풍토'39)로서의 자연을 닮아가면서, 자연과의 조화와 균형을 이루게 된다40). 음식은 자아와 자연의 공생 관계를 형성하는 매개물인 것이다. 도교의 복식법은 인간과 자연의 공생을 통해 궁극적으로 '장생'을 지향하지만, 한국 현대시의 복식법적 상상력은 자연과 자아의 온전

---

36) 김용수, 「'웰빙'과 도교 '양생'」, 51~53쪽 참고.
37) '양생'의 다양한 함의와 방법에 대해서는 다음을 참고할 수 있다. 김용수, 「'웰빙'과 도교 '양생'」, 64~65쪽.
38) 『태평경』에서는 우주 만물의 근원을 원기(元氣)라고 하는데, 원기가 흘러나와서 천지 만물과 사람의 생명을 생성한다. 김성환, 「양생의 맥락에서 본 도가와 도교 수양의 특징과 현대적 의의」, 『중국학보』46, 2002, 386쪽 참고.
39) 도교 복식법에서의 자연은, 오귀스탱 베르크가 와쓰지 데쓰루의 논의에서 이끌어낸 "풍토"의 개념과 맞닿아 있다. 오귀스탱 베르크는 풍토에 대하여, "풍토성의 문제는 육체성의 문제와 분리될 수 없다. 그래서 와쓰지는 풍토가 우리의 육체 자체라고까지 말하게 된다."(110쪽), "풍토성 안에서 주체를 환경에 동일시할 뿐 아니라 또한 환경을 주체에 동일시한다."(115쪽)라고 말한다. A. Berque, 김주경 역, 『대지에서 인간으로 산다는 것』, 미다스북스, 2001.
40) 혜강은 환경이나 섭취하는 음식이 사람의 성품에 영향을 주고 변화시킨다고 보았다. 은무일, 「혜강과 향수의 양생논란」, 『중국인문과학』14, 1995, 315~318쪽 참고.

한 '합일' 자체에 주안점을 두고 있다.[41]

우리 현대시에서 흔히 찾아볼 수 있는 복식법의 상상력은 초목약의 상상력이다. 초목약의 복식법은 말 그대로 초목에서 약을 구하여 원기를 보양하고 질병을 치료하는 양생법이다. 이는 초목을 매개로 천지만물의 근원으로서 원기와 개체의 정신적 - 육체적 조화와 균형을 추구하는 방법이다.

초목의 복식을 통한 양생은 자연과 인간의 연속성에 대한 믿음을 토대로 한다. 초목을 매개로 자연의 기를 섭취하여 원기를 충전할 수 있다는 사고방식은 결국은 생명력이 충만한 자연을 닮고자 하는 의지의 소산으로 이해할 수 있다.

음식에 대해 예민한 감각을 보여준 백석의 시편에는 도교적인 초목약의 이미지가 종종 나타난다.

> 병이들면 풀밭으로가서 풀을뜯는소는 人間보다靈해서 열거름안에
> 제병을낳게할 藥이있는줄을안다고
>
> 首陽山의어늬오래된절에서 七十이넘은로장은이런이야기를하며 치마
> 자락의 山나물을추었다　　　　　— 백석, 〈절간의 소이야기〉 전문.[42]

여기에서 "로장"은 스님이라기보다는 도인에 가까운 이미지이다. 산나물을 뜯는 노인의 이미지는 자연과의 합일에 대한 의지를 암시해준다. 그러나 노인은 아직 자연과 온전하게 합일을 이루지는 못했다. 노인이 지향하는 천인합일(天人合一)의 경지는 "소"와 같은 "영(靈)"한 경지이다. 자연

---

41) 도교에서 "복식법은 특정한 음식물이나 약물을 복용함으로써 장생성선을 추구하는 방법이다." "복식의 대상은 일반적으로 두 종류로 나누어지며, 그것은 草木藥과 金石藥이다." "초목약의 효과는 부실하거나 결손된 부분을 보양하는 데" 있으며, "금석약을 복용하면 천지처럼 장구하게 생명을 유지할 수 있다고 생각하였다." 김용수, 「'웰빙'과 도교 '양생'」, 65쪽 참고.
42) 백석, 《사슴》, 1936.

과의 유기적인 관계를 형성하고 있는 "소"는 병이 들면 약이 되는 풀을 뜯어먹고 스스로를 치유한다. 즉, 자연으로부터 원기를 받아들여 기를 조절하면서 자신의 정신적, 육체적인 건강을 유지하는 것이다.

반면, 자연으로부터 서서히 분리되는 과정을 거쳐온 인간은 자연과의 유기적인 관계를 상실하면서, 자연으로부터 기를 받아들여 스스로를 치유할 수 있는 영적인 능력을 잃어버렸다. 노인이 산에 묻혀서 산나물을 캐고 있는 행위는 무의식 속에 파묻힌 영적인 능력을 깨우면서 천인합일에 경지에 이르고자 하는 의지의 표현으로 이해할 수 있다.

> 어진 사람이 많은 나라에 와서
> 어진 사람의 즛을 어진사람의 마음을 배워서
> 수박씨 닦은것을 호박씨닦은 것을 입으로 앞니빨로 밝는다.
>
> 수박씨 호박씨 입에 넣는 마음은
> 참으로 철없고 어리석고 게으른 마음이나
> 이것은 또 참으로 밝고 그윽하고 깊고 무거운 마음이라
> 이마음안에 아득하니 오랜 세월이 아득하니 오랜 지혜가
> 또 아득하니 오랜 人情이 깃들인것이다.
> 泰山의 구름도 黃河의 물도 옛임군의 땅과 나무의 덕도
> 이 마음안에 아득하니 뵈이는것이다.
>
> 이 작고 가부엽고 갤족한 히고 깜안 씨가
> 조용하니 또 도고하니 손에서 입으로 입에서 손으로 올으날이는 때
> 벌에 우는 새소리도 듣고싶고 거문고도 한곡조 뜯고싶고 한 五千말
> 남기고 函谷關도 넘어가고싶고
> 기쁨이 마음에 뜨는 때는 히고 깜안 씨를 앞니로 까서 잔나비가 되고
> 근심이 마음에 앉는때는 히고 깜안 씨를 혀끝에 물어 까막까치가 되고
>
> 어진 사람이 많은 나라에서는
> 五斗米를 벌이고 버드나무아래로 돌아온 사람도

그 넑차개에 수박씨 닦은것은 호박씨 닦은것은 있었을것이다
나물먹고 물마시고 팔벼개하고 누었든 사람도
그 머리맡에 수박씨 닦은것은 호박씨 닦은것은 있었을것이다
　　　　　　　　　— 백석, 〈수박씨, 호박씨〉 전문.[43]

　백석 시에는 음식의 이미지가 빈번하게 나타난다. 백석 시에서 음식 이
미지는 단순히 감각적인 차원에 머무르지 않는다. 즉, 백석 시에서 음식물
은 섭취하는 사람들의 성품이나 기질과 직결되어 있는 것이다. 유년시절을
회상하는 작품에서 향토적인 음식물은 고향사람들의 성품과 맞닿아 있다.
　백석은 이 시에서도 "수박씨"와 "호박씨"를 중국인들의 성품과 연결시키
고 있다. 그는 수박씨와 호박씨를 까서 먹는 중국인들에게서 "어진 사람의
마음", "어리석고 게으른 마음", "밝고 그윽하고 깊고 무거운 마음"을 본다.
　도가에 의하면 사람이 섭취하는 기(氣)는 사람의 성품을 변화시킨다.
수박씨와 호박씨를 까서 먹는 중국인들을 바라보는 백석의 상상력 속에는
그와 같은 도가적인 양생(養生)이나 양성(養性) 의식이 자리 잡고 있다. 백
석은 이 시의 3·4연에서 노자[44]와 도연명[45]의 고사를 인유하여 도가적
인 정신을 표면적으로 드러낸다. 물론 공자[46]의 고사도 인유하고 있지만,
이 또한 유가적 측면이 아니라 공자의 도가적인 면모를 반영한다고 볼
수 있다.
　백석의 눈에 수박씨와 호박씨는 단순한 기호식품이 아니라 인간과 자연
의 기를 연결하는 매개항이었다. 마치 신석정이 〈등고〉에서 솔씨를 발기
어 먹고 산새가 되는 물화의 상상력을 보여주는 것처럼, 백석은 수박씨와
호박씨를 매개로 "잔나비"와 "까막까치"와 같은 동물과 동화되는 양상을

---

43) 『인문평론』, 1940.6.
44) "五千말 남기고 函谷關도 넘어가고싶고"
45) "五斗米를 벌이고 버드나무아래로 돌아온 사람"
46) "나물먹고 물마시고 팔벼개하고 누었든 사람"

보여준다.

> 太古에나서
> 仙人圖가꿈이다
> 高山淨土에山藥캐다오다   — 백석, 〈柘榴〉부분.[47]

　백석은 석류의 형상에서 신선의 이미지를 발견해낸다. "태고에 나서"는
불로장생의 의미를 담고 있다. "선인도"나 "고산정토"는 도교적 이상향을
상기시키며, "산약"은 양생의 의미를 드러낸다. 백석에게 석류는 '태고에
태어나서 고산정토에서 산약을 캐먹으며 불로장생하는 신선'의 이미지로
다가온 것이다. 그러한 석류의 이미지에는 도교에서 초목약이 갖는 의미
가 집약되어 있다.
　도교에서 말하는 초목약은 약초에 국한되지 않고, 넓은 의미에서는 자
연에서 구할 수 있는 모든 식품을 포함한다. 가령, 백석의 〈절간의 소이야
기〉의 "산나물", 〈수박씨 호박씨〉의 "수박씨"와 "호박씨" 등은 모두 우주적
인 원기와 개체 내부의 기를 연결하는 도교적인 초목약이라 할 수 있다.
초목약을 매개로 자아와 자연은 하나의 기로 연결된다.

> 老主人의 腸壁에
> 無時로 忍冬 삼긴물이 나린다.
>
> 자작나무 덩그럭 불이
> 도로 피여 붉고,
>
> 구석에 그늘 지여
> 무가 순돋아 파릇 하고,

---

47) 백석, 《사슴》, 1936.

흙냄새 훈훈히 김도 사리다가
바깥 風雪소리에 잠착하다.

山中에 冊曆도 없이
三冬이 하이얗다.　　　　　　　　— 정지용, 〈忍冬茶〉 전문.[48]

　이 시의 "노주인" 또한 도인의 이미지이다. "산중에 책력도 없이"는 도가
의 반문화적인 경향을 단적으로 말해준다. "노주인의 장벽에 무시로 인동
삼긴물이 나린다"는 표현은 자연의 원기(元氣)가 노인에게 깊이 스며들어
있음을 말해준다. 노인은 자연과 일체를 이룬 도인인 것이다.
　그런데 이 시에서 주목할 만한 이미지 하나가 있다. '그늘 진 구석에서
순이 돋아 파릇한 무'의 이미지가 그것이다. '무의 파릇한 순'은 노주인의
'늙음', 그리고 "三冬"이라는 시간적 배경과 대조를 이루면서 자연의 생명
력을 보여주고 있다. '파릇한 순'은 노주인을 감싸고 있는 충만한 원기를
반영한 이미지로 이해할 수 있다.
　정지용의〈忍冬茶〉에 등장하는 인동차의 이미지는 김관식이 생각하는
도가적 이상향으로서 "몽유도원도"의 이미지에도 등장한다.

　忍冬 넌출에 피는 꽃은 金銀花.
　차를 대려 마시며 옛글을 보다 말고 고개를 들어 구름 밖에 머언 생각
을 달리기도 하다가 무심코 수그리며 陶處士를 생각는다.

　나뭇군이 줏어 온 柚子 속에서 商山四皓가 바둑을 두더라는 橘中仙人
이야 못 만난다 하더래도 솔가루 긁어모아 가리나무 몇 짐이면 훈훈한
구둘목에 겨울을 난다.

　藥草밭 풀을 매다 쉬일 참에는 흰돌을 등에 지고 엇비슷이 기대어 서
너盞 流霞酒에 느긋이 醉하여서 환히 핀 꽃그늘에 눈 잠깐 조으는 사이

48) 정지용, 김학동 편, 《정지용 전집》1, 민음사, 1988, 145쪽.

꿈결을 스쳐 흐르는 山나비 한 쌍.   — 김관식, 〈夢遊桃源圖〉부분.49)

　김관식이 생각하는 무릉도원은 멀리 있는 곳이 아니다. 시골에서 소박
하게 농사를 지으며, 초목에서 얻은 차를 다려 마시고, 자연을 즐기는 여
유 있는 삶이 다름 아닌 무릉도원의 삶이다. 화자는 "귤중선인"을 만나는
것과 같은 신비로운 체험이 신선의 삶이 아니라, 소박한 전원생활이 곧
신선의 삶이라고 말한다.
　여기에서 "약초밭"은 백석의 시에 등장하는 도가적 초목약의 이미지이
며, "산나비 한 쌍"은 장자의 호접몽에 맥락이 닿아 있다. 백석의 시와 마
찬가지로 김관식의 시에도 약초의 이미지가 빈번하게 등장하는데 그것은
도교적인 장생 의지와 맞물려 있다.

　　늙은 솔 아래 파리한 老人 한 분.
　　芭蕉를 심어놓고 빗소리를 기다리다가 잠들었나베. 蔘딸기를 물고 선
　　사스미를 타시고 고개를 끄덕이며 한가로이 졸더라. 그의 살림이란 다래
　　끼에 캐담은 藥뿌리 몇 개.
　　　　　　　　　— 김관식, 〈朔風에 기대어 말이 울면〉부분.50)

　정신 못지않게 육체의 장생을 강조하는 도교 사상에 호흡을 대고 있는
시편들에 흔히 등장하는 "노인"은 장생 의지의 표현으로 이해할 수 있다.
백석의〈절간의 소이야기〉, 정지용의 〈인동차〉 등의 노인 이미지는 "약초"
나 "차"의 이미지와 결부되어 있다. 노인들은 초목으로 자연의 원기를 받
아들이며 생명력을 활성화하여 장생을 누리는 인물들인 것이다. 〈삭풍에
기대어 말이 울면〉에 등장하는 노인도 그러한 도인적인 인물이다. "노인"
의 이미지는, "약뿌리"와 "늙은 솔"의 이미지와 겹쳐지면서, 장생의 의미가

---

49) 《다시 曠野에》, 58~59쪽.
50) 《다시 曠野에》, 60~61쪽.

강화되고 있다.

김관식은 〈삭풍에 기대어 말이 울면〉의 2연에서는 "낙엽을 사뤄 대려온 茶를 마시는 인 응당 오래 살 게다"와 같이 초목약과 장생의 상상력을 직접적으로 드러낸다. 또한 "잠자코 품안에 道를 안고"와 같은 대목은 양생의 상상력에 내함된 시적 주체의 궁극적인 의지가 도와의 합일, 도가적인 천인합일의 경지임을 암시한다.

『육식의 종말』[51]에서도 확인할 수 있듯이, 육류나 가공 식품의 지나친 소비 등 현대인의 음식 문화는 생태 위기의 요인 중 하나이다. 한국 현대시에 나타난 도교적인 복식법의 상상력은 자연과 인간이 조화롭게 공존하는 음식 문화에 대한 생태학적인 사유와 상상을 보여준다. 인간이 자연의 일부로서 자연을 훼손하지 않는 범위에서 야생에 가까운 자연물을 섭취하면서 자연을 닮아가는 것이 도교적인 생태학적인 음식 문화이다. 도교적인 복식법의 상상력은 인간-음식-자연의 조화와 균형을 지향한다. 오늘날 '신토불이'나 '로컬푸드' 운동 등은 도교적인 복식법의 이념과 맞닿아 있다고 볼 수 있다.

---

51) Jeremy Rifkin, *Beyond Beef,* 신현승 역, 『육식의 종말』, 시공사, 2002.

제5부

유교 생태학적 상상력
Poetic Imagination of Confucian Ecology

제1장

유교 생태학

동양 종교 중에서 유교는 가장 덜 생태학적인 종교라 할 수 있다.[1] '본질적으로' 유교는 인간 관계의 윤리학에 초점을 맞추고 있다. 그렇다고 해서 유교에 생태학적 사유가 결여된 것은 아니다. 유교는 좁게는 인간 관계의 윤리학에 정향되어 있지만, 넓게는 자연과 인간의 관계 윤리학에도 관심을 기울이고 있다. 유교의 '예(禮)'는 인간 관계에 한정되지 않고 생태학적인 차원에서 자연의 범위까지 확장된다.

본서에서는 '생명 평등 의식', '자연과 문화의 이원론적 일원론', '농촌 공동체 의식' 등의 관점에서 유교 생태학을 살펴보고자 한다.

첫째, 생명 평등 의식의 차원에서 '기(氣)'에 주목할 수 있다. 유교 사상에서 천지만물을 하나의 유기체로 엮는 끈이 '기'이다. 신유교의 '기'는 우주의 구성 요소로서 질량과 에너지를 포괄하는 개념이다.[2] 우주의 모든

---

1) 가령, 게리 스나이더는 인간중심주의라는 점에서 유교를 비판하기도 한다. 이에 대해서는 김욱동, 『문학 생태학을 위하여』, 민음사, 2003, 49쪽 참고.

2) Michael C. Kalton, "Extending the Neo-Confucian Tradition : Questions and Reconceptualization for the Twenty-First Century", *Confucianism and Ecology : The Interrelation of Heaven, Earth, and Humans*, Massachusetts : Harvard U.P., 1998, pp.80~82.

존재는 동일한 '기'로 구성되어 있으므로 '존재의 연속성(the continuity of being)'[3] 속에 놓인다. 천지만물이 동일한 '기'로 이루어져 있다고 보는 유교의 전일적 우주론 관점에서의 인간과 자연의 관계를, 투 웨이밍은 천지만물의 '혈족 관계(consanguinity)'[4]로, 테일러는 '천지만물과의 교우 관계(companionship with all things)'[5]로 규정한다.

유교의 우주적 '혈족'이나 '교우' 관계는 네스의 심층 생태학적 동일화(identification) 개념과 맞물려 있다. 인간과 천지만물은 동일한 '기'로 이루어진 혈족이자 교우 관계이기 때문에, 주돈이는 뜨락의 풀 한 포기도 함부로 잘라서는 안 된다고 한다.[6] 주돈이의 일화는 유교에 담겨 있는 심층 생태학적 동일화 개념을 구체적으로 보여준다. 심층 생태학적 동일화는 일종의 감정이입(empathy)을 통한 인격화(personalising)이다.[7] 동일화를 통해서 자아는 모든 생물들이 자아와 평등한 존재라는 인식에 도달할 수 있게 된다.

둘째, 자연과 문화의 이원론적 일원론의 관점은 '이(理)'의 논리와 관련된다. 유교 사상은 '이(理)'를 매개로 자연과 문화·사회를 유기적으로 연결한다. '이'는 자연의 원리이면서, 사회와 문화의 원리이다. 동일한 '이'에

---

3) Tu Weiming, "The Continuity of Being : Chinese Vision of Nature", *Confucianism and Ecology*.
4) Tu Weiming, "The Continuity of Being : Chinese Vision of Nature", p.116.
5) 이는 장재의 『西銘』에서 끌어낸 개념이다. Rodney L. Taylor, "Companionship with the World : Roots and Branches of a Confucian Ecology", *Confucianism and Ecology*, pp.35~56.
6) Rodney L. Taylor, "Companionship with the World : Roots and Branches of a Confucian Ecology", 53쪽.
7) 교육적 차원의 예로서 안 네스는 벌레에 대한 동일화를 통하여 아이들이 벌레의 생명을 함부로 하지 않게 할 수 있다고 말한다. 동일화의 방법은, 생명체에 대한 감정이입과 인격화를 통해 생명을 존중하는 마음을 함양시켜줄 수 있다는 것이다. Arne Naess, *Ecology, community and lifestyle*, D. Rothenberg, tr. and ed., Cambridge : Cambridge univ. press, 1995, pp.171~172.

의해 빚어진 자연의 생태계와 사회와 문화의 생태계는 상호 조응 관계를 형성하면서 연결되어 있다. 유교에서 자연과 문화는 구분은 되지만 분리된 것은 아니다.[8] 양자는 존재의 연속성을 확보하고 있다. 이러한 측면에서 유교 사상은 '이원론적 일원론(dualistic monism)'이라 할 수 있다.[9]

불교와 도교가 가급적 인위를 배제하면서 자연 그대로와 인간의 조화를 추구하는 데에 반하여, 유교는 자연과 인위(문화)를 연장선에서 이해하기 때문에 자연에 대한 인간의 적극적인 참여를 권장한다. 따라서 유교 생태학에서는 자연의 리듬에 맞추어 자연을 생태학적으로 개발하는 것도 정당화된다. 또한 인위적으로 화분에 화초를 기르거나 정원을 가꾸는 일도 충분히 생태학적 행위로 평가된다. 다시 말해, 유교 생태학의 관점에서 본다면 자연과 조화를 이루는 범위 안에서는 인위적인 행위도 생태학적 가치를 지니는 것이다.

유교 생태학은 이념적 차원에서 자연뿐만 아니라 축적된 인류의 정신과 지식, 그리고 자아를 에워싼 인문적 환경에도 동등한 가치를 부여하면서 인간과 자연, 역사와 문화의 조화로운 관계 맺음을 지향한다는 점에서 '자연 그대로'를 고수하는 샤머니즘이나 불교, 도교와 변별되는 특성을 보인다.

셋째, 유교 생태학의 이상적인 공동체는 농경적 공동체이다. 유교는 온대의 농경 문화에서 발생하여 농경 사회와 운명을 같이 하여 왔다.[10] 따라

---

8) 유교적 세계관에서 문화·사회는 "자연의 연장"으로서 "제2의 자연"이라 할 수 있다. 이러한 관점의 논의는 다음을 참고할 수 있다. 조지훈, 「시의 우주」, 《조지훈 전집》 2, 나남출판, 1998, 18~43쪽.

9) 이원론적 일원론은 캘턴의 용어이다. Michael C. Kalton, "Extending the Neo-Confucian Tradition : Questions and Reconceptualization for the Twenty-First Century", *Confucianism and Ecology*, pp.82~86.

10) 김경옥, 「아시아적 생산양식과 유교질서」, 『유교사상연구』16, 한국유교학회, 2002. ; 宮嶋博史, 진상원 역, 「동아시아 小農社會의 형성」, 『인문과학연구』5, 동아대학교 인문과학대학 인문과학연구소, 1999.

서 유교의 공동체론에 걸맞은 인간의 삶은 자연과 조화와 균형을 이루는 지속가능한 농업 공동체 사회이다[11]. 유교 생태학적 관점에서 농업은 자연의 리듬과 보조를 맞추면서 인간이 자연에 참여하는 가장 생태학적인 생활방식이다. 유교적 관점에서 농업은 인간에 의한 자연 지배가 아니라, '인류가 경작을 통해 대지를 풍요롭게 일구고, 농경의 결실이 인류를 풍족하게 하여주듯이' 인간과 자연이 호혜적 상호 의존의 관계를 이루는 생태학적 행위이다.

여성 생태학의 경우 생태 위기의 근본 원인을 가부장제로 규정한다. 그러나 유교적 농업 사회는 가부장적 가족과 친족문화를 중심에 두고서 자연과 인간이 조화와 균형을 이루며 공생하는 생태학적인 공동체를 유지하여 왔다. 이에 대해서는 보다 정밀한 논의가 필요하지만, 유교 생태학은 가부장제 문화를 반드시 '반생태적인' 문화로 단정할 수 없음을 보여준다.

불교나 도교의 생태학에서 농촌 공동체는 차선책이지만, 유교 생태학에서는 본질적이다. 불교에서 농업은 살생의 가능성이 있으므로 바람직하지 않다. 윤회론에 입각한 불교는 생명중심주의적 우주 공동체를 지향한다. 반면 도교 전통의 '소국과민(小國寡民)' 사상에는 농촌 공동체론이 담겨 있다. 그러나 도교는 근본적으로 야생의 삶을 지향하며, 농촌 공동체는 불가피한 선택이다. 따라서 '소국과민'은 가능하다면 적은 수의 인구로 이루어진 작은 공동체를 지향한다. 반면 유교 생태학은 자기-경작에서 출발하여 넓게는 우주경작으로 확장되는 우주적 농촌 공동체를 지향한다.

---

11) M. E. Tucker, 「도교와 유교의 생태학적 주제들」, M. E. Tucker and J. A. Grim, eds., *Worldview and Ecology*, 『세계관과 생태학』, 유기쁨 역, 민들레책방, 2002, 181~182쪽.

제 2 장

격물치지와 유교적 영물시

한시의 한 갈래로서 영물시(詠物詩)는 사물을 대상으로 한 시이다. 전체적인 풍경이나 환경을 대상으로 하지 않고 구체적인 사물을 대상으로 한다는 점에서 산수시와는 변별된다. 일반적으로 영물시는 자연물뿐만 아니라 인공물도 대상으로 삼는다. 영물시는 대상을 충실하게 묘사하면서 한편으로는 사물을 통해 어떠한 사상을 드러내는 양상을 보인다.[12]

영물시의 기원은 흔히 『시경』으로 거슬러 올라간다. 『시경』에는 다양한 자연물들이 노래되고 있다. 공자는 『시경』을 통해 "조수초목(鳥獸草木)의 이름을 많이 알게 하여준다"고 말하기도 하였다.

---

12) 영물시의 개념에 대해서는 다음과 같은 견해를 참고할 수 있다.
한시의 한 갈래로서 영물시는 "자연물을 비롯한 구체적인 사물을 시화한 것"으로서 "자연을 대상으로 한 것이 아닌 자연물을 대상으로 한 것이기에 산수시 및 자연시와는 구별"된다.(박명희, 「旅菴 신경준의 영물시 연구」, 『한국언어문학』 55, 223쪽.) 대체로 영물시는 "사물을 묘사하는 데 충실하면서도 이에 그치지 않고 사물을 통해 작가의 의도를 드러내는 장르"로 규정된다. (김재욱, 「목은 이색의 영물시 연구」, 고려대학교 박사학위 논문, 2009, 10쪽.)

공자께서 말씀하시기를, 너희들은 어찌하여 시를 배우지 않는가. 시는 감흥을 불러일으킬 수 있고, 살필 수 있으며, 무리지어 어울릴 수 있고, 원망할 수 있다. 가까이는 어버이를 섬길 수 있고, 멀리는 임금을 섬길 수 있다. 또한 새, 짐승과 풀, 나무 등의 이름도 많이 알게 하여 준다.[13]

공자는 시를 통해서 다양한 자연물에 대해 배울 수 있음을 상기시키고 있다. 그러한 점에서 공자는 영물시의 효용론적 가치에 대해 언급하였다고 할 수 있다. 한시 전통에서 영물시는 천지에 널려있는 만물을 제재로 창작되면서 끊이지 않고 맥이 이어져 내려왔다. 한국 현대시에서도 영물시적 경향은 쉽게 찾아 볼 수 있다.

사물에 대한 노래로서 영물시는 사물에 대한 인식 방법에 따라 다양한 형이상학적 전통과 관련하여 이해할 수 있을 것이다. 유교적 관점에서 영물시는 '격물치지(格物致知)'와 관련하여 살펴볼 수 있다. 이 장에서는 한국 현대시의 유교적 계보에 속하는 시인들의 영물시를 '격물치지'의 관점에서 살펴보고자 한다.

'격물치지'는 유교의 사물에 대한 극진한 관심을 단적으로 보여준다. 주자학적 관점에서 사람의 '이(理)'와 사물의 '이'는 근본적으로 동일하다. 주자는 격물치지를 "사물의 이치를 궁극에까지 이르게 하여 나의 지식을 극진하게 이루게 한다"[14]는 의미로 해석한다. 주자의 격물치지는 "모든 이치를 갖추고 있는 '마음'이 만물에 응하여 만물 속의 '이'를 궁구함으로써 '앎'이 이루어"[15]지는 과정이라 할 수 있다. 그것은 주체와 객체가 우주 만물의 본질인 '이'에 도달하면서 합일하는 과정으로 이해할 수 있다.

유학에서 '격물'에 대한 해석은 다양한 관점에서 이루어져 왔지만, 사물

---

13) 子曰 小子何莫學夫詩 詩可以興 可以觀 可以群 可以怨 邇之事父 遠之事君 多識於鳥獸 草木之名(『論語』「陽貨」)
14) 금장태, 『유학사상의 이해』, 집문당, 1996, 118쪽.
15) 금장태, 『유학사상의 이해』, 115쪽.

에 대한 도가나 불교의 입장보다 적극적이고 능동적인 개념이라는 점은 분명하다. 격물치지의 개념은 인간은 인간을 에워싼 우주 만물에 적극적이고 능동적인 관심을 기울어야 한다는 견해, 그리고 궁극적으로 인간과 사물은 하나의 '이'로 연결된 공동체라는 견해를 담고 있다는 점에서 생태학적인 함의를 풍부하게 갖추고 있다.

이병기는 다양한 생물들을 대상으로 하여 많은 영물시를 남기고 있다.16) 그것은 이병기가 천지만물 하나 하나에 깊은 애정과 관심을 가져왔음을 방증해준다. 이병기의 영물시들은 자연물에 대한 애정 어린 관심을 담고 있다.

> 해만 설핏하면 우는 풀벌레 그 밤을 다하도록 울고 운다
>
> 가까이 멀리 예서 제서 쌓겨 울다 외로 울다 연달아 울다 뚝 그쳤다 다시 운다 그 소리 단조하고 같은 양 해도 자세 들으면 이놈의 소리 저놈의 소리 다 다르구나
>
> 남몰래 계우는 시름 누워도 잠 아니 올 때 이런 소리도 없었은들 내 또한 어이하리   ── 이병기, 〈풀벌레〉 전문.17)

〈풀벌레〉는 "풀벌레"를 제재로 삼은 영물시의 범주에 속한다. 시적 주체는 동일화의 방법을 통해 풀벌레 한 마리 한 마리에 고유한 개체성을 부여하여 인격화하고 있다. 그리하여 풀벌레 소리는 "이놈의 소리 저놈의 소리가" 모두 다르게 들린다. 화자에게 풀벌레는 더 이상 타자적인 존재가 아니다. 풀벌레들 각각은 모두 인간과 동등한 인격과 생명을 지닌 존재들이다.

---

16) 최승호는 "완상에서 오는 도락"의 차원에서 이병기의 영물시를 다루고 있다. 최승호, 『한국 현대시와 동양적 생명사상』, 다운샘, 1995, 102~117쪽.
17) 이병기, 《가람 문선》, 신구문화사, 1966, 42쪽.

비인 마룻장에 해가 가득 비쳐들고
후루룩 내려 앉아 짹짹이는 참새들을
이놈과 저놈의 소리 들어 보고 알러라   ─ 이병기, 〈病席〉부분.18)

太陽이 그대로라면 地球는 어떨 건가
水素彈 原子彈은 아무리 만든다더라도
냉이꽃 한 잎에겐들 그 목숨을 뉘 넣을까
                                    ─ 이병기, 〈냉이꽃〉부분.19)

   〈병석〉에도 〈풀벌레〉와 유사한 동일화의 상상력이 나타난다. 화자는
볕이 가득한 마루 바닥에 내려 앉아 짹짹거리는 참새들의 소리를 각각
구분해낸다.20) 화자가 "이놈과 저놈의 소리"를 구분해내는 것은 참새 한
마리 한 마리에 인격을 부여하였다는 의미이다. 동일화에 의한 인격의 부
여는 개별 생명체의 생명 가치를 인간의 생명 수준으로 끌어올린다.
   그러한 생명 존중의 정신은 〈냉이꽃〉에서는 "냉이꽃 한 잎"이 갖는 생명
에 대한 경외감으로 나타난다. 화자는 현대과학이 "수소탄 원자탄"은 만들
어낼 수 있지만 "냉이꽃 한 잎"의 생명을 만들어 낼 수는 없다고 말한다.
   이처럼 이병기 시의 곳곳에는 동일화의 상상력이 나타난다. 동일화는
작은 생명체에 인격을 부여하여 생명 평등 의식을 형상화하는 기능을 한
다. 이병기의 시에서는 아무리 작은 생명체라도 놀라운 생명의 세계를 내
포하고 있으며, 모든 생명은 평등하고 존중할 만한 가치가 있다.
   이육사는 퇴계 이황의 14대손이다. 그는 1904(~1944)년 퇴계의 후손들
이 모여사는 안동의 한 마을에서 태어나 유교적인 문화권에서 성장하였
다. 이육사는 퇴계의 주리론을 내면화한 대표적인 현대 시인으로 평가할

---

18) 《가람 문선》, 29쪽.
19) 《가람 문선》, 69쪽.
20) "비인 마룻장에 해가 가득 비쳐들고/ 후루룩 내려 앉아 짹짹이는 참새들을/ 이놈과
    저놈의 소리 들어 보고 알러라" ─「病席」, 《가람 문선》, 29쪽.

수 있다. 주기론이 대상의 감각을 중시한다면, 주리론은 대상을 관념화하는 경향이 강하다. 주리론에 착근한 이육사의 시는 대체로 대상 자체의 감각보다는 자아의 관념이 두드러진다[21].

영물시의 범주에 포함시킬 수 있는 이육사 시로는 〈喬木〉, 〈꽃〉, 〈청포도〉, 〈芭蕉〉 등이 있다. 이육사의 영물시는 대상의 감각적 재현보다는 관념의 표현에 무게 중심이 실려있다고 할 수 있다. 시적 주체가 의도하는 지배적인 관념은 역사의식이다. 그는 예언자적 목소리로 조국의 광복을 상기시켜준다. 그렇다고 해서 그가 무책임한 낙관에 안주하는 것은 아니다. 이육사 시에서 역사의 밝은 전망은 자아의 참여에 의하여 확보된다. 독립운동가의 삶을 살다간 이육사의 생애와 무관하지 않게 시적 자아는 불의에 항거하는 선비정신을 보여준다.

역사적 낙관의식이 두드러지게 나타나는 〈청포도〉에도 "아이야 우리 식탁엔 은쟁반에 하이얀 모시 수건을 마련해 두렴"과 같은 준비론이 암시된다. 〈광야〉의 "내 여기 가난한 노래의 시를 뿌려라"는 낙관적 역사의식 속에 함축된 지사적 참여의식을 선명하게 보여주고 있다. 이처럼 이육사 시의 현실 인식은 낙관적 역사의식과 지사적 참여의식이 두 개의 축을 이루고 있다.

이러한 현실 인식은 자연인식과 결합되어 있다. 시적 주체는 자연의 섭리를 통해서 현실을 인식한다. 즉, 자연의 순환하는 섭리를 매개로 역사적 비전을 선취하고, 자연과 역사의 일부분으로서의 자아에 대한 성찰을 통해 지사적 참여의식을 드러낸다.

이와 같은 자연-역사-자아에 대한 복합적인 성찰과 인식은 생태학적 상상력의 차원에서 이해할 수 있다. 시적 주체에게 자연, 역사, 자아는 동일

---

21) 이육사의 성장 배경 및 주리론적 시학에 대해서는 다음을 참고할 수 있다. 박현수, 『현대시와 전통주의의 수사학』, 서울대 출판부, 2004, 142~150쪽.

한 생명과 원리로 연결되어 있다. 그는 자연에서 역사의 흐름과 자아의
존재론을 읽어낸다. 이와 같은 자연-역사-자아에 대한 복합적인 인식은 생
태학적인 상상력으로 펼쳐진다.

　　　동방은 하늘도 다 끗나고
　　　비 한방울 나리쟌는 그따에도
　　　오히려 꼿츤 밝아케 되지안는가
　　　내 목숨을 꾸며 쉬임업는 날이며

　　　北쪽 '쓴도라'에도 찬 새벽은
　　　눈속 깁히 꼿 맹아리가 옴작어려
　　　제비떼 까마케 나라오길 기다리나니
　　　마츰내 저버리지 못할 約束이며!

　　　한 바다 복판 용소슴 치는곧
　　　바람결 따라 타오르는 꼿城에는
　　　나븨처럼 醉하는 回想의 무리들아
　　　오날 내 여기서 너를 불러보노라　　　　　　— 이육사, 〈꽃〉전문.22)

　이 시는 봄이 오면 어김없이 피어나는 꽃을 대상으로 노래한 시이다.
〈청포도〉에서 칠월이 오면 청포도가 주렁주렁 열리듯이 밝고 풍요로운
시대가 도래할 것이라는 예견을 보여준 것처럼, 〈꽃〉은 봄과 꽃의 이미지
를 통해 역사적 비전을 선취한다.

　화자는 아무리 척박한 땅이라 할지라도23) 봄이 오면 어김없이 꽃이 피
어난다고 말한다. 표면적으로는 꽃을 통해 자연의 순환하는 섭리를 드러
내고 있다. 그러나 심층적으로는 역사적 차원에서 조국 광복의 예견을 함
축하는 것이다. 3연의 유토피아적인 이미지인 "꼿城"은 광복된 조국을 상

---

22) 박현수 편, 《이육사 시 전집》, 168쪽.(『자유신문』, 1945.12.17.)
23) "비 한방울 나리쟌는 그따에도", "北쪽 '쓴도라'에도"

기시켜준다. 1연과 2연이 꽃의 이미지를 통해 자연의 섭리를 두드러지게 나타낸다면, 3연에 오면 역사적인 차원에서 광복에 대한 확신이 강렬하게 드러난다. 1연의 "내 목숨 꾸며 쉬임업는 날이며"는 자아의 생명이 자연의 섭리, 그리고 역사의 흐름과 연결되어 있음을 암시한다. 이러한 점들을 고려할 때 이 시는 표면적으로는 꽃이라는 대상을 노래하지만 심층적으로는 자아의 생명과 자연의 섭리, 그리고 역사적 확신의 복합적인 교섭을 보여주고 있다. 자연-역사-자아가 동일한 생명과 원리로 연결되어 있음을 확인할 수 있다.

> 푸른 하늘에 다을드시
> 세월에 불타고 웃둑 남아서서
> 차라리 봄도 꽃피진 말어라.
>
> 날근 거미집 휘두르고
> 끝없는 꿈길에 혼자 설내이는
> 마음은 아예 뉘우침 안이리
>
> 검은 그림자 쓸쓸하면
> 마츰내 湖水 속 깊이 겨우러저
> 참아 바람도 흔들진 못해라.　　　　　─ 이육사, 〈喬木〉 전문.[24]

　표면적으로는 교목에 대한 묘사가 드러난다. 교목은 푸른 하늘에 닿을 듯이 우뚝 솟아올라 있다. 사방은 봄이 와서 곧 꽃이 피어날 기세이지만 교목은 오랜 세월에 불타버린 듯이 검은 그림자를 쓸쓸하게 드리우고 있다. 온 들판에 봄이 퍼져도 교목에는 봄이 오지 않을 것만 같이 을씨년스럽게 느껴졌지만, 화자는 호수에 비친 교목의 그림자에서 바람도 흔들지 못하는 어떠한 강한 힘을 느끼게 된다.

---

24) 박현수 편, 《이육사 시 전집》, 128~129쪽.(『인문평론』, 1940.7.)

이 시 또한 자연과 역사, 자아에 대한 복합적인 인식을 보여준다. 화자는 봄이 오는 들판과 불탄 듯한 교목을 대조하여 자연(봄)과 역사적 상황(식민지)의 거리를 부각시킨다. 교목은 그러한 거리를 함축하는 상징물이다. 교목은 비록 불타버린 듯한 헐벗은 모습이지만 언젠가 새싹이 돋아날 것이다. 교목은 한편으로는 낙관적 역사를 암시하고 있는 것이다. 시적 주체는 삭막한 상황에서도 의연함을 잃지 않는 교목의 모습에서 지사의 이미지를 읽어낸다. 이러한 상상력에서 교목과 자아는 동일화되어 있다. 표면적으로는 자연-역사-자아 사이에 거리가 있지만 심층적으로는 자연의 섭리에 의하여 유기적으로 연결되어 있는 것이다.

영물시의 범주로 볼 수 있는 이육사의 시편들은 자연-역사-자아를 유기적인 관점에서 이해한다. 시적 주체는 자연의 섭리를 통해 역사와 자아를 인식하면서 역사적 비전을 선취하고 자아의 존재 방식을 정립하는 양상을 보인다. 이러한 상상력은 자연과 역사, 그리고 자아를 하나의 원리와 생명으로 본다는 점에서 생태학적인 의미를 지닌다.

조지훈의 생애가 불교와 밀접한 관련이 있음은 널리 알려져 있다. 그러나 한편으로는 유교와도 깊은 관련을 맺고 있다. 조지훈은 1920년 경북 영양에서 태어났다. 조지훈의 가계(家系)는 정암 조광조에 닿아 있다. 그의 조상은 조광조가 사화를 입자 영양에 숨어들어 자리를 잡고, 영남 남인의 일원이 되면서 교조적인 유학을 추구하였다.[25] 조지훈은 유교적 가풍에서 성장하면서 유교를 내면화하는 한편, 성인이 된 후에는 문장파의 일원으로서 유교적인 미학을 전개한 시인으로 널리 알려져 있다.

이육사의 유교 생태학적 영물시가 자연을 매개로 역사와 자아를 통찰하는 양상으로 전개된다면, 조지훈의 다음 시는 자연을 매개로 인생을 관조

---

25) 유교와 관련된 조지훈의 생애에 대해서는 다음을 참고 할 수 있다. 김용직, 「시와 선비의 미학」, 최승호 편, 『조지훈』, 새미, 2003, 38~39쪽.

하는 양상을 보여준다.

> 매화꽃 다진 밤에/ 호젓이 달이 밝다.
>
> 구부러진 가지 하나/ 영창에 비취나니
>
> 아리따운 사람을/ 멀리 보내고
>
> 빈 방에 내 홀로/ 눈을 감아라.
>
> 비단옷 감기듯이/ 사늘한 바람 결에
>
> 떠도는 맑은 향기/ 암암한 옛양자라
>
> 아리따운 사람이/ 다시 오는 듯
>
> 보내고 그리는 정도/ 싫지 않다 하여라.
> — 조지훈, 〈梅花頌〉 전문.26)

　조지훈은 매화를 연인으로 의인화해놓고 있다. 화자에게 매화꽃은 "아리따운 사람"이다. 매화꽃이 다 지고 난 달밤에 화자는 연인 같은 매화꽃을 보낸 상실감 속에 빈 방에 홀로 앉아 상념에 잠긴다. 그러다가 가느다란 바람결에 떠도는 아득한 매화향을 느끼며 화자는 떠나간 "아리따운 사람이 다시 오는 듯"한 착각을 경험한다.

　화자에게 매화꽃이 지고 난 후 잔향을 즐기는 일은 떠난 사람의 추억에 잠겨 그리워하는 일과 유사하다. 시적 주체는 자연을 인격적으로 경험하면서 자연과 인생을 연속선상에서 이해한다. 그에게 자연과 인생은 서로 다른 범주가 아니라 동일한 범주이다. 자연의 섭리는 곧 인생의 섭리이며, 자연의 모든 구성원은 인격체나 다름없다.

---

26) 조지훈, 《조지훈 전집》1, 나남출판, 1998, 113쪽.

제 3 장

양란(養蘭)을 통한 자연과의 교감

　양란의 상상력은 넓게는 '격물치지와 영물시'의 범주에서 다룰 수 있다. 그러나 한국 현대시의 유교 생태학적 상상력에서 차지하는 비중이 크기 때문에 별도의 장을 할애하여 고찰할 필요가 있다.

　불교나 도교의 관점에서 본다면 관상을 목적으로 하는 인위적인 식물의 재배는 인간중심적이고 반생태적인 행위로 비판 받을 수 있다. 그러나 역물(役物) 사상을 중요한 특징의 하나로 삼는 유교의 경우는 다르다. 역물은 "외적 사물을 부린다"는 뜻으로서,[27] 유교적 생태학의 "자연에 대한 인간의 적극적 역할"[28]을 강조하는 '경작'의 개념에 가깝다.

　옛 선비들에게 양란은 인격 수양 방법 중의 하나였다. 우리 근대시사에서 유가적 선비문화를 지향하는 문장파의 핵심적인 구성원들인 이병기, 정지용 등은 양란에 관심을 보여주었다.[29]

---

27) '역물'의 개념에 대해서는 다음을 참고할 수 있다. 이민홍, 「성리학적 외물 인식과 형상사유」, 『국어국문학』105, 국어국문학회, 1991. ; 최승호, 『한국 현대시와 동양적 생명사상』, 34~38쪽.
28) 이효걸, 「동양철학의 환경윤리학적 태도」, 송상용 외, 『생태문제와 인문학적 상상력』, 나남출판, 1999, 117쪽.

양란이나 양화(養花)를 유교 생태학의 범주에 한정할 수는 없다. 그러나 종교 생태학의 범주에 포함할 경우 샤머니즘이나 유교, 도교에 비하여 자연에 대한 인간의 참여를 정당화하고 강조하는 유교 생태학에 가장 가까운 것도 사실이다. 따라서 본장에서는 양란을 매개로 한 생태학적 상상력을 유교 생태학의 차원에서 고찰하고자 한다.

양란의 상상력을 보여준 대표적인 시인은 문장파의 수장인 이병기이다. 이병기는 어린 시절부터 자연에 대해 남다른 관심을 기울여왔다.[30] 이병기는 난(蘭)과 매(梅) 등의 관상식물 재배에 조예가 깊었다. 그는 평생 동안 화초를 돌보고 가꾸면서 화초의 생리를 깊게 이해하였다.[31] 화초들 사이의 미묘한 차이까지 변별해내는 심미안을 가지고 있을 정도였다.[32] 그가 남긴 산문들은 자신에게 양화(養花)가 단순한 취미의 수준을 넘어서는 "오도(悟道)"[33]의 차원으로서, 자아와 자연의 섭리를 매개하는 행위였음을 말해준다.

이병기 시에서 양화는 유교 생태학적 경작의 개념을 함축하는 상상력이다. 일기나 산문뿐만 아니라 그의 시에서도 양화는 자아가 자연에 능동적으로 참여하면서 자연을 이해하고 교감하는 과정으로 나타난다.

---

29) 문장파의 양란 취미에 대해서는 다음을 참고할 수 있다. 최승호, 『한국 현대시와 동양적 생명사상』, 40~50쪽.

30) 이병기의 자연에 대한 관심은 10대 후반부터 씌어진 《가람일기》에서 확인할 수 있다. 그는 매나무에서 위로를 얻고(《가람일기》 I, 25쪽.), 참새에게서 인생을 배운다(《가람일기》 I, 27쪽.). 그러한 자연에 대한 관심은 「난초」, 「매화」 등과 같은 수필에도 잘 나타난다.

31) 이병기는 난초의 생리를 깊이 이해하여 병든 난을 곧잘 살려내기도 하였다. 그래서 이병기의 집은 "난초 병원"이라 불리기도 하였다. 「風蘭」, 《가람 문선》, 195쪽 참고.

32) 가령, 이병기는 춘란의 변종을 찾아내어 스스로 작명하기도 하였다. 춘란의 일종인 "진란(眞蘭)", "도림란(道林蘭)", "철골소심(鐵骨素心)" 등은 이병기의 작명으로 알려져 있다. 김제현, 『이병기 - 그 난초 같은 삶과 문학』, 건대 출판부, 1995, 42쪽.

33) 「蘭草」, 《가람 문선》, 186쪽.

새로 난 난초잎을 바람이 휘젓는다
깊이 잠이나 들어 모르면 모르려니와
눈뜨고 꺾이는 양을 차마 어찌 보리아

산듯한 아침 볕이 발 틈에 비쳐 들고
난초 향기는 물밀듯 밀어오다
잠신들 이 곁에 두고 차마 어찌 뜨리아 ─ 이병기, 〈난초 2〉전문.[34]

이병기 시의 양화의 상상력도 앞장에서 살펴본 심층 생태학적 동일화에 의한 생명 평등 의식과 맞물려 있다. 1연에서 잠자리에 누운 화자는 감정 이입에 의하여 난초와 동일화되어 있다. 자아는 바람에 휩쓸리는 난초가 행여 상할까봐 조바심에 잠을 이루지 못하고 있다. 시적 자아는 난초에 인격을 부여하면서 교우 관계를 형성하고 있는 것이다. 2연 종장에서 잠시도 난초의 곁을 떠날 수 없을 것만 같다는 표현은 자아와 난초의 교우 관계가 물아일체의 경지까지 심화되었음을 암시한다.

오늘은 온종일 두고 비는 줄줄 나린다
꽃이 지던 蘭草 다시 한대 피어나며
孤寂한 나의 마음을 적이 위로하여라

나도 저를 못 잊거니 저도 나를 따르는지
외로 돌아앉아 冊을 앞에 놓아 두고
張張이 넘길 때마다 향을 또한 일어라 ─ 이병기, 〈난초 3〉전문.[35]

2연 초장의 "나도 저를 못 잊거니 저도 나를 따르는지"는 주객합일의 경지를 잘 보여준다. 그러한 물아일체의 경지에서, 방 안에서 홀로 글을 읽는 자아는 난초를 좋은 동반자로 인식하고 있다. 심층 생태학적 동일화

---

34) 《가람 문선》, 20쪽.
35) 《가람 문선》, 21쪽.

에 의하여 자아는 난초와 교우 관계를 형성하고 있는 것이다. 그런데 이병기 시에서 동일화는 자아와 화초 사이의 개별적인 교우 관계에 국한되지 않는다. 시적 자아는 개별 생명체인 화초를 통해 우주적 생명과 교감하는 양상을 보여준다.

2연 중장에서 꽃이 지던 난초에서 다시 한 대 피어나는 꽃은 소멸과 생성의 반복으로 이루어진 자연의 순환 리듬을 암시한다. 서론에서 언급한 바와 같이 유교적 생태학에서 대우주의 리듬-율동은 우주-자연의 생명력을 의미한다. 그렇게 볼 때 화자는 난초를 매개로 우주적 생명을 경험하면서 우주와 일체감을 경험한다고 이해할 수 있다.

네스에 의하면 자아와 다른 생명체와의 동일화는 자아실현(Self- realization)으로 이어진다. 심층 생태학적 자아실현은 자아와 자연의 여러 구성원들과의 동일화를 통해 고립된 작은 자아(self)를 큰 자아(Self)로 확장해나가는 과정이다. 자아실현의 과정에서 자아는 모든 생명체가 동일한 생명의 지를 갖는 존재이며, 거대한 생명의 그물에서 자양분을 교환하면서 공생하는 존재임을 깨닫게 된다. 자아는 고립된 개체 의식에서 벗어나 생명의 그물 전체를 향한 "자아의 확장(extension of self)"을 경험하게 된다.[36] 자아실현은 자연·우주와 자아의 합일을 지향하는 개념으로 유교의 천인합일과 겹쳐지는 면이 있다.[37]

이병기 시에서 천인합일의 경지를 암시하는 이미지가 "향기"이다. 〈난초2〉와 〈난초3〉에서 "향기"는 표면적으로는 자아와 난초 사이를 연결하는 매개물이다. 그러나 이병기 시에서 "향기"는 그러한 표층적인 차원 이상의

---

36) Arne Naess, Ecology, *community and lifestyle*, D. Rothenberg, tr. and ed., Cambridge : Cambridge U.P., 1995, p.172.
37) 자아와 우주의 일체감 확보라는 점에서 심층 생태학의 자아실현과 유교의 천일합일은 유사한 함의를 갖는다. 그러나 심층 생태학의 자아실현이 인간의 역사적 기억과 문화의 가치를 간과한 반면, 유교의 천인합일은 자연 못지않게 역사와 문화의 가치들을 존중한다는 점에서 차이를 보인다.

의미를 지닌다. "향기"는 대상을 가리지 않고 널리 퍼지는 속성을 지닌다. 심층적인 차원에서 그러한 "향기"의 속성은 자아와 천지만물이 일체가 된 천인합일의 경지를 상기시켜준다.

> 어두운 깊은 밤을 나는 홀로 앉았노니
> 별은 새초롬히 처마 끝에 내려 보고
> 애연한 瑞香의 향은 흐를 대로 흐른다
>
> 밤은 고요하고 天地도 한맘이다
> 스미는 瑞香의 향에 몸은 더욱 곤하도다
> 어드런 술을 마시어 이대도록 취하리   — 이병기, 〈瑞香〉 전문.[38]

서향의 향기가 진하게 흐르는 밤, 화자는 온 우주가 향기로 가득하다고 느낀다. 유교 사상에서 온 우주는 하나의 '기'로 이루어진 유기적 전일체이다. 이 시에서 향기는 마치 하나의 '기'처럼 온 우주에 퍼져 있다. 그 향기는 자아에게도 스며들어온다. 화자는 "천지도 한맘"이라 느낀다. "천지도 한맘"은 온 우주가 자아와 일체를 이룬 전일적 경지를 함축하고 있다. "몸은 더욱 곤하도다", "이대도록 취하리"는 천인합일의 지평에서의 자아 소멸을 암시한다. 서향의 향기 속에서 주체와 객체, 자아와 자연의 분별이 사라지고 모든 것이 일체를 이루고 있다.

자아는 난과의 동일화에서 나아가 온 우주와의 동일화를 확보하고 있다. 그리하여 "천지"를 향하여 자아를 확장하여 온 우주가 "한맘"이라는 자아실현의 지평을 경험하고 있다. "천지도 한맘"의 경지는 심층 생태학적 자아실현과 포개어지는 천인합일의 경지인 것이다.

지금까지 살펴본 바와 같이 이병기 시에서 양화는 자아가 천인합일의 경지로 나아가는 매개적 과정이다. 자아와 자연의 전일성을 지향하는 심

---

38) 《가람 문선》, 23쪽.

충 생태학적 자아실현의 정신은 유·불·도를 관류하는 생태학적 정신이다. 그러나 불교와 도교가 자아를 축소하는 '무아'와 인위를 축소하는 '무위'의 과정을 통해 전일성에 접근하는 반면, 이병기 시의 양화의 상상력은 경작에 의해 우주의 유기적 전일성에 다가가는 유교적 생태학의 특수성을 드러낸다.

이병기의 작품 외에도 난초를 제재로 한 시는 많이 찾아볼 수 있다. 유교적 형이상학이 뚜렷하게 드러나지 않더라도 화분 속의 난초를 매개로 자아와 자연의 교감이나 생태학적 관계 회복을 지향하는 작품이라면 유교 생태학의 범주에서 살펴볼 수 있을 것이다. 이러한 관점에서 정지용, 박목월, 서정주의 작품에 드러난 난초의 상상력을 고찰한다.

蘭草닢은
차라리 水墨色.

蘭草닢에
엷은 안개와 꿈이 오다.

蘭草닢은
한밤에 여느 다문 입술이 있다.

蘭草닢은
별빛에 눈떴다 돌아 눕다.

蘭草닢은
드러난 팔구비를 어쩌지 못한다.

蘭草닢에
적은 바람이 오다.

蘭草닢은
칩다.   — 정지용, 〈蘭草〉 전문.[39]

　정지용은 이병기, 이태준과 더불어 선비문화로서 난초를 즐기고 공부하
였다. 이 작품은 그러한 과정에서 창작된 것으로 보인다.[40] 시적 주체는
의인화와 감정이입을 통해 난초와 동일화되고 있다. 난초는 별빛 아래에
서 꿈을 꾸고 있다. 수줍어서 "드러난 팔구비를 어쩌지 못"하는 모습을
보이기도 한다. "적은 바람이" 스쳐 지나가자 난초는 추위를 느낀다. 시적
주체는 하나의 인격체로서 난초의 내면을 섬세하게 형상화하고 있다. 생
명체와의 교감은 자연을 이해하고 사랑하기 위한 기본적인 과정이다. 그
러한 점에서 이 시의 의인화와 감정이입을 통한 동일화는 심층 생태학의
자아실현과 맞물린다. 이 작품은 화분 속 난초와의 교감도 얼마든지 생태
학적 상상력으로 펼쳐질 수 있음을 보여주고 있다.

　　　이쯤에서 그만 下直하고 싶다.
　　　좀 餘裕가 있는 지금, 양손을 들고
　　　나머지 許諾받은 것을 돌려 보냈으면.
　　　餘裕있는 下直은
　　　얼마나 아름다우랴.
　　　한포기 蘭을 기르듯
　　　哀惜하게 버린 것에서
　　　조용히 살아가고,
　　　가지를 뻗고,
　　　그리고 그 섭섭한 뜻이
　　　스스로 꽃망울을 이루어
　　　아아
　　　먼 곳에서 그윽히 향기를

---

39) 정지용, 김학동 편, 《정지용 전집》1, 민음사, 1988, 89쪽.
40) 최승호, 『한국 현대시와 동양적 생명사상』, 45~50쪽 참고.

머금고 싶다.   ― 박목월, 〈蘭〉 전문.[41]

화자는 난을 닮은 삶을 살고자 하는 의지를 보여준다. 화자에게 난초는 "애석하게 버린 것에서 조용히 살아가"는 존재로 보인다. 난초는 욕심을 줄이면서 섭섭함을 안고 살지만 "섭섭한 뜻"으로 "꽃망울"을 맺고 "그윽히 향기를 머금"는 존재이다. 시적 자아는 그러한 난초의 삶을 본받아 자신에게 "허락받은 것"들을 사양하고 무욕의 삶을 살고자 한다. 모두의 "하직"은 죽음이라기보다는 무욕의 삶에 대한 의지로 이해할 수 있다.

난초에서 삶의 자세를 읽어내는 화자의 자세에는 '격물치지'의 정신이 드러난다. 난초는 자연의 이치를 함축한다고 볼 수 있다. 화자는 난초를 매개로 자연과 교감하면서 '자연'에 가까운 삶을 영위하고자 한다.

> 한 송이 난초꽃이 새로 필 때마다
> 돌들은 모두 금강석 빛 눈을 뜨고
> 그 눈들은 다시 날개 돋친
> 흰 나비 떼가 되어
> 銀河로 銀河로 날아오른다.
>
> 草原長堤 위의 긴 永遠을 울던 뻐꾸기 소리들은
> 그렇다, 할수없이 그 고요의
> 바닷바닥에 가라앉는다.
> 그대 반지 속의 한 톨 붉은 루비가 되어
> 가라앉는다.   ― 서정주, 〈밤에 핀 蘭草꽃〉 전문.[42]

이 작품에서 "난초꽃"은 자연-우주로 나아가는 통로가 된다. 시적 자아는 난초꽃을 매개로 금강석처럼 빛나는 돌들의 눈을 경험하고 나아가 그 눈들이 흰 나비 떼가 되어 은하로 날아오르는 것을 경험한다. 난초의 개화

---

41) 박목월, 이남호 편, 《박목월 시 전집》, 민음사, 2003, 145쪽.
42) 서정주, 《미당 서정주 시 전집》, 민음사, 1984, 279쪽.

를 매개로 온 우주는 신비적 전일체로서 "고요의 바다"가 된다. 화자는 작은 화분에서 피어난 난초를 매개로 자연-우주와의 합일을 경험하고 있다. 난초의 개화는 우주가 하나의 생명체로 경험되는 신비로운 순간의 경험을 제공해준다.

정지용의 〈난초〉, 박목월의 〈난〉, 서정주의 〈밤에 핀 蘭草꽃〉 등의 작품은 화분 속의 난초도 충분히 자연과 인간의 생태학적 경험을 가능하게 해줄 수 있음을 보여준다. 자칫 화분 속에 난초를 가두는 것은 반생태적인 행위로 인식될 수 있다. 그러나 자연을 가까이 하기 어려운 현대인들에게 화분은 자연을 간접적으로 경험하고 자연과의 생태학적 관계를 이해하는 데에 도움을 줄 수 있다. 특히, 인위(人爲)의 가치를 존중하는 유교 생태학의 차원에서 양란은 자연과의 생태학적 관계 회복의 효과적인 방법 중 하나로 인정될 수 있다.

제 4 장

유교적 농촌 공동체의 상상력

유교는 관계의 윤리학이라 할 수 있을 만큼 '관계'에 주된 관심을 기울인다. 그것은 곧 유교가 '관계'로 구성되는 공동체를 중시한다는 의미이다. 유교적 공동체의 기본 단위는 가족이다. 유교적 공동체 윤리는 가족 관계의 윤리에서 출발하여, 인간 사회 일반으로 확장되고, 더 나아가서는 자연과 사물의 윤리로 확장된다.[43] 유교의 공동체의식은 가족 관계에 기초를 두고 있기 때문에 근본적으로 모든 공동체는 가족 관계의 확장이다. '국가(國家)'도 하나의 가족체계이며,[44] 자연과 우주도 거대한 가족체계이다.[45] 가족을 핵으로 삼는 유교적 공동체론의 동심원에서 가장 바깥에 놓이는 가족체계가 자연·우주이다. 유교 사상은 궁극적으로 삼라만상이 가족 관계를 형성하면서 조화와 균형을 이루어 공생하는 생태학적 공동체를 지향한다.[46]

---

43) 금장태, 『유학사상의 이해』, 141쪽.
44) 금장태, 『유학사상의 이해』, 96쪽.
45) 『주역』은 "하늘이 인간의 아버지요 땅이 인간의 어머니라는 우주론적 가족 관계"를 선명하게 보여준다. 금장태, 『유학사상의 이해』, 87쪽.
46) 사회생태학은 이상적인 생태 공동체의 구현을 근본적인 목적으로 설정하고 있다.

유교는 온대의 농경 문화에서 발생하여 농경 사회와 운명을 같이 하여 왔다.[47] 따라서 유교의 공동체론에 걸맞는 인간의 삶은 자연과 조화와 균형을 이루는 지속가능한 농업 공동체 사회이다[48]. 유교적 농업 사회는 가부장적 가족과 친족문화를 중심에 두고서 더 넓은 공동체로서 우주 공동체적인 삶을 유지하여 왔다. 농경 문화에 기반한 유교 생태학은 '인류가 경작을 통해 대지를 풍요롭게 일구고, 농경의 결실이 인류를 풍족하게 하여주듯이' 인간과 자연이 호혜적 상호 의존의 관계를 이루는 농촌 공동체의 삶을 지향하는 "농경적 휴머니즘(cultivational humanism)"[49]으로 규정할 수 있다.

> 웅덩마다 물 괴이고 밤에는 개구리 소리
> 동산에 숲이 짙어 낮이면 꾀꼬리 소리
> 그 바쁜 마을 집들은 더욱 寂寂하여라
>
> 앞뒤 넓은 들이 어느덧 검어졌다
> 모기와 벼룩 거머리 뜯기다가
> 겉절인 글무 김치에 보리밥이 살지운다
>
> 일 심은 오려논에 기심이 길어 있다
> 헌 삿갓 베잠방이 호미 메고 삽들고
> 내 일은 내가 서둘러 새벽부터 나간다

그러한 점에서 공동체를 중시하는 유교 생태학은 사회생태학에 많은 점을 시사해줄 수 있다. 이와 관련된 사항은 다음을 참고할 수 있다. M. E. Tucker, 「도교와 유교의 생태학적 주제들」, 179~180쪽.

47) 김경옥, 「아시아적 생산양식과 유교질서」. ; 宮嶋博史, 「동아시아 小農社會의 형성」.
48) M. E. Tucker, 「도교와 유교의 생태학적 주제들」, 181~182쪽.
49) Chung-ying Cheng, "The Trinity of Cosmology, Ecology, and Ethics in the Confucian Personhood", M. E. Tucker & J. Berthrong, eds., *Confucianism and Ecology : The Interrelation of Heaven, Earth, and Humans*, Massachusetts : Harvard U.P,1998, p.216.

울마다 호박넌출 그 밑에 가지 고추
비는 오려 하는 무더운 저녁 날에
똥오줌 걸찍한 냄새 왼 마을을 적신다

몇萬年 걸고 걸은 기름진 메와 들을
갈고 고르고 심고 거두고 하여
일찍이 우리 祖上도 이 흙에서 살았다
— 이병기, 〈農村畵帖 一〉 전문.[50]

고향으로 돌아가자 나의 고향으로 돌아가자
암데나 정들면 못살 리 없으련마는
그래도 나의 고향이 아니 가장 그리운가
— 이병기, 〈고향으로 돌아가자〉 부분.[51]

　이병기는 〈농촌화첩〉 연작과 〈農村의 明朗〉 등 농촌생활을 제재로 한
작품들에서 자연과 인간이 어우러진 전원생활의 생태적인 면모를 보여주
고 있다.
　그가 그려내는 전원생활은 고향마을을 배경으로 한다. 이병기는 〈고향
으로 돌아가자〉, 〈고향〉, 〈고향길에〉, 〈내 고장〉 등의 작품에서 고향에
대한 진한 애착을 보여주었다. 이병기의 고향의식은 유교적 혈통의식과
관련되어 있다. 불교나 도교와 달리 유교에는 조상숭배의 전통이 강하게
자리 잡고 있다.[52] 유교 전통에서 "하나의 인간 개체는 완전히 고립된 존
재가 아니라 부모를 통하여 조상과 연결되고 자식을 통하여 후손으로 연
결되는 매듭의 한 고리"[53]이다. 이병기 시에서 "농촌"은 흙을 일구며 대를
이어가는 삶의 터전이다("우리 祖上도 이 흙에서 살았다").

---

50) 《가람 문선》, 91쪽.
51) 《가람 문선》, 76쪽.
52) Julia Ching, 임찬순·최효선 역, 『유교와 기독교』, 서광사, 1993, 132쪽.
53) 금장태, 『유학사상의 이해』, 93쪽.

그러나 유교 생태학적 상상력의 농촌은 인간만을 위한 공동체가 아니다. 유교의 공동체론에서 자아는 천지만물의 생명작용에 동참하는 관계적-생태학적 자아이다.[54] 그러한 유교 생태학적 공동체론의 연장선에서 시적 주체는 농사를 '쥐도 살찌우기'[55] 위한 우주 공동체적 협업(協業)으로 인식한다. 그의 "농촌"은 자연의 모든 생명체가 인간과 조화롭게 공생하는 천인합일의 생태 공간인 것이다. 〈農村畵帖 一〉에는 그러한 유교 생태학적 공동체 의식이 잘 드러난다. 여기에서 농촌 공동체는 "개구리", "꾀꼬리", "모기", "벼룩", "거머리" 등이 공존하는 생태학적 공간이다.

이러한 생태학적 농촌 공동체의 모습은 〈비1〉에도 잘 형상화되어 있다.

> 모종의 오뉴월이 가물고 더워러니
> 시원한 비 한번에 萬人이 웃음이네
> 마르던 三千里 안의 山도 들도 다 웃네
>
> 다만 빗소리요 저녁은 고요하다
> 어느때 날아왔나 시렁에 앉은 제비
> 고개를 자옥거리며 젖은 깃을 다듬네
>
> 비는 오다 마다 구름은 갈아 들고
> 이따금 왜가리는 北으로 날아가니
> 장마나 아닌가 하고 다시 하늘 바라보네
>
> 모기는 한두 마리 電燈에 부딪치고
> 비인 마루 우에 고양이 자옥이다
> 누워도 잠이나 오랴 내 무엇이 그리워   ─ 이병기, 〈비 1〉 전문.[56]

---

54) 이와 관련하여 다음을 참고할 수 있다. 유교인은 "자신을 하늘과 땅의 생명과 존재에 동참하고 있는 것으로 여겼고, 이러한 공동의 참여를 통하여, 그리고 다같이 하늘로부터 비롯되었다는 동질감으로 타인과 관계한다." Julia Ching, 『유교와 기독교』, 136쪽.
55) "벼를 가득 누려 쥐도 살지어 보고" ─ 「내 고장」, 《가람 문선》, 77쪽.
56) 《가람 문선》, 43쪽.

〈비 1〉에서 농촌 마을과 농가는 "제비", "왜가리", "모기", "고양이" 등과 사람이 평화롭게 공생하는 이상적인 생태 공동체로 형상화되어 있다. 비가 내리자 "만인(萬人)"과 "삼천리 안의 산도 들도" 모두 함께 생명력을 회복한다. 화자는 이따금 북쪽으로 날아가는 왜가리를 보고 장마를 예감하기도 한다. 루카치가 말하는 '별을 보고 길을 찾던 시대'처럼 자아와 세계가 혼연 일체를 이루고 있는 것이다. 시적 주체가 그려내는 농촌 마을의 풍경 속에서는 자아와 더불어 천지만물이 우주적 리듬과 융화되어 있다.

> 눈 눈 싸락눈 함박눈 펑펑 쏟아지는 눈
>
> 연일 그 추위에 몹시 볶이던 보리
> 그 참한 포근한 속의 문득 숨을 녹여 강보에 싸인 어린애마냥 고이 고이 자라노니
>
> 눈 눈 눈이 아니라 보리가 쏟아진다고 나는 홀로 춤을 추오
> — 이병기, 〈보리〉 전문.[57]

화자는 "펑펑 쏟아지는 눈"으로부터 보리 풍년을 예감한다. 자아의 생태학적 시각에서, 함박눈은 한편으로는 추위에 시달리는 새싹들을 포근하게 감싸서 보리의 생명력을 보호하고 강화해줄 것이다. 그리고 봄이 다가오면 눈이 녹아 대지를 비옥하게 할 것이다. 그리하여 하늘과 땅의 자양분을 흡수한 보리는 대풍을 맞을 것이다. 화자는 대우주의 순환 리듬과 일체가 되어 풍년을 예감하면서 흥겨워하고 있다("홀로 춤을 추오"). 함박눈에서 풍년을 연상하는 사유는 자연과 인간의 상호 의존적이고 호혜적인 관계를 함축하고 있다.

이처럼 이병기 시의 유교 생태학적 사유가 지향하는 이상적 공동체로서

---

57) 《가람 문선》, 87쪽.

농촌 공동체는, 자연의 리듬과 조화를 이루어 인간이 주체가 되어 자연을 경작하여 자연을 풍요롭게 일구면서 자연에서 경작의 산물을 얻는 지속 가능한 생태학적 공동체이다.

　　조지훈의 농민과 농촌에 대한 관점에도 유교 생태학적 인식이 드러난다. 그의 유교 생태학적 농촌 공동체 의식이 집약된 시가 〈농민송〉이다.

　　　아득한 옛날이었다 그것은

　　　長白의 푸른 뫼뿌리를 넘어
　　　한떼의 흰옷 입은 무리가
　　　처음으로 이 國土에 발을
　　　드딘 것은 ―

　　　千古의 密林을 헤치고
　　　가시밭에 불을 놓아
　　　땀 흘리어 일군 밭에
　　　밀, 보리, 조, 기장을 심어 먹고

　　　움집, 귀틀집에 오막살이 초가를 지어
　　　이웃끼리 오순도순
　　　의좋게 모여 살기 시작한
　　　그것은 아득한 옛날이었다.

　　　조상이 점지해 준 터전이라
　　　그 마음 그 핏줄을 받아
　　　대대로 이어 온 사람들이여!
　　　(중략)
　　　퍼져난 핏줄기 三千萬
　　　떨어질 수 없는 運命으로 얽힌
　　　사람들이여　　　　　― 조지훈, 〈농민송〉부분. 《조지훈 전집》1.

조지훈은 농민을 우리 민족의 시원으로 규정하고 있다. 그에게 우리 민족은 아득한 때에 천고의 밀림을 개간하여 농사를 짓기 시작한 조상들의 핏줄을 이어받아 대대로 땅을 경작해온 사람들이다. 그는 모든 한민족은 농민의 핏줄을 이어받은 운명 공동체라고 말한다. 조지훈에게 농민은 한민족의 시원이며, 모든 민족 구성원이 농민과 공동 운명체로 묶여있다. 그에게 한반도는 한민족이라는 혈연적-농경적 공동체가 아득한 시절부터 농사를 지어온 터전이다. 이러한 민족의식에는 유교적인 혈통의식이 강력하게 자리 잡고 있다. 조지훈의 유교적인 민족주의적 사고방식은 오늘날의 다문화적 관점에서 본다면 편협한 시각으로 충분히 비판 받을 수 있다. 그러나 그의 혈연적-농경적 공동체의 상상력은 유교적인 생태학적 농경 공동체의 이상으로서 의미를 지닐 수 있다.

> 가난에 쪼들리고 권력에
> 억눌리어도
> 겨레의 손이 되고 발이 되어
> 허리띠 졸라맨 채
> 끝내 맡은 바를 저버린 적 없어
> (중략)
> 오랑캐 도적떼 앞에서
> 나라를 지킨 사람들이여
> 겨레를 위하여 가장 많이
> 일하고도
> 가장 버림 받고 시달린
> 사람들이여!　　　　　　　　— 조지훈, 〈농민송〉 부분. 《조지훈 전집》 1.

화자에게 농민들은 가장 소외된 삶을 살아가면서도 묵묵히 땅을 일구는 사람들이다. 한편으로는 나라가 위기에 처하면 떨치고 일어나 나라를 구해내는 의로운 사람들이다. 이 시의 다른 연에서 조지훈은 그러한 농민들의 삶의 정신을 "봉사"("눈물겨운 봉사의 보람", "거룩한 봉사")로 규정한다. 농부들은 운명공동체의 가장 밑바닥에서 "봉사"하는 사람들이다. 농부의 "봉사"는 유학의 명분론 관점에서 이해할 수 있다.[58]

조지훈이 그려내는 농부의 이미지는 처세적 명분의 차원과 대의적 명분의 차원에서 잘 드러난다.[59] 전자의 차원에서 농부는 공동체를 먹여 살리기 위하여 새벽부터 밤늦게까지 논밭에서 희생적으로 일하는 사람들이다.[60] 인용 부분은 후자의 차원에 해당한다. 농부들은 나라가 어려움에 처하면 떨치고 일어나 외적으로부터 나라를 구해내는 의로운 사람들이라는 것이다.

> 새벽 닭 울 때 들에 나가 일하고
> 달 비친 개울에 호미 씻고
> 돌아와
> 마당가 멍석자리
> 삽살개와 함께 저녁을 나눠도
> 웃으며 일하는 마음에 복은
> 있어라.
>
> 구름 속에 들어가
> 아내와 함께 밭을 매고

---

58) 유교학의 명분론은 다음과 같다. "名分은 어떤 사람이 자신의 특정한 상황 또는 처지에서 판단하고 행동할 때 제시되는 것으로 자기의 조건에 맞는 정당성이요, 명목이며, 그 명목에 합당한 본분이라 할 수 있다. 명분은 사람에게 도덕적 당위성을 부여하며, 명목과 본분 사이를 일치시킴으로써 사회질서를 확립시키는 규범이 된다. 학생, 법관 등의 사람이 학업, 판결 등의 일이라는 명목을 갖고 있다면, 그 명목에 따라서 진리탐구, 공정성 등 실질의 본분 내지 분수가 따른다. 여기서 명목은 마땅한 본분을 지시하고, 본분은 명목의 정당성을 제공하여, 양자가 일치하는 것이 바로 명분의 개념이다." 금장태, 『유학사상의 이해』, 151쪽.
59) 명분의 유형과 개념에 대해서는 금장태, 『유학사상의 이해』, 157~161쪽 참고.
60) "겨레의 손이 되고 발이 되어/ 허리띠를 졸라맨 채/ 끝내 맡은 바를 저버린 적 없이", "새벽 닭 울 때 들에 나가 일하고/ 달 비친 개울에 호미 씻고"

비 온 뒤 앞개울 고기는
아이 데리고 낚는 맛
태고적 이 살림을 웃지를 마소
큰일 한다고 고장 버리고
떠나간 사람
잘되어 오는 이 하나 못 봤네.
　　　　　　　— 조지훈, 〈농민송〉부분.《조지훈 전집》1.

　　인용 부분은 농민들의 생태적인 삶을 잘 보여주고 있다. 새벽닭의 울음
소리로 하루 일과를 시작하고, 개울에 달이 비칠 때 귀가하는 농민의 생활
은 자연의 리듬과 일체가 되어 있다. 구름 속으로 들어가 밭을 매고 앞개
울에서 물고기를 잡는 삶은 자연과 인간이 조화를 이루는 생태적인 삶의
이미지이다. 조지훈은 "아내"와 "아이"와 "강아지"까지 가족을 이루어 땅을
일구는 농민의 삶을 "태고적"부터 이어져 내려오는 이상적인 생태적인 삶
으로 설정하고 있다.

오월 수릿날이나 시월 상달은
조상적부터 하늘에 제 지내던
명절 팔월 한가위에 농사일 길쌈
겨루기도 예로부터
있었던 것을 ……
내 손으로 거둔 곡식
자랑도 하고
이웃끼리 모여서 취하는 맛이여
(중략)
조상이 끼친 업을 길이 지키는
사람들이여!
정성과 노력이 있을 뿐 분수를
넘치지 않는 사람들이여!
몹쓸 세상에 하늘이 보낸

착한 사람들이여
농민들이여! 　　　　　　　　 ─ 조지훈, 〈농민송〉, 《조지훈 전집》 1.

　〈농민송〉에는 조지훈이 생각한 유교적인 이상적 농촌 공동체의 이미지
가 잘 드러난다. 그는 하늘과 조상을 섬기고, 이웃들과 친교의 관계를 유
지하는 풍요로운 농촌 공동체를 형상화하고 있다.

　유교에서 하늘 숭배는 종교적 의미를 갖는다.[61] 농업 문명의 관점에서
하늘 숭배는 기상현상과 관련하여 이해할 수 있다. 농업의 풍흉이 기상
현상과 밀접하게 관련된 만큼, 기상 현상은 농민들의 삶의 풍요와 직결된
다고 할 수 있다. 농민들의 하늘 숭배에는 자연에 대한 두려움과 소망이
반영되어 있다. 농민들에게 자연은 단순히 물리적인 경작지가 아니라 존
중과 공존의 대상이었음을 알 수 있다.

　유교에서 조상 숭배는 하늘 숭배와 함께 중요한 종교적 의미를 지닌
다.[62] 농민들에게 고향 땅은 단순히 물리적 경작지가 아니라 조상들의 뼈
와 살이 묻혀 있는 신성한 공간이다. 유교적인 농경적 자아는 그러한 신성
한 공간의 일부분이다. 유목 문화와 달리 농경 문화에서는 특히 '신토불이'
사상이 강할 수밖에 없다. 고향에 남아 농사를 짓는 일은 조상을 모시고서
"조상이 끼친 업을 길이 지키는" 것이 된다.

　오늘 날 우리가 당면한 생태 위기는 근대 이후 필요 이상으로 이루어진
자연 착취의 결과이다. 이와 달리 유교적 농경민들은 필요 이상으로 자연
을 착취하지 않는다("넘치지 않는 사람들"). 그들은 자연과 조화와 공존을
이루는 지속가능한 삶을 살아가는 사람들이다. 조지훈은 "정성과 노력"을
기울여 농사를 짓고 "분수"를 지키는 농민들을 "착한 사람들"로 규정하고
있다. 여기에서 "착한 사람들"은 유교적인-생태학적인 삶을 살아가는 농민

---

61) 금장태, 『유학사상의 이해』, 79~83쪽.
62) 금장태, 『유학사상의 이해』, 378~379쪽.

들이라 할 수 있다.

조지훈의 〈농민송〉은 유교적 세계관에 토대를 두고 있다. 이 시에서
우리 민족의 시원은 농민이다. 그리고 모든 민족의 구성원들이 농민과 혈
연적으로 연결되어 농경적 공동체를 형성하고 있다. 농민은 민족적-농경
적 공동체의 가장 낮은 곳에서 봉사하여온 사람들이며, 그들은 하늘과 조
상을 숭배하며 생태학적인 삶을 영위하면서 생태학적 공동체를 형성하고
있다.

> ①거제도 둔덕골은
> 八代로 내려 나와 父祖의 살으신 곳
> 적은 골안 다가 솟은 山芳산 비탈 알로
> 몇백 두락 조약돌 박토를 지켜
> 마을은 언제나 생겨난 그 외로운 앉음새로
> 할아버지 살던 집에 손주가 살고
> 아버지 갈던 밭을 아들네 갈고
> (중략)
> 아아 나도 나이 不惑에 가까웠거늘
> 슬픈 줄도 모르는 이 골짜기 父祖의 하늘로 돌아와
> 日出而耕하고 어질게 살다 죽으리
>   ― 유치환, 〈巨濟島 屯德골〉 부분.[63]

> ②하늘은 높으고 氣運은 맑고
> 산과 들에는 豊饒한 五穀의 모개
> 神農의 叡智와 勤勞의 祝福이
> 땅에 澎湃한 이 好時節—
> 오늘 하루를 즐겁게 서로 인사하고
> 다같이 모여서 거룩한 祝祭를 드려라.
> 올벼는 베어다 술을 담아 빚고
> 해콩 해수수론 찧어서 떡을 짓고

---

63) 유치환, 남송우 편, 《청마 유치환 전집》 I, 국학자료원, 2008, 184쪽.

壯丁들은 한해 들에서 다듬은 무쇠다리를
자랑하야 씨름판으로 가지고 나오게
장기를 끄는 황소는 몰다 뿔사홈을 붙혀라.
새옷자락을 부시시거리며 先山에 절하는
삼가한 마음성들 솔밭새에 흩어졌도다.
　　　　　　　　　　　　　— 유치환, 〈嘉俳節〉전문.[64]

　①에서 확인할 수 있듯이 유치환의 전원시적 상상력이 지향하는 이상
적 공간의 원형은 유치환의 고향 마을인 "거제도 둔덕골"이다. 시적 자아
에게 고향 마을은 무엇보다도 "八代"가 대를 이어 살아온 땅이다. 그것은
고향 마을이 유교적인 종법 사상에 뿌리를 내린 농촌 공동체임을 말해준
다. 시적 주체의 전원시적 사유와 상상 속에서 고향 마을의 농촌 공동체는
세대를 이어오면서 변한 것이 아무것도 없다. 옛 선조들과 똑같은 자급자
족적인 생활을 영위하면서 대를 이어 터를 일구고 있다.

　화자는 외부 세계의 변화와 무관하게 전통을 지키고 흙을 일구면서 살
아가는 삶을 '어진 삶'이라 여긴다. 그리하여 아버지와 할아버지가 살던
땅에 돌아와 "일출이경"의 삶을 향유하고자 한다.

　②는 농촌마을의 가배절의 흥겨운 분위기를 형상화하고 있다. 한가위
는 농촌 공동체가 가장 풍요로운 때이다. 유치환은 한 해 동안 지은 농산
물로 음식을 마련하고, 축제를 벌이고, 조상들에게 감사하는 유교적 농촌
공동체의 한가위 유풍을 고스란히 담아내고 있다.

　감사하는 마음으로 자급자족하는 삶은 다분히 생태학적인 삶이다. 도가
사상에서도 자급자족적인 소규모 농촌 공동체를 바람직한 공동체로 설정
하고 있지만, 도가의 농촌 공동체는 가능하다면 사람이 적고 속세와 멀리
떨어진 공동체를 추구한다. 그러나 유가는 인간공동체에 무게 중심을 두

---

64) 《청마 유치환 전집》 I, 59쪽.

고 있기 때문에, 사람들이 많고, 다른 공동체와 조화와 균형을 이루는 공동체를 지향한다고 할 수 있다. 도가적 공동체론에는 가부장제적 요소가 거의 드러나지 않지만, 유가적 공동체론에는 가부장제 문화가 강하게 작용한다. 따라서 유교 계열의 전원시적-생태학적 상상력에는 가족과 혈통에 대한 애착이 두드러진다.

이 장에서 살펴본 전원시적-생태학적 상상력에는 유교 사상이 표면적으로 드러나는 것은 아니다. 그러나 주자학 도래 이후 우리 농촌 공동체에는 유교 사상이 깊이 스며들어와 있다. 유교는 종교라기보다는 생활과 문화의 양태로 농촌 공동체의 삶의 일부가 되어 버린 것이다. 우리 전원시적-생태학적 상상력에서도 유교 사상이 적나라하게 드러나지는 않지만 심층적인 차원에 내면화되어 있는 경우가 많다.

제6부

기독교 생태학적 상상력
Poetic Imagination of Christian Ecology

제1장

기독교 생태학

린 화이트 2세가 「생태 위기의 역사적 기원」[1]에서 기독교를 생태 위기의 심층적 기원으로 지목한 이후, 기독교는 가장 덜 생태학적인 종교 가운데 하나로 알려져 왔다. 그러나 한편에서는 기독교 생태학에 대한 논의들이 활발하게 제기되어 린 화이트의 의견을 반박하면서 기독교 사상에 내함된 다양한 생태학적 사유를 발굴하기도 하였다.

일원론적 동양 사상에 비해 이원론적인 기독교가 상대적으로 덜 생태적이라는 점은 부인하기 어렵다. 그러나 기독교가 근본적으로 반생태적인 것은 아니다. 최근의 많은 논의들은 기독교에 잠재된 생태학적 세계관을 활발하게 밝혀내고 있다. 그러한 논의에 의하면 기독교도 생태적인 면모를 충분히 갖추고 있다.

근본적으로 기독교에서 절대자-자연, 절대자-인간, 인간-자연의 관계는 이원론적 단절의 관계로 설정되어 있다. 그러한 단절의 관계는 「창세기」

---

1) Lynn White, Jr., "The historical roots of our ecologic crisis", *Science*, vol. 155, no. 3767, 10. March 1967.

의 실낙원의 서사에 집약적으로 나타난다. 절대자와 자연의 관계는 창조자와 피조물의 관계로 규정된다. 그리고 절대자와 인간의 관계는 창조자와 피조물의 관계에서 나아가 인간의 계약 위반으로 인한 죄의 관계가 설정된다. 인간과 자연의 차원에서 보자면, 에덴에서 추방되면서 인간은 자연과 대결의 관계를 형성하게 된다.

기독교적 생태학은 절대자-인간-자연의 관계를 일원론적으로 재해석하면서 이원론적 단절을 연결의 관계로 재설정하는 경향을 보인다. 기독교 생태학적 논의는 다음과 같이 요약해 볼 수 있다.

첫째, 절대자와 자연(세계)의 관계에서, 절대자는 자연의 창조자이다. 절대자는 자연과 분리된 초월적 존재이지만, 자연이라는 집 안에 거주한다. 따라서 절대자는 자연을 초월하면서, 자연 안에 내재하는 존재이다. 그리고 절대자가 거주하는 집으로서 자연은 신성한 영역이다.[2]

기독교 사상사에는 절대자의 초월성을 강조하는 플라톤적 경향과 내재성을 중시하는 아리스토텔레스적 경향이 공존한다.[3] 전자가 정통 기독교의 이원론을 대변한다면, 후자는 기독교 신비주의 전통의 일원론적 경향과 유사하다. 기독교적 생태학은 절대자의 내재성을 강조하는 후자에 가까운 입장을 취하면서 일원론적 경향을 보인다.

둘째, 인간과 자연의 관계에서, 인간과 자연의 모든 생명체는 절대자에 의하여 창조된 형제이다. 생명체의 영혼은 절대자가 불어넣은 동일한 숨으로 이루어져 있으며, 생명체의 육체는 동일한 흙으로 빚어져있다. 따라서 인간과 지상의 모든 생명체는 같은 혼(숨)과 흙으로 빚어진 형제이다.[4]

---

2) 김균진, 『자연 환경에 대한 기독교 신학의 이해』, 연세대 출판부, 2006, 181~190쪽 참고.
3) 송기득에 의하면, 오늘날의 신학에서 절대자의 초월성을 강조하는 인물로 바르트, 골비처 등이 대표적이고, 절대자의 내재성을 강조하는 인물로 본훼퍼, 불트만, 틸리히 등이 대표적이다. 송기득, 『신학개론』, 종로서적, 1997, 112쪽.
4) 김균진, 『자연 환경에 대한 기독교 신학의 이해』, 254~263쪽.

셋째로는 절대자와 인간의 관계를 생각해볼 수 있다. 기독교 생태학에서 인간은 한편으로는 다른 생명체들과 동일한 혼과 흙으로 빚어진 형제로 인식되지만, 다른 한편으로는 다른 생명체들과 변별된다. 창세기에 의하면 오직 인간만이 절대자의 형상을 따라 빚어졌으며, 인간은 절대자로부터 '청지기(oikonomos)'[5]의 직분을 부여받았다. 그러한 논의에 의하면 창세기의 '생육하고 번성하여 땅을 정복하라, 자연의 모든 피조물을 다스리라'[6]는 구절은 반생태적인 내용이 아니라 절대자의 대리인으로서 자연에 대한 인류의 관리 의무를 의미한다.[7] 기독교에서 인간은 절대자의 대리인이다.

이상과 같은 기독교 생태학에서 절대자-인간-자연은 상호 연결된 존재이다. 절대자는 초월적 존재이면서도 스스로 창조한 세계 안에 내재한다. 절대자의 거처로서 자연은 신성하다. 그리고 인간과 자연은 절대자에 의하여 동일한 혼과 육체로 빚어진 형제이다. 다만 인간은 절대자를 대리하여 자연을 관리할 소명을 갖고 있다.

이러한 기독교적 생태학의 논리는 절대자-인간-자연의 연속성을 강조하면서 정통 신학의 이원론적 단절을 일원론적으로 재해석하는 경향을 보인다. 기독교 생태학은 본질적으로 이원론적인 기독교 세계관에 토대를 두

---

5) '청지기'의 기독교 생태학적 개념에 대하여 켄 그나나칸은 다음과 같이 정리하고 있다. "'청지기'로 번역되는 그리스어는 오이코노모스(oikonomos)이고, '청지기도'는 오이코노미아(oikonomia)다. 따라서 청지기는 오이코스(oikos), 즉 가정과 관련된 문제들을 감독·계획·관리하는 책임을 가진 사람이다. 그러나 이 단어는 가계의 경제에 대한 언급 이상의 의미를 지니고 있다. 이 단어는 우리의 삶을 하나님의 은총과 이 세계 안에서의 우리의 관계들과 연관하여 전체적으로 정돈하는 것을 의미하는 '생태'(ecology)를 가리킨다." Ken Gnanakan, 이상복 역, 『환경 신학』, UCN, 2005, 224쪽.
6) "하나님이 그들에게 복을 주시며 그들에게 이르시되 생육하고 번성하여 땅에 충만하라, 땅을 정복하라, 바다의 고기와 공중의 새와 땅에 움직이는 모든 생물을 다스리라 하시니라." ─「창세기」1: 28.
7) James A. Nash, 이문균 역, 『기독교 생태 윤리』, 한국장로교출판사, 1997, 158~166쪽.

면서도 일원론적인 재해석을 지향하는 점에서 일원론적 이원론(monistic dualism)으로 규정할 수 있다.

제 2장

초월과 내재의 변증법

    기독교에서 절대자는 초월과 내재의 양면성을 갖는다. 기독교는 동양 종교에 비하여 본질적으로 초월성이 강하다. 초월성의 관점에서 절대자는 세계를 초월하여 존재하는 수직적으로 지고한 존재이다. 야훼는 하늘신의 성격을 지니고 있으며[8], "예수도 일찍이 '정의의 태양'으로 일컬어졌다"[9]는 사실은 널리 알려져 있다. '천국(Kingdom of Heaven)' 또한 절대자의 초월성을 반영한 개념이다. 이러한 절대자의 '초월성'에 대한 강조는 동양 종교와 변별되는 기독교의 중요한 특징 중 하나라 할 수 있다. 절대자의 초월적 존재론은 절대자를 지상에서 분리하면서 지상-자연의 위상을 낮추게 된다. 따라서 자칫 인간에 의한 자연의 지배를 용인하는 결과로 이어질 수 있다.

    기독교 신학에서는 절대자의 내재성에 무게 중심이 놓인 논의도 어렵지 않게 찾아볼 수 있다. 과정신학이나 생태학적 신학이 그 대표적인 예이다.

---

8) Mircea Eliade, 이재실 역, 『종교사 개론』, 까치, 1994, 107~109쪽.
9) 임철규, 『눈의 역사 눈의 미학』, 한길사, 2009, 45쪽.

과정신학에서 절대자는 "자연 속에 내재하는 창조적 과정"이며 "모든 사물들의 일체화된 경험"이다.[10] 절대자는 자연과 독립적으로 존재하는 것이 아니라 생성되고 소멸하는 자연의 과정이나 구성원들 전체로서의 자연으로 경험된다는 견해로서, 절대자는 자연 속에 내재하거나 자연 그 자체이다.

과정신학은 이러한 내재론적 경향으로 인하여 "근본적으로 생태학적인 세계관"이라는 평가를 받는다. 그리핀은 과정신학의 절대자를 "생태학적 하느님"으로 규정한다. 그에 의하면, "하느님은 세계로부터 분리되어 존속할 수 없다. 하느님은 본질적으로 세계의 영혼"이며, "하느님이 모든 존재들 속에 내재하며 따라서 각각의 종들은 신적 현존의 고유한 양식"이다[11]. 과정신학의 생태학적 논리와 유사하게 생태여성신학자 맥패그도 자연을 "하나님의 몸"으로 규정하고, 절대자를 "전적 타자가 아니라, 피조물 안에서 함께 고난당하는 동료"로 정의한다.[12]

초월론의 경우는 생태적인 측면이 약한 반면, 내재론은 생태학적인 면이 강하다는 것을 알 수 있다. 동양의 종교들과 비교한다면 기독교의 절대자는 상대적으로 그리고 본질적으로 초월적인 성격이 강하다는 사실을 부인하기는 어렵다. 그러한 상황에서 생태학적 경향의 신학들은 내재론에 많은 관심을 기울이고 있다.

김균진의 경우도 절대자의 초월성과 타자성은 기독교가 결코 포기할 수 없는 사항임을 강조한다. 그는 초월성에 무게중심을 두고서 내재성을 수용하려는 입장에서 만유재신론을 제시한다.

---

10) 김균진, 『자연 환경에 대한 기독교 신학의 이해』, 179~180쪽.
11) D. R. Griffin, 「화이트헤드의 근본적으로 생태학적인 세계관」, M. E. Tucker, and J. A. Grim, eds., 유기쁨 역, 『세계관과 생태학』, 민들레책방, 2002, 232~233쪽 참고.
12) 김균진, 『자연 환경에 대한 기독교 신학의 이해』, 205~206쪽.

만유재신론이 말하는 하나님의 내재는 물질적 내재가 아니라 영적 임재 내지 현존, 영적 함께 계심으로 이해되어야 한다. 이 때 하나님은 그의 무한한 사랑의 영을 통해 그가 사랑하는 모든 피조물과 함께 계시며 그들의 모든 것을 함께 경험하고 나누는 동시에, 피조물로부터 구별된다고 말할 수 있다[13].

만유재신론은 절대자를 피조물과 변별되는 초월적 존재로 인정하면서, 동시에 영적으로 피조물의 곁에 머무르는 존재로 해석하는 논리이다. 김균진은 이러한 만유재신론의 관점에서 자연은 절대자가 영적으로 거처하는 영역이므로 "하나님의 집"이라고 말한다. 그것은 맥패그가 말하는 "하나님의 몸"과는 전혀 다르다. 자연을 "하나님의 몸"으로 규정하는 경우 절대자의 초월성이 약화되어 버린다. 반면, 만유재신론은 절대자를 자연과 분리시켜 초월성을 유지하면서, "영적 임재 내지 현존"의 논리에 의해 내재성을 수용한다. 이러한 만유재신론은 삼위일체론에 토대를 두고 있다. 기독교의 절대자는 "고독한 유일신"이 아니라 성부, 성자, 성령으로 이루어진 공동체적인 존재이며, 절대자는 초월적으로 존재하지만 영을 통해 세계를 창조하고 영에 의하여 피조물 안에 거하게 된다. 이처럼 성령을 매개로 절대자와 피조물은 지배와 피지배의 관계가 아니라 친구나 공동체와 같은 수평적인 관계를 확보한다.[14]

기독교 사상은 본질적으로 절대자의 초월성을 중시한다. 초월론은 생태학적 측면이 취약하기 때문에, 생태학적 신학은 내재론에 무게를 두고서 기독교 사상을 재해석하거나 초월론의 입장에서 내재론을 부분적으로 수용하는 방식을 보여준다. 생태학적 신학의 논의들은 기독교 사상에도 내재론적 요소가 충분히 갖추어져 있다는 점을 보여준다. 생태학적 신학은

---

13) 김균진, 『자연 환경에 대한 기독교 신학의 이해』, 209쪽.
14) 김균진의 삼위일체론에 대해서는 다음을 참고할 수 있다. 김균진, 『자연 환경에 대한 기독교 신학의 이해』, 161~163쪽.

내재론적 논의를 통해서 지상이 절대자와 단절된 물질의 영역이 아니라 절대자의 신성이 스며들어있는 신성한 영역임을 보여준다. 그러한 내재론의 논리는 기독교 생태학적 사유의 심층적인 토대가 된다.

기독교 시학의 계보에 속하는 시를 창작해온 한국 현대 시인들은 초월성과 내재성의 변증을 통해 생태학적인 사유와 상상의 토대를 다져왔다. 한국 기독교 시사에서 초월과 내재의 변증법을 보여주는 대표적인 이미지가 "별"이다. 별은 어둠 속에서 빛나고, 수직적으로 지고한 존재라는 점에서 절대자나 신성의 상징으로 빈번하게 등장한다. 그러나 그 별은 수직적으로 초월적인 데에서 머무르지 않고 지상에 도달하는 빛을 통하여 내재성을 보여준다. 모윤숙의 〈빛나는 지역〉, 정지용의 〈별1〉, 〈별2〉에서 "별"이 그러한 초월과 내재의 변증법을 보여주는 "별"이미지의 선두에 선다.

누어서 보는 별 하나는
진정 멀— 고나.

아스름 다치랴는 눈초리와
金실로 잇은듯 가깝기도 하고,

잠살포시 깨인 한밤엔
창유리에 붙어서 였보노나.

불현 듯, 소사나 듯,
불리울 듯, 맞어드릴 듯,

문득, 령혼 안에 외로운 불이
바람 처럼 일는 悔恨에 피여오른다.

힌 자리옷 채로 일어나
가슴 우에 손을 넘이다.　　　　　— 정지용, 〈별1〉전문.15)

정지용의 "별" 이미지는 기독교적 신성의 초월과 내재의 변증법을 선명하게 보여준다. 1연의 별은 초월적 신성의 의미를 지닌다. "진정 멀—고나"는 자아와 신성 사이의 거리감을 보여준다. 그러나 2연에 오면 그 '먼' 거리에 의문이 제기된다. 왜냐하면 '별'은 비록 멀리 떨어져 있지만 '별빛'은 화자의 눈초리에 와 닿아있기 때문이다. 따라서 화자는 별과 자아 사이가 "금실"로 이어져있는 것만 같다는 생각에 도달한다.

4연에 오면 이제 자아의 내면에서 무엇인가가 "솟아나 듯" 느껴진다. 1연에서는 멀리 떨어져 있는 것만 같았던 신성이 자아의 내면에서 솟구쳐 오르는 것처럼 느껴지는 것이다. 1연이 신성의 초월성을 보여준다면, 4연은 신성의 내재성을 드러낸다. 5연의 "영혼 안에 외로운 불"은 내면에서 솟아나는 신성의 경험에서 피어오르는 불꽃이라 할 수 있다. 6연에서 가슴에 손을 여미는 행위는 4연과 5연에서 신성의 내재성을 경험한 화자가 절대자에 대하여 취하는 경건한 자세이다.

이처럼 이 시에서 "별"은 표면적으로는 멀리 떨어져 있지만, 그 빛은 이미 자아의 내면으로 흘러들어와 있다. "별"을 절대자의 상징으로 이해하였을 때, 절대자는 표면적으로는 초월적 존재이지만, 자아의 내면을 환하게 비추어주면서 내재성을 띠게 된다. 정지용의 〈별1〉은 생태학적 상상력과는 거리가 있지만, 기독교 생태학적 상상력의 토대가 되는 초월과 내재의 변증법을 보여주는 주는 작품으로서 의의가 있다.

윤동주 시의 "별" 이미지는 그러한 사유의 계보를 충실히 물려받으면서 생태학적인 사유와 상상을 펼쳐 보여준다.

　　별하나에 追憶과
　　별하나에 사랑과
　　별하나에 쓸쓸함과

---

15) 정지용, 김학동 편, 《정지용 전집》1. 민음사, 1988, 100쪽.

별하나에 憧憬과
별하나에 詩와
별하나에 어머니, 어머니,

　어머님, 나는 별 하나에 아름다운 말 한마디씩 불러봅니다. 小學校때
冊床을 같이 햇든 아이들의 일홈과, 佩, 鏡, 玉, 이런 異國少女들의 일홈
과, 벌서 애기 어머니 된 게집애들의 일홈과, 가난한 이웃사람들의 일홈
과, 비둘기, 강아지, 토끼, 노새, 노루, '프랑시쓰·짬' '라이넬·마리아·
릴케' 이런 詩人의 일홈을 불러봅니다.
　(중략)
그러나 겨울이 지나고 나의 별에도 봄이 오면
무덤우에 파란 잔디가 피어나듯이
내일홈자 묻힌 언덕우에도
자랑처럼 풀이 무성 할게외다.　　―　윤동주, 〈별헤는 밤〉부분.16)

　윤동주 시에서 천상의 별자리는 절대자의 초월성을 환기하는 이미지이
다. 자아는 천상의 별 하나 하나에 지상 존재의 이름을 부여하면서("별 하
나에 아름다운 말 한마디씩 불러봅니다") 천상과 지상을 대응시킨다. 그러
한 명명에 의하여 천상과 지상은 아날로지적 관계를 형성하게 된다. 아날
로지적 비전에 의하여 절대자는 천상에 격리되지 않고 지상과 연결된다.
　별들이 조화롭고 평화롭게 공존하는 천상의 공간은 시적 자아가 지향하
는 이상향이다. 시적 자아는 그러한 별의 질서를 지상으로 끌어내려 지상
의 유토피아를 건설하고자 한다. 시적 자아가 꿈꾸는 유토피아는 "佩, 鏡,
玉" 등과 같은 사람들뿐만 아니라 "비둘기, 강아지, 토끼, 노새, 노루" 등
동물들이 공생하는 에코토피아이다. 시적 주체는 사람들의 이름과 나란히
동물들을 나열하면서 인간중심주의를 벗어나 인간과 자연이 평등하게 공
존하는 에코토피아의 이미지를 생성하고 있다.

---

16) 윤동주, 왕신영 외 편, 《사진판 윤동주 자필 시고 전집》, 민음사, 2011, 164쪽.

마지막 연에서 "나의 별에도 봄이 오면", "언덕우에도 자랑처럼 풀이 무성 할게외다"는 지상에 이루어질 에코토피아("언덕우")가 천상의 질서("나의 별")에 상응함을 말해준다. 지금은 "겨울"이지만 천상의 별자리에 봄이 찾아들 때에 지상에도 "자랑처럼 풀이 무성"한 에코토피아가 실현될 것이라는 예언자적 상상력이 펼쳐지고 있는 것이다. 이처럼 윤동주는 천상과 지상의 아날로지적 비전을 통하여 초월과 내재의 상상력을 전개한다.

윤동주는 천체지향적 사유와 상상을 보여준 시인으로 알려져 있다.[17] 윤동주 시의 천체지향성은 초월중심주의가 아니다. 시적 주체는 초월적 신성을 지향하면서 동시에 초월적인 것을 지상으로 끌어내리고자 한다. 그리하여 지상에서 에코토피아가 실현되기를 꿈꾼다.

일제 말기에 윤동주와 더불어 예언자적 상상력을 펼쳐보여준 대표적인 시인 중 한 명인 박두진의 시에도 천체지향성은 널리 퍼져있다. 박두진의 〈별〉, 〈해〉 등의 작품에는 천체지향성으로 형상화되는 기독교의 수직적 신성이 잘 드러나 있다. 박두진은 해방 이후에도 지속적으로 빛의 이미지를 통해 수직적으로 지고한 신성이 지상에 펼쳐지는 에코토피아의 비전을 보여준다.

> 열리렴! 하늘. …… 아득히 아른 아른 빛나 오는 것, 눈시울에 아른거려 닥아 오는 것, 푸르른 하늘. …… 아득한 하늘 넘어, 한가닥 아른 아른 빛나 오는 것, 열리렴! 하늘. ……

> 눈 깜박 감았다 뜨는 사이 열리어 오면, 해맑은 대낮에도 번쩍! 번개처럼 열리어 오면

> 이리는 산등에서, 족제비는 들에서, 삽살개는 뜰억에서, 돼지떼는 우리에서, 한 하늘 눈을 모둬 우르러 보고, 우글대는 인간들! 나란히 인간들도

---

17) 김재홍, 「운명애와 부활 정신」, 권영민 편, 『윤동주 연구』, 문학사상사, 1997, 227~232쪽.

우르러 보는,

솟으럼! 태양.…… 또 하나 궁창에서, 훨훨훨 나래 떠럼 솟아나는 것,
뭇 어둠 불살으며, 이글이글 타는 얼굴 솟아 나는 것,

별들 다아 새로 씻겨 빛나고, 온 누리, 눈물 어린 누리 위에, 금빛 쏴아
아 내려 쬐는 빛의 줄기. …… 유량한 울림 속에 청산은 모두 귀를 열어,
소리 높여, 일제히 노래 부를 푸른 나무들!

꽃도 새도 짐승도 새로 태어나, 밤이란 다시는 오지 않는 아침에, 하늘
대는 바람 맞아 핏줄들 새로 맑고, 우르러 호흡 갈아 쉬면, 너도 나도
다 한 가지, 허파며 심장이며 새로 붉어 뛰놀고, 우리 모두 번쩍! 눈 새로
밝아지는, 눈 새로 밝아지는, 아아, 진정 솟으럼! 태양.……
　　　　　　　　　　　— 박두진, 〈훨훨훨 나래 떨며〉 전문.[18]

　이 작품에서 "하늘", "태양", "별" 등은 초월성의 의미를 지닌다. "어둠"은
초월적 절대자와 지상이 단절된 정황의 상징으로 이해할 수 있다. 자아는
절대자의 은총인 "빛"이 지상에 퍼져서 어둠을 몰아내주기를 기원하고 있
다. "열리럼! 하늘", "솟으럼! 태양" 등은 그러한 염원을 잘 보여준다. 절대
자의 "빛"은 어둠을 몰아내고("어둠을 불살으며", "새로 씻겨 빛나고"), 지
상을 '밤이 다시 오지 않는 아침'의 나라로 변화시킨다. 어둠이 쫓겨나가고
빛이 가득한 아침의 나라는 절대자와 세계의 단절이 해소되어 절대자의
은혜가 지상에 충만하게 펼쳐진 상태이다.
　"빛"의 나라, "아침"의 나라는 인간만을 위한 나라가 아니라, "꽃도 새도
짐승도" 다시 태어나 인간과 공존하는 에코토피아이다. 즉, 시적 주체는
자연의 모든 구성원들이 절대자의 은혜 속에 '다시 태어나면서'("눈 새로
밝아지는") 실현되는 '하나님 나라'를 형상화하고 있다.

---

18) 박두진, 《박두진 전집》 1, 범조사, 1982, 29~30쪽.

김남조의 〈星宿〉은 모윤숙, 정지용에게서 시작되는 "별"의 상상력을 충실히 계승하고 있다. 김남조의 초월과 내재의 상상력이 갖는 특성은 광활한 우주에 대한 과학적 지식이 뒷받침된다는 점이다.

기독교 신학은 현대 사회에서 설득력을 얻기 위하여 과학과의 변증을 추구한다.[19] 기독교 신학은 오랫동안 기독교 세계관과 과학이 배타적이지 않고, 오히려 서로 겹쳐지고 상호 보완적인 면이 많다는 주장을 전개하여 왔다. 최근의 기독교 생태학자들도 기독교 세계관과 과학의 유사성과 상호 보완성을 강조하면서 과학의 시대에 경쟁력 있는 생태학의 논리를 펼친다.[20]

김남조 시에서도 기독교 세계관과 과학은 조화롭게 공존하고 있다. 여기에서는 시적 주체가 기독교와 과학을 변증시키면서 천체와 지구라는 생명 공동체를 형상화하는 양상을 살펴보고자 한다.[21]

> 六十億 光年
> 잠잠히 엮어진 天文과 攝理
> 참되기 어려운 설움도 함께
> 습한 이 따의 수면을 벗고
> 멸하지 않는 하늘의 별을 바라면
> (중략)
> 헤아릴 수 없는 太古의 빛이
> 자꾸 쏟아져 온다는 눈시린 驚異가
> 목숨처럼 켜진 기상대 속 이 한밤의

---

19) 기독교와 과학의 변증적 이해에 관한 논의는 다음을 참고할 수 있다. Ted Peters ed., 김흡영 외 역, 『과학과 종교』, 동연, 2002.
20) 기독교 생태학과 과학의 변증적 이해에 관한 대표적인 논의는 김균진의 저서이다. 김균진, 『자연 환경에 대한 기독교 신학의 이해』, 연세대 출판부, 2006.
21) 자전적 에세이에 의하면 김남조는 대학 시절부터 과학(천문학)에 관심이 많았다. 이에 대해서는 다음을 참고할 수 있다. 김남조, 「세 갈래로 쓰는 나의 자전적 에세이」, 『시와 시학』, 1997. 가을.

우람한 壯嚴과 歡悅의 바다……
여기 오로지 타오르는 별에의 讚歌여   — 김남조, 〈星宿〉부분.[22]

화자는 기상대에서 밤을 보내며 지구를 에워싸고 있는 천체를 바라본다. 천체의 "멸하지 않는 하늘의 별"은 덧없는 지상과 대비되는 신적인 영원성의 상징으로 이해할 수 있다. 화자는 신성한 천체를 대하며 "우람한 장엄과 환열"을 느끼며 "별에의 찬가"를 속삭인다.

기상대에서 바라보는 천체와 지구에 대한 인식은 과학적 세계관에 토대를 두고 있다. 과학적 관점에서 보면 지구는 우주에 떠 있는 무수한 별들 중 하나이다. 화자는 그러한 과학적 우주론을 기독교적 상상력과 결합하여 신성한 천체에 에워싸인 축복받은 지구의 이미지를 형상화하게 된다.

이러한 사유체계에서 지구는 "별"로 표상되는 신의 축복 속에 놓인 하나의 생명 공동체이다. 생명 공동체로서 지구의 이미지는 〈불사조의 태극〉에 형상화되어 있다.

> 그렇다
> 우리는 全諧調의 音樂이려 한다
> 전인간으로 둥둥 울리는 북이려 한다
> 잉태하고 해산하는 모성의 육체,
> 더욱 모성인 정신이려 한다
> 신앙과 사랑과 창조
> 地球를 품어 안는 커다란 輪舞이려 한다
> (중략)
> 새로이 조율한 나를, 우리들을
> 아아 죽어도 환생하는 不死鳥의 精魂으로
> 하늘 공중 높이높이 내거는
> 우리의 太極, 한사코 한사코
> 그것이려 한다   — 김남조, 〈不死鳥의 太極〉부분.[23]

---

22) 김남조, 《김남조 시 전집》, 서문당, 1983, 48~49쪽.

봄을 맞이한 화자는 지구의 강인한 생명력을 느낀다. 봄의 생명력은 "쾅쾅 가슴의 문을 부수고 울리는" 소리로 다가온다. 생명력이 넘쳐흐르는 봄에 대한 상상력은 지구가 "잉태하고 해산하는 모성의 육체"라는 사유에 이른다.

"전해조의 음악", "커다란 윤무"는, 춘하추동의 리듬과 율동을 지니고서, 생과 사를 반복하는 무수히 많은 생명체들을 양육하면서 영원성을 유지해 나가는 지구의 생명력을 상징한다. 시적 주체는 영원한 생명체로서의 지구를 "불사조"로 규정한다. 그것은 지구를 하나의 단일한 생명체로 규정한 러브록의 '가이아' 개념과 유사하다.

〈성수〉에서 지구는 무수한 별들이 신의 축복처럼 빛나고 있는 우주 한가운데에 떠 있는 생명 공동체이다. 한 걸음 더 나아가 〈불사조의 태극〉에서 지구는 러브록의 '가이아'와 같이, 개개의 생명체들의 집합체로 이루어진 하나의 단일한 생명체로서 '불사조'이다. 시적 주체는 이러한 시편들에서, 기독교와 과학을 변증시켜 절대자의 축복 속에서 생명력이 충만한 지구의 이미지를 형상화하고 있다.

이해인의 초월과 내재의 변증법적 상상력은 윤동주의 생태학적 상상력을 환기시킨다. 윤동주의 〈별 헤는 밤〉과 산문 「화원에는 꽃이 핀다」를 관류하는 상상력은 천체와 지상의 아날로지적 비전이다. 그러한 아날로지적 상상력에 의하면 하늘의 별밭은 지상의 "화원"에 상응한다. 이해인 시의 "꽃밭"의 이미지는 윤동주가 지향하는 에코토피아로서 "화원"의 이미지에 가깝다.

    하늘은
    별들의 꽃밭
    (중략)

23) 《김남조 시 전집》, 서문당, 416~417쪽.

오늘은 어제보다
죽음이
한치 더 가까와도

평화로이
별을 보며
웃어 주는 마음

훗날
별만이 아는 나의 이야기
꽃으로 피게   — 이해인, 〈별을 보면〉부분.[24]

이해인 시에서 "꽃밭"은 자연을 대변하는 이미지이다. 그에게 자연은
절대자가 현현하는 신성한 공간이다. 〈별을 보면〉에서 "별"들은 수직적으
로 초월적인 절대자의 표상이다. "하늘은 별들의 꽃밭"에서 확인할 수 있
듯이, 신성한 별자리에 대응하는 지상의 존재는 "꽃밭"이다. 천상의 "별"과
지상의 "꽃밭"은 아날로지를 이루고 있는 것이다. "별"이 절대자의 초월성
을 함축한다면, "꽃밭"은 내재성을 함축한다.

그렇기 때문에 〈나의 별이신 당신에게〉에서 화자는 "언제나 함께 사는
멀리 가까운 나의 별"이라고 말한다.[25] 초월성의 관점에서 절대자는 별처
럼 '멀리' 떨어져 있지만, 내재성의 관점에서 절대자는 지상의 별자리인
꽃밭에 내재하므로 화자 '가까이'에 머무는 것으로 인식된다. 이해인 시에
서 초월성과 내재성은 "언제나 함께 사는" 기독교적 신의 이중적 속성임을
확인할 수 있다.

꽃밭에 물을 뿌리고 오면

---

24) 이해인, 《민들레의 영토》, 가톨릭출판사, 1986, 66~69쪽.
25) 이해인, 〈나의 별이신 당신에게〉, 《민들레의 영토》, 101쪽.

수백개의 촛불로 펄럭이는
이 마음의 깃발
(중략)
수백개의 촛불로
내가 타고 있네   ─ 이해인, 〈촛불〉부분.[26]

〈촛불〉에서 "꽃"은 "촛불"에 비유된다. '촛불'은 지상에서 빛나는 별로서 지상을 밝게 비추면서, 동시에 천상을 향해 타오른다는 점에서 내재성과 초월성의 양가적 의미 체계를 갖는다. "수백개의 촛불로 내가 타고 있네"에 드러나듯이 화자는 신성한 꽃-촛불과 동화된다. 화자는 스스로를 신성한 꽃-촛불의 가족으로 인식하고 있다.

기독교적 세계관에서 스스로 빛나며 천상을 지향하는 촛불과 같은 존재는 비단 '꽃'만이 아니라 신이 창조한 모든 자연의 구성원들이다. 그렇게 본다면 이해인 시에서 "꽃밭"은 신성이 충만한 지상에 거주하면서 동시에 천상을 지향하는 신성한 피조물들의 공동체를 상징한다. 이해인 시의 기독교 생태학적인 상상력에서는, 지상에 신성이 충만할수록 피조물들은 더욱더 천상을 동경한다. 시적 주체는 신의 은총이 충만한 지상에서 펼쳐지는 피조물들의 생태학적 공동체를 형상화하면서 동시에 천상의 공동체를 지향하는 양상을 보인다.

---

26) 《민들레의 영토》, 63쪽.

제3장

고독한 자아와 생태학적 공동체

일반적으로 동양 사상은 자연과 우주를 하나의 전체로 보는 경향이 지배적이다. 동양 사상이 일원론적 관점을 취하고 있는 것과 반대로 기독교는 이원론의 토대 위에 세워져있다. 기독교 사상에서 신과 인간, 인간과 자연 사이에는 뚜렷한 균열이 존재한다. 전통적으로 기독교 사상에서 신과 인간은 창조자와 피조물의 관계이며, 인간과 자연은 지배자와 피지배자의 관계로 설정되어 있는 것으로 해석된다.[27] 그러한 관점에서 신-인간-자연 사이에는 위계가 형성된다. 기독교의 우주론을 반영한 '존재의 대사슬(Great Chain of Being)'[28]은 그러한 위계를 반영한다. 아퀴나스는 기독교적 존재의 위계를 다음과 같이 설명한다.

---

27) 자연에 대한 인간의 지배권은 성경의 다음 대목에 집약되어 있다. "하나님이 그들에게 복을 주시며 그들에게 이르시되 생육하고 번성하여 땅에 충만하라, 땅을 정복하라, 바다의 고기와 공중의 새와 땅에 움직이는 모든 생물을 다스리라 하시니라." ―「창세기」1: 28.
28) 기독교의 존재의 대사슬은 다음과 같은 위계로 이루어져있다. "신 → 치천사(熾天使) 세라핌 → 지천사(智天使) 케루빔→ 대천사(大天使) → 천사 → 남성 → 여성 → 동물 → 식물 → 금속 → 광물 → 돌 → 진흙 →" J. Barry, *Environment and Social Theory*, 허남혁·추선영 역, 『녹색사상사』, 이매진, 2004, 61쪽.

고독한 자아와 생태학적 공동체 *255*

우리가 보듯이 …… 불완전한 존재는 그보다 고상한 존재의 욕구를
위해 존재한다. 식물은 대지에서 영양분을 섭취하며 동물은 식물에서,
그리고 동식물은 인간을 위해 봉사한다. 그러므로 무생물은 생물을 위해,
식물은 동물을 위해, 동물은 인간을 위해 존재한다고 결론을 내릴 수 있
다. …… 인간이 합리적인 동물인 한 모든 물질 세계는 인간을 위해 존재
한다. …… 우리는 육체를 가진 모든 존재들이 인간을 위해 만들어졌음
을 믿는다.[29]

'존재의 대사슬'은 하위 계층에 대한 상위 계층의 지배를 정당화하면서
존재 계층 간의 차이와 차별을 인정한다. 위계적 사유체계에서 자연의 구
성원들은 조화와 균형을 이루며 평등한 공동체를 형성하는 것이 아니라
지배와 피지배, 착취와 피착취의 관계를 이룬다. 위계적 자연 인식 속에서
는 존재의 개체성이 부각된다.

창세기 실낙원의 서사에도 기독교적 인간 존재의 개체성이 함축되어
있다. 실낙원 서사에 의하면 인간의 죄로 인하여 신과 인간의 계약이 깨어
진다. 에덴에서의 추방은 인간과 자연의 분리를 의미한다. 더 이상 자연은
에덴처럼 인간을 풍요롭게 감싸주지 않는다. 인간은 자연을 개척하고 경
작해야만 한다. 그러한 관점에서 인간은 신과 자연으로부터 분리되어 이
중으로 고독한 존재이다.

생태학적 사유가 개체와 개체, 개체와 전체의 조화와 균형, 공생을 지향
한다는 점을 고려할 때, 위계성과 개체성이 두드러지는 기독교 세계관은
반생태적인 경향이 강하다. 그렇기 때문에 생태 위기의 근본 원인을 기독
교에서 찾는 논의가 제기되기도 하였다.

그러나 최근의 생태신학은 기독교 사상을 생태학적 관점에서 재해석하
면서 기독교 사상에 담겨 있는 생태학적 사유체계를 발굴해내고 있다. 생
태신학에서 창세기 1장 28절의 자연에 대한 지배권은 '청지기' 개념으로

---

29) J. Barry, 『녹색사상사』, 60쪽에서 재인용.

해석된다. 인간은 자연과 변별되는 존재로서, 절대자를 대신하여 자연을 관리하는 책임을 부여받은 '청지기'인 것이다.[30] 청지기 개념에 의하면 인류는 자연을 관리하고 보존하면서 자연에 참여하는 존재이다.

청지기적 관념에서 인류는 자연과 변별되지만 한편으로는 자연과 공동운명체이다. 가령, 노아 홍수 사건은 인류와 자연이 공동운명체라는 점을 명백히 드러내고 있다[31]. '청지기'는 자연의 일부이면서 자연과 변별되는 인간의 존재론적 특수성을 반영한 것으로 이해할 수 있다.

기독교 세계관에서 인간은 신의 형상에 따라 빚어진 특권적인 생명체이지만, 동시에 다른 피조물들과 동등한 조건으로 친족 관계를 형성한다. 창세기 1장 30절에 의하면 절대자는 모든 피조물에게 "생명의 숨"을 불어넣었다. 모든 피조물에 담겨있는 "생명의 숨"은 "하나님의 혼"이라 할 수 있다. 동일한 "하나님의 혼"을 담고 있는 모든 피조물들은 친족 관계로 이루어진 유기체적 공동체이다.[32] 한편으로는, 인간은 다른 피조물들과 마찬가지로 흙으로 빚어졌다. "흙"으로 빚어졌다는 점에서 인간은 혼의 차원뿐만 아니라 육체의 차원에서도 다른 모든 피조물들과 친족 관계를 맺고 있는 것으로 이해될 수 있다.[33]

기독교 생태학적 논의는 신이나 자연과 변별되는 인간의 특수성을 전제하지만, 전통적인 신학에서 보여준 신-인간-자연의 수직적 관계를 수평적인 관계로 전환시킨다. "하나님의 혼"은 지상에 스며들어와 있으며, 인간과 자연은 동일하게 "하나님의 혼"과 "흙"으로 빚어진 친족 공동체이다.

생태학적 신학은 기독교에도 생태학적 공동체 의식이 풍부하게 갖추어

---

30) Ken Gnanakan, 이상복 역, 『환경 신학』, UCN, 2005, 100쪽.
31) James A. Nash, 『기독교 생태 윤리』, 155쪽. ; 방용호, 『신음하는 지구촌』, 현대사상사, 1994, 464쪽.
32) 김균진, 『자연 환경에 대한 기독교 신학의 이해』, 255~256쪽.
33) 김균진, 『자연 환경에 대한 기독교 신학의 이해』, 258~260쪽. ; James A. Nash, 『기독교 생태 윤리』, 151쪽.

져 있음을 보여준다. 그러나 전일성에 무게 중심이 놓여있는 동양 사상과
달리 기독교 사상에서는 개체성이 중요시된다. 개체성에 대한 인식은 자
아를 고독으로 이끌게 된다. 때문에 기독교 사상에 호흡을 대고 있는 시인
들의 작품에서는 고독한 자아의 이미지가 빈번하게 등장한다.

　이 소절에서는 기독교 계열 시인들의 시편에서 찾아볼 수 있는 고독의
다양한 양상을 살펴보고, 그것이 어떻게 생태학적 상상력과 연결되는지
고찰한다.

　기독교 계열 시편에서 자주 볼 수 있는 고독의 양상은 크게 수동적인
고독과 능동적인 고독의 두 가지로 나누어 살펴볼 수 있다. 수동적인 고독
은 기독교 세계관에 의하여 선험적으로 주어진 것으로서 첫째 실낙원의
고독, 둘째 피조물의 고독, 셋째 죄의 고독 등 세 가지로 나누어 살펴볼
수 있다.

　먼저, 창세기 실낙원 서사에 착근한 존재론적 고독은 홍윤숙 시에 잘
나타난다. 홍윤숙은 현대인의 일상을 구체적인 이미지로 제시하면서 현대
인이 처한 삶의 정황을 실낙원으로 규정한다.

> 떠나온 에덴은 까맣게 보이지 않고
> 아침마다 키높이로 적재된
> 무거운 짐수레 하나씩 기다리는
> 세상의 일터로 땀 흘리러 나갑니다
> 일없는 사람들은 줄 밖에 밀려나서
> 그나마 갈 곳 없어 서성거리는
> 하루는 길고 안식도 간데없고
> 가장 확실한 것은 그들 목에 걸려 있는
> 까닭 모를 원죄의 낡은 가죽 가방
> 가슴엔 순서 없는 번호표 하나
> ── 홍윤숙, 〈실낙원의 아침─십자가46〉 부분.[34]

홍윤숙은 일터에서 땀을 흘리는 사람들, 일자리마저 얻지 못하여 서성거리는 사람들과 같이 힘겨운 삶의 짐을 지고 있는 현대인들의 이미지를 통해 현실이 실낙원의 정황임을 상기시켜준다. 〈새벽 공원에서 ─ 십자가 47〉은 새벽 공원의 노숙자 이미지를 통해 실낙원적 현실을 보여준다.

그의 시에서 "십자가"는 실낙원적 현실의 표상이다. 《실낙원의 아침》의 서문에서 그는 "사람이 사는 일은 누구나 자기 몫의 십자가를 지고 마지막 종말을 향해 걸어가는 노정(路程), 바로 골고타의 산길이라 생각한다"[35]라고 말한다. 실낙원적 정황으로서 지상에서의 삶이란 결국 자신의 십자가를 짊어지고서 종말을 향해 걸어가는 것이다. 그는 신의 은총보다는 삶의 고통에 관심을 기울인다. 그러한 비관적 관점은 현실을 미화하지 않고 비판적으로 인식하게 된다. 그리하여 현대인이 직면한 삶의 어두운 단면을 날카롭게 묘파한다.

홍윤숙은 현대인의 황량한 삶에서 실낙원의 이미지를 읽어낸다. 그가 보여준 실낙원 상상력의 차원에서 현대인은 고향인 에덴에서 추방당한 이방인들이다. 그 때문에 그의 시의 자아와 타자들은 존재론적인 고독에 휩싸여 있다.

둘째로는 피조물로서의 고독이 중요한 비중을 차지한다. 김현승은 우리 시사에서 피조물로서 인간의 고독을 가장 깊이 있게 천착한 시인이다.

> 신앙을 가리켜 그러나 고독에 나리는 축복이라면
> 깊은 신앙은 우리를 더욱 고독으로 이끌 뿐,
> 내 사랑의 뜨거운 피로도 너의 전체를 녹일 수는 없구나!
> (중략)
> 나로 하여금
> 세상의 모든 책을 덮게 한 고독이여!

---

34) 홍윤숙, 《실낙원의 아침》 열린, 1996, 109~110쪽.
35) 《실낙원의 아침》 서문, 5쪽.

비록 우리에게 가브리엘의 성좌(星座)와 사탄의 모든 저항(抵抗)을 준
다 한들
만들어진 것들은 고독할 뿐이다!
인간(人間)은 만들어졌다!
무엇하나 이 우리들의 의지(意志) 아닌,

이 간곡한 자세(姿勢) — 이 절망(絶望)과 이 구원(救援)의 두 팔을
어느 곳을 우러러 오늘은 벌려야 할 것인가!
　　　　　　　　　　　　　　　— 김현승, 〈인간은 고독하다〉 부분.36)

　시적 자아는 "깊은 신앙은 우리를 더욱 고독으로 이끌 뿐"이라고 말한
다. 그 근거로 그는 기독교 사상의 심층에 자리 잡은 '피조물의 고독'을
지적한다. "만들어진 것들은 고독할 뿐이다! 인간은 만들어졌다!"에서 알
수 있듯이, 모든 피조물들은 본질적으로 고독한 존재이며, 인간 또한 피조
물로서의 고독을 감당해야 한다.

　그렇다면 "만들어진 것들은"은 왜 고독한가? "무엇하나 이 우리들의 의
지(意志) 아닌"에서 단서를 찾을 수 있다. 피조물들은 스스로의 의지가 아
니라 창조자의 의지에 전적으로 좌우된다는 것이다. 피조물들은 스스로의
주체성으로부터 소외된 자아이기 때문에 고독할 수밖에 없다는 논리이다.
이러한 피조물의 고독은 근본적으로 절대자와 인간의 이원론적 단절에 대
한 인식에서 생성되는 감정이다.

　셋째, 기독교적 고독을 구성하는 또 하나의 중요한 요소가 죄다. 기독교
사상에서 '원죄'는 큰 비중을 차지하는 개념이다. 기독교에서 '원죄'는 인류
의 최초의 범죄인 창세기의 '선악과 사건'을 의미한다. 인류의 조상이 태초
에 범한 죄인 '원죄'는 후대의 모든 인류에게 선험적으로 계승된다는 신화
적 논리이다. 원죄는 실낙원의 개념과 불가분의 관계로 연결돼 있다. 원죄

---

36) 김현승, 김인섭 편, 《김현승 시 전집》, 민음사, 2005, 166쪽.

로 인하여 인류는 에덴에서 추방당하여 고통의 영역으로 내몰리었기 때문이다.[37] 심층적인 차원에서 본다면 '원죄'로 인하여 인간은 절대자와 단절되었다고 볼 수 있다. 그러한 단절감이 죄의식에서 생성되는 고독의 토대이다.

> 어찌 온전키를 바라리까마는
> 산처럼 높아진 잘못 또 잘못이었아오매 핍박과 치욕과
> 좁혀진 천지가 모두 나로 인하여 죄됨인 줄 아옵나이다
>
> 어둠 살라먹고 달빛 살라먹고
> 바다에 서면 바다 물결에서
> 시냇물 가에 서면 시냇물 줄기에서
> 어디라 곳곳이 내 시체
> 내 다 헐어진 시체
> 두둥실 떠내려오고
>
> 주여, 이 목숨 불살라 한줌 재 되게 하시옵소서
> 다만 죄 없는 한줌 재 되게 하시옵소서
> 주 그리스도 영생을 가르치신 이여　　　　― 김남조, 〈죄〉부분.[38]

화자는 죄의 근원을 외부가 아닌 자기 자신에게로 돌리고 있다("나로 인하여 죄됨"). 자신이 죄인이기 때문에 자신을 에워싼 세계 또한 죄로 오염되어 있다. "어디라 곳곳이 내 시체"라는 표현은 자아와 세계가 모두 죄로 오염되었다는 인식을 드러내고 있다. 기독교 세계관에서 인간의 고통과 죽음은 죄의 대가이다. "내 다 헐어진 시체"는 죄의 결과로서 죽음에 대한 예견이 반영된 이미지이다. 죄와 악으로 오염된 세계 내에서 자아는

---

37) 이에 대해서는 다음을 참고할 수 있다. 류성민,『종교와 인간』, 한신대 출판부, 1997, 92~93쪽.
38) 《김남조 시 전집》, 서문당, 43~44쪽.

고독할 수밖에 없다. 죽은 자아("내 시체")의 이미지는 자신과도 단절된 극단적인 고독감을 암시한다.

화자는 영적 거듭남을 통하여 그러한 죄의 고독으로부터 벗어나고자 한다. 기독교 세계관에서는 영적인 거듭남에 의하여 죄와 고통이 소멸되고 영생에 이를 수 있다. "한줌 재 되게 하시옵소서"는 그러한 거듭남에의 의지의 표현이다. 영적 거듭남은 죄와 고통뿐만 아니라 그와 결부된 고독도 깨끗하게 해소시킨다. 자아는 어떠한 존재와도 단절되지 않고 온전한 일체감을 느낄 수 있게 된다. 왜냐하면 영적 거듭남은 자아와 세계, 자아와 절대자, 자아와 자기 자신과의 일체감을 생성하기 때문이다.

다음으로는 능동적인 고독을 살펴볼 수 있다. 위에서 살펴본 세 가지의 수동적인 고독은 부정적인 의미를 지니므로 지양할 필요가 있다. 반면 능동적인 고독은 절대자에게 다가가기 위한 방법론적 고독으로서 긍정적인 의미를 지닌다. 기독교 세계관에서 세계는 죄로 뒤덮여있기 때문에 죄로부터 스스로를 격리시켜야만 절대자에게 다가갈 수 있다. 절대자에게 접근하기 위한 '방법적 고독'의 대표적인 예는 키엘케고어의 "개별자" 개념에서 찾아볼 수 있다. "개별자"는 방법적 고독에 의하여 세계로부터 풀려나와 절대자에게 이르는 존재이다.[39]

많은 기독교 시인들의 작품에 방법적 고독의 다양한 양상이 나타난다. 방법적 고독의 대표적인 예는 김남조의 시에서 찾아볼 수 있다. 김남조는 고독을 가치화하고, 고독과 기도를 결합시키면서 생태학적 상상력을 펼쳐 보여준다.

〈고독〉에는 고독의 가치를 부정에서 긍정으로 전환시키는 사유의 단면이 드러난다.

---

39) 힐쉬베르거는 개별자에 대해 다음과 같이 말한다. "개별자는 죄질 속에서 스스로를 발견하고, 세계에서 풀려나며, 동시에 하느님에게로 이르게 된다." Johannes Hirschberger, 강성위 역, 『서양철학사』下, 이문출판사, 1987, 703쪽.

이제 나 다신 너 없이 살기를 원치 않으마
진실로 모든 잘못은
너를 돌려놓고 살려던 데서 빚어졌거니
네 이름은 고독,
내 오랜 날의 뉘우침이
네 앞에 와서 머무노니   ― 김남조, 〈고독〉 전문.40)

  기독교 세계관의 범주 내에서는 죄의식과 거기에서 발생하는 고독을
온전히 떨쳐내기 어렵다. 그러한 상황에서 자아는 자신의 시각을 교정하
면서 부정적인 고독을 생산적인 방향으로 전환시킨다. 화자는 고독을 회
피하려는 데에서 고독의 부정성이 형성된다는 것을 자각하면서, 고독에
새로운 가치를 부여하고 있다.
  김남조 시에서 고독의 가치화는 '기도'의 이미지에서 찾아볼 수 있다.
그의 시편들에서 '기도'는 죄의 영역으로서 세계와 거리를 두면서, 자아와
세계의 진정한 의미를 성찰할 수 있는 고독한 시간이다. '기도'의 시간으로
서 고독은 적극적이고 긍정적인 의미를 지닌다. 화자는 죄의 영역인 세계
로부터 한 걸음 떨어진 고독의 상태에서 기도를 통하여 지상의 가치를
재발견하게 된다.

    絶海의 밤의 航海를 위해
    물안개에 젖은 등대의 불빛은
    켜 있듯이
    훌륭한 음악과 불멸의 시와
    마법 같은 예술을 낳은 이들의
    至福한 영혼의 交歡과
    그들을 가르친 신비로운
    自然

---

40) 《김남조 시 전집》, 서문당, 44~45쪽.

그리고
이들 모든 것 위에 계옵신
당신의 按配를 찬미케 하옵소서 — 김남조, 〈소박한 기도〉부분.[41]

이 시는 기독교적 세계인식의 긍정적인 측면을 선명하게 보여준다. 원
죄론의 관점에서 본다면 세계는 부정적인 영역이다. 그러나 세계와 한 걸
음 떨어진 긍정적인 고독 속의 기도에 의하여 자아는 세계의 이면에 감추
어진 가치를 발견하게 된다.

세계는 비록 "絶海의 밤"처럼 어둠에 휩싸여 죄와 악으로 오염된 영역이
지만, "훌륭한 음악", "불멸의 시", "마법 같은 예술", 그리고 그것을 창조한
예술가들의 "지복한 영혼", 예술가의 영혼을 길러낸 "자연" 등이 밝게 비추
어주고 있다. 화자는 세계의 어둠을 몰아내는 그 모든 등불들의 배후에서
"이들 모든 것 위에 계옵신" 절대자를 발견한다. 이제 세계의 기원은 신이
다. 고독 속에서 이루어진 화자의 기도는 궁극적으로 절대자에게 이르게
되는 것을 확인할 수 있다. 이러한 사유체계에서 "절해의 밤"은 하이데거
가 말한 "세계의 밤"[42]처럼 이중적인 의미를 지닌다. 그것은 한편으로는
죄와 악으로 오염된 세계이며, 다른 한편으로는 절대자의 발견에 이를 수
있는 기도의 시간으로서 고독의 상태이다.

세계의 배후로서 절대자에 대한 인식은 세계를 신비화하게 된다. 자연
은 단순한 물리적 질료의 집합체가 아니라 절대자의 섭리에 호흡을 댄
유기체들이다. 이 시에서 "신비로운 자연"은 절대자의 신성과 연결된 자연
을 의미한다. 절대자와의 교감에 의해 세계의 죄와 악은 해소되고, 자아에
게 세계는 절대자의 신성이 깃든 "신비로운" 영역으로 다가온다. "신비로
운 자연"의 이미지 속에서, 절대자와 자연, 절대자와 자아, 자연과 자아의

---

41) 《김남조 시 전집》, 서문당, 181쪽.
42) Martin Heidegger, 소광희 역, 「가난한 시대의 시인」, 『시와 철학』, 박영사, 1975, 211쪽.

관계-맺음이 이루어진다.

위에서 살펴보았듯이 김남조 시의 저변에는 죄의식이 자리 잡고 있다. 그러한 죄의식으로부터 부정적인 고독이 발생한다. 그런데, 화자는 고독에 긍정적인 가치를 부여하면서, 기도의 영역을 확보한다. 기도를 통한 절대자와의 교감에 의해 화자는 세계를 신비화하게 된다.

죄의식과 고독에 나타나듯이 김남조 시의 저변에는 기독교의 이원론적인 단절의식이 깔려있다. 시적 자아는 고독의 가치화와 기도에 의해서 그러한 정통 기독교의 이원론적 단절을 해소하는 양상을 보여준다. '기도'로 표상되는 신앙의 힘은, 절대자와 세계, 절대자와 자연, 자연과 자아의 끊어진 관계를 다시 결속시킨다. 결국, 신앙(기도)에 의하여 이원론적 단절이 관계-맺음으로 전환된다고 볼 수 있다.

지금까지 인간이 놓인 존재론적 정황으로서의 수동적 고독과 절대자를 향한 방법론적 고독의 두 가지 차원을 살펴보았다. 방법론적 고독의 차원에서 김남조 시를 살펴보면서 기독교의 이원론적 단절이 관계-맺음으로 전환되는 양상을 살펴보았다. 김남조 시에서 살펴본 관계-맺음은 생태학적 상상력의 토대가 된다.

다음으로는 김현승, 구상, 이해인 등의 시편을 대상으로 기독교 세계관에 착근한 고독이 어떻게 생태학적 사유와 상상으로 연결되는지를 구체적으로 살펴보고자 한다.

먼저 한국 현대시사에서 기독교적 고독에 대하여 가장 깊이 있는 사유와 상상을 보여준 김현승의 고독과 생태학적 상상력을 고찰한다.

> 꿈을 아느냐 네게 물으면,
> 푸라타나스,
> 너의 머리는 어느듯 파아란 하늘에 젖어 있다.

너는 사모할줄을 모르나,
푸라타나스,
너는 네게 있는것으로 그늘을 느린다.

먼 길에 올제,
호을로 되어 외로울제,
푸라타나스,
너는 그 길을 나와 같이 걸었다.

이제 너의 뿌리 깊이
나의 영혼을 불어 넣고 가도 좋으련만,
푸라타나스,
나는 너와 함께 神이 아니다!

수고론 우리의 길이 다하는 어느 날,
푸라타나스,
너를 맞아 줄 검은 흙이 먼— 곳에 따로이 있느냐?
나는 오직 너를 지켜 네 이웃이 되고 싶을뿐,
그곳은 아름다운 별과 나의 사랑하는 窓이 열린 길이다.
— 김현승, 〈푸라타나스〉 전문.[43]

   김현승은 가로수를 제재로 삼은 많은 시편을 남겼다. 그의 시에서 플라
타너스와 같은 가로수들은 흔히 화자의 자화상이자 동반자의 이미지로 형
상화된다. 〈푸라타나스〉에서 가로수도 그러한 이중적인 의미를 내포한다.
플라타너스는 지상에 발을 딛고서 "파아란 하늘"을 동경하는 존재이다.
그것은 절대자의 세계를 동경하지만 지상에 유폐된 기독교적인 고독한 자
아 인식과 겹쳐진다. 실낙원 서사에 잘 드러나듯이 기독교 세계관에서 지
상의 삶은 이방인적인 것이다. 인간은 에덴에서 추방되었으며, 절대자와
도 단절된 이방인이다. 이러한 이방인 의식은 〈가로수〉에서는 "우리는 어

---

43) 《김현승 시 전집》, 26~27쪽.

차피/ 먼 나라에 영혼을 두고 온/ 애트랑제"와 같이 표현되기도 한다.

김현승 시의 자아들은 길가에 서있는 가로수에서 고독한 자아의 이미지를 읽어내고 동료애를 느끼는 양상을 보여준다.

이러한 동료애는 〈나무〉에서는 "하느님이 지으신 자연 가운데/ 우리 사람에게 가장 가까운 것은/ 나무이다.// (중략) 가을이 되어 내가 팔을 벌려/ 나의 지난날을 기도로 뉘우치면/ 나무들도 저들의 빈 손과 팔을 벌려/ 치운 바람만 찬 서리를 받는다"와 같이 표현되고 있다.

"너를 맞아 줄 검은 흙이 먼— 곳에 따로이 있느냐?"는 설의법으로서 자아와 나무가 동일하게 흙에서 나서 흙으로 돌아갈 피조물이라는 동료애를 드러낸다. 이는 모든 피조물은 동일한 흙으로 빚어졌다는 기독교 사상의 "모든 피조물의 친족 관계"[44]에 착근한 사유로 이해할 수 있다.

이처럼 김현승 시에서 나무는 자아의 "이웃"으로 여겨진다. 그렇다고 해서 '나무'만이 인간의 "이웃"으로 여겨지는 것은 아니다. 김현승 시에서 '나무'는 자연을 구성하는 모든 생명체를 대변하는 존재에 가깝다. 시적 주체에게 자연의 모든 구성원들은 다 같이 흙으로 피조된 '이웃'들이다. 그는 지상의 모든 피조물에게 동병상련의 정서를 보인다.

흔히 김현승은 '고독의 시인'으로 널리 알려져 있지만, 김현승 시에서 '고독'만큼 빈번하게 등장하는 시어가 '사랑'과 '생명'이다. 김현승 시에서 '생명'에 대한 '사랑'은 인간과 같은 정황에 놓여 있는 자연의 피조물들에 대한 연민이자 존중에 가깝다.

시적 주체는 고독 속에서 자연에 깃들인 생명을 찾아낸다. 나아가 자연의 다양한 생명체들과 '이웃'의 관계를 확보하게 된다. 자아와 자연 사이의 "이웃"의 관계를 지탱하는 심층적인 힘이 "사랑"이라 할 수 있다.

김현승 시에서 사랑은 신에 대한 수직적인 사랑과 모든 피조물들을 향

---

44) James A. Nash, 이문균 역, 『기독교 생태 윤리』, 151쪽.

한 수평적인 사랑의 두 가지 유형이 존재한다. 후자가 생태학적 상상력이다. 김현승 시의 자아들은 때로는 독실한 신앙심을 보이면서 때로는 신에 대한 반항심을 보이기도 한다. 신을 향한 "대결의 자세"를 취할 때에도 변하지 않는 것은 "이웃"으로서 모든 피조물들에 대한 사랑이다. 김현승 시에서 고독보다 중요한 것은 피조물들의 '생명'에 대한 '사랑'이라 할 수 있다. 그러한 점을 고려할 때 김현승 시에서 생태학적 상상력은 매우 큰 비중을 차지함을 알 수 있다.

> 해마다 사월의 훈훈한 땅들은
> 밀알 하나이 썩어
> 다시 사는 기적을 우리에게 보여 줍니다.
> 이 파릇한 새 생명의 눈으로 ……. ― 김현승, 〈부활절에〉부분.[45]

> 내 아버지의 집
> 풍성한 대지(大地)의 원탁(圓卓)마다,
> 그늘,
> 오월(五月)의 새술들 가득 부어라! ― 김현승, 〈五月의 歡喜〉부분.[46]

> 눈 부비는 이른 곤충(昆蟲)들의 기상(起床)과
> 포기 포기 해동(解凍)하는 나래들의 온유한 파장(波狀)을 위하여,
> 누군가의 넓은 품안에 안기우는
> 가장 멀고 아늑한 숨결들의 접근(接近)하여 오는 사랑…….
> (중략)
> 여기 충만하고 풍성한 토지(土地)
> 에 기립(起立)하면
> 부푸는 먼 지평선(地平線)의 우정(友情)이 부르는 소리…….
> ― 김현승, 〈낭만평야〉부분.[47]

---

45) 《김현승 시 전집》, 459쪽.
46) 《김현승 시 전집》, 77쪽.
47) 《김현승 시 전집》, 75~76쪽.

기독교의 자연계시론에 따르면 자연은 곧 신 존재의 증거물이다. 〈부활절에〉에서 화자는 해마다 사월이 되면 파릇하게 돋아나는 새싹들에서 예수의 부활을 읽어낸다. "밀알 하나이 썩어 다시 사는 기적을 우리에게 보여 줍니다"는 주체에게 자연이 절대자의 육화(肉化)로 다가온다는 사실을 말해준다.

〈오월의 환희〉에서 자연은 "내 아버지의 집"이다. 일반적으로 샤머니즘이나 동양 종교에서 자연이 '어머니'로 인식되는 것과 상반되는 현상이다. 그것은 김현승 시의 자연 인식이 야훼-예수의 가부장적인 유일신 개념에 토대를 두고 있기 때문이다. 생명력이 넘쳐나는 오월의 자연에서 화자는 절대자가 베풀어주는 성찬(盛饌)을 만끽하고 있다.

〈낭만평야〉에도 봄이 와서 생명력이 충만한 대지에 대한 인식이 드러난다. 곤충들이 잠에서 깨어나고 풀잎이 날개를 펼치듯 돋아나는 대지에서 화자는 "누군가의 넓은 품안에 안기우는" 듯한 느낌을 받는다. 기독교 세계관에서 본다면, "누군가"는 절대자로 이해할 수 있다. 자아는 봄의 대지에서 절대자의 "멀고 아늑한 숨결들"이 다가오는 것을 느낀다. 신성이 가득한 "충만하고 풍성한 토지(土地)"에서 그는 "우정"을 느낀다. 이 "우정"은 절대자의 "넓은 품"과 같은 대지 안에 거주하는 모든 피조물들에게서 느끼는 감정이다.

이와 같은 우정보다 한층 더 강한 감정이 자아와 자연의 생명 연대 의식이다. 다음 시에서는 자아와 자연의 일체감이 잘 드러난다.

　　솟는 나의 생명이 넘칠 때
　　검은 흙에서는 꽃이 피나부다
　　피빛 진달래도 구름빛 백합화도!

　　내가 나의 모국어로 시를 쓰면

새들도 가지에서 노래하리라
먼 미래와 같이 알 수 없는 저들의
이국어(異國語)로……

보라 우리는 다수(多數)이며 하나이다!
우리는 하나이며 폭발(爆發)한다!

황금과 사자들이 함께 잠든 저 광야엔
3월의 어린 풀잎들이 입맞추고

끓는 육체들은 왜 탄환보다 빠르게 갔나.

갔으나 사라지지 않고
빈 들에 울리는 우리의 노래를 듣는가

우리는 오늘이며 내일이다
우리는 죽음이며 또 생명이다.　— 김현승, 〈생명의 합창〉 전문.[48]

　"우리는 다수(多數)이며 하나이다"에는 모든 피조물 사이의 생명 연대
의식이 분명하게 드러난다. 시적 주체에게 모든 피조물들은 개별적 존재
이지만 하나의 생명으로 연결된 존재로 다가온다. 그는 "나의 생명"에 '검
은 흙에서 피어나는 꽃'이 대응되듯이, '나의 시'와 '새들의 노래'가 상호
대응하는 것으로 인식한다. 이러한 대응 관계에 의하여 지상의 모든 존재
는 "하나"의 생명-공동체로 인식된다. "사자"로 표상되는 동물, "어린 풀잎"
으로 표상되는 식물, 그리고 "황금"으로 표상되는 무기물까지 지상의 모든
존재는 "하나"의 생명-공동체를 이루고 있다.

　개별적인 차원에서 모든 "육체들은" 순간적인 존재로서 죽음에 의해 덧
없이 사라지지만, 지상의 모든 존재들은 죽고 되살아나면서 "내일"을 향해

---

48) 《김현승 시 전집》, 465쪽.

생명-공동체를 영원히 이끌어 나간다. 그렇기 때문에 화자는 "갔으나 사라지지" 않는다고 말한다. 모든 존재는 결국 지구라는 "광야" 혹은 "빈 들"에 묻혀서 생명-공동체를 구성하고 있다. 그러한 생명-공동체의 차원에서 보자면 "죽음"은 곧 "생명"과 다름없다("우리는 죽음이며 또 생명이다.").

김현승 시에는 근원과 절대자로부터 이탈한 자아의 수동적이고 부정적인 의미의 '고독'이 나타나기도 한다. 그러나 한편으로 절대자와 신성한 공동체를 인식하는 방법론적인 고독도 찾아볼 수 있다. 김현승 시에서 그러한 고독은 매우 큰 비중을 차지한다.

그러나 김현승 시에는 '고독' 못지않게 생태학적 공동체 의식이 중요한 비중을 차지한다. 시적 주체는 고독한 자아의 존재론적 정황을 "나무"에 투사하여 "우정"을 이끌어낸다. "나무"는 인간의 동반자인 자연의 모든 피조물을 대변하는 이미지라 할 수 있다. 시적 주체는 자연의 모든 피조물들에게서 "우정"을 느끼는 데에서 더 나아가 생명 연대 의식을 느낀다. 시적 주체에게 지구는 인간과 모든 피조물들이 구성하는 "하나"의 생명 공동체이다.

구상의 〈홀로와 더불어〉는 그러한 개체성과 공동체성에 대한 성찰을 보여준다.

　　　나는 홀로다.
　　　너와는 넘지 못할 담벽이 있고
　　　너와는 건너지 못할 강이 있고
　　　너와는 헤아릴 바 없는 거리가 있다.

　　　나는 더불어다.
　　　나의 옷에 너희의 일손이 담겨 있고
　　　나의 먹이에 너희의 땀이 배어 있고
　　　나의 거처에 너희의 정성이 스며 있다.

고독한 자아와 생태학적 공동체　*271*

이렇듯 나는 홀로서
또한 더불어서 산다.
그래서 우리는 저마다의 삶에
그 평화와 조화를 이뤄야 한다.　　　— 구상, 〈홀로와 더불어〉 전문.

　동양 사상이 전일성에 무게를 두고 개체성을 간과하는 경향이 강한 반면, 기독교 사상은 공동체 못지않게 개체성을 강조하는 특성을 보인다. 이 시의 1연은 자아의 개체성에 대한 성찰을 담고 있다. 자아와 타자 사이의 "넘지 못할 담벽", "건너지 못할 강", "헤아릴 바 없는 거리" 등은 존재의 개체성을 의미한다. 그러한 개체성은 존재론적 고독과 맞닿아 있다.

　인간은 개체이지만, 결코 혼자 존재할 수 없다. 타자와의 관계 속에서만 존재할 수 있다. 2연은 그러한 관계성에 대한 성찰을 보여준다. 3연은 개체성과 관계성의 조화를 제시하고 있다. 관계성만이 아니라 개체성도 중요하다고 보는 관점은 기독교적 세계관의 영향으로 이해할 수 있다.

　구상 시에서 개체성과 관계성에 대한 사유는 인간 공동체의 범주에 국한되지 않고 "만물"의 공동체로 확장된다. 〈마음의 눈을 뜨니〉에는 "만물"의 공동체에 대한 생태학적 사유가 나타난다.

무심히 보아오던 마당의 나무,
넘부듯 스치듯 잔디의 풀,
아니 발길에 차이는 조약돌 하나까지
한량없는 감동과 감격을 자아낸다.

저들은 저마다 나를 마주 반기며
티 없는 미소를 보내주기도 하고
신령한 밀어를 속삭이기도 하고
손을 흔들어 함성을 지르기도 한다.

한편, 한길을 오가는 사람들이

새삼 소중하고 더없이 미쁜 것은
그 은혜로움을 일일이 쳐들 바 없지만
저들의 일손과 땀과 그 정성으로
나의 목숨부터가 부지되고 있다는 사실을
이제는 너무나도 실감하고 있기 때문이다.

만물의 시원(始原)의 빛에 눈을 뜬 나,
이제 세상 모든 것이 기적이요,
신비 아닌 것이 하나도 없으며
더구나 저 영원 속에서 나와 저들의
그 완성될 모습을 떠올리면 황홀해진다.
　　　　　　　　　— 구상, 〈마음의 눈을 뜨니〉부분

　이 시는 개체성보다는 관계성에 무게를 두고 있다. 화자에게 "나무",
"풀", "조약돌" 등 우주 만물이 "한량 없는 감동과 감격을" 가져다준다. 비
단 자연물뿐만 아니라 "한길을 오가는 사람들"도 "나의 목숨"을 유지시켜
주는 고마운 존재들로 다가온다. 화자는 자연과 인간 모두 고맙고 신비로
운 존재임을 깨닫게 되었다고 말한다. 그는 "마음의 눈"을 뜨면서 자연과
인간으로 이루어진 "만물"의 공동체를 발견한 것이다.
　구상 시에서 "마음의 눈"을 뜬다는 것은 현실의 이면에 있는 절대자의
섭리를 깨닫는다는 의미이다. 화자는 영적 거듭남에 의하여 온 우주에 가
득한 절대자의 "신비"와 그것으로 인하여 하나로 묶인 "만물"의 공동체를
인식하게 된 것이다.
　수녀 시인으로 널리 알려진 이해인의 시편들은 흔히 절대자의 은혜와
사랑에 초점이 맞추어졌을 것으로 오해하기 쉽다. 그러나 그의 시편들에
는 절대자를 간구하는 구도자적 고독과 고통이 내밀하게 드러난다[49]

---

49) 이해인의 기독교적 시학에 대해서는 다음을 참고할 수 있다. 김옥성, 「그물 속의
　　시체와 강 건너의 등불-한국 현대시의 기독교적 시학」, 『딩아돌하』7, 2008. 여름.

太初부터 나의 領土는
좁은 길이었다 해도
고독의 眞珠를 캐며
내가
꽃으로 피어나야 할 땅　　　　　— 이해인, 〈민들레의 영토〉부분.50)

내가 누구인가를 대답해 주십시오
죽음보다 무서운 城 안에
가슴 찢는 囚人으로
우는 내가 누구인가를　　　　　— 이해인, 〈대답해 주십시오〉부분.51)

　시적 주체에게 지상의 삶은 '고독의 진주를 캐는 삶'이다. 이해인 시에
서 고독은 기독교적인 구도자적 삶의 근본적인 토대로 인식된다. 김현승
시에서와 마찬가지로 시적 주체는 자아를 "이방인"(〈바다여 당신은〉)으로
규정한다.52) "이방인"의 이미지에는 기독교적 자아의 존재론적 고독이 반
영된 것이다. 시적 주체는 그러한 존재론적 고독에서 한 걸음 더 나아가
방법적 고독 속에서 세속적 자아를 소멸시키고자 한다.
　〈촛불〉에서 "촛불"은 스스로를 태우며 절대자를 지향하는 구도자적 자
아의 이미지이다. "죽어서도 무덤 없는 고독의 불꽃"은 이방인으로서의 세
속적 자아의 소멸을 의미한다.53) 시적 자아는 지상의 삶을 절대자를 향해
나아가며 세속적 자아를 소멸시켜가는 과정으로 인식하고 있는 것이다.
　구도자적 고독(방법적 고독)은 근본적으로는 행복을 지향하지만, 현실
세계로부터 자아를 격리시키는 고통이 따른다. 〈대답해 주십시오〉에서

---

50) 《민들레의 영토》, 18쪽.
51) 이해인, 《내 魂에 불을 놓아》, 분도출판사, 1993, 124쪽.
52) "세상에 살면서도/ 우리는 서투른 異邦人" — 이해인, 〈바다여 당신은〉 《민들레의
　　영토》, 15쪽.
53) "죽어서도 무덤 없는/ 고독의 불꽃// 소리도 안 들리는 곳에서/ 昇天을 꿈꾸며/ 태워
　　온 갈망// 당신 위해 준비된 나에게/ 말은 이미/ 소용이 없습니다" — 이해인, 〈촛불〉
　　《내 魂에 불을 놓아》, 106쪽.

"죽음보다 무서운 城 안에 가슴 찢는 囚人"에는 구도자적 고독이 주는 고통이 잘 드러난다. 주체는 방법적 고독의 고통 속에서 절대자의 영역으로 거듭나기를 꿈꾼다.

구도자적 고독이 늘 고통스러운 것은 아니다. 그것은 때로 절대자의 은혜를 경험하는 즐거운 산책으로 변주되기도 한다.

> 당신의 숲 속에서 나는
> 도토리만한 기쁨을 주우며
> 마음도 영글어 가는
> 한 마리의 신나는 다람쥐
>
> 때로는 동그란 기도의 알을 낳아
> 오래오래 가슴에 품어 두는
> 한 마리의 다정한 산새
>
> 당신의 숲 속에서 나는
> 思惟의 올을 풀어 내어
> 열심히 집을 짓는
> 한 마리의 고독한 거미
>
> 그리고 때로는
> 가장 조그만 은총의 빵부스러기도
> 놓치지 않고 거두어 들이는
> 한 마리의 감사한 개미   — 이해인, 〈당신의 숲 속에서1〉 전문.54)

이해인의 여러 시편에서 자아들은 세파에 시달릴 때면 홀로 산길을 걷는 양상을 보여준다.55) 홀로 걷는 숲으로의 산책은 일종의 방법적 고독의 의미를 지닌다. 자아는 홀로 산길을 걸으며 절대자의 충만한 은혜를 경험한다.

---

54) 이해인, 《오늘은 내가 반달로 떠도》, 분도출판사, 1986, 74쪽.
55) 〈산 위에서10〉가 대표적인 작품이다.

그는 숲에서 에덴을 발견한다. 인간은 죄의 삶으로 낙원에서 추방당하였지만, 숲의 구성원들은 죄를 짓지 않고 아직 에덴에 남아 있는 것처럼 느껴진다.[56] 자아에게 자연의 모든 구성원들은 "착한 이웃"[57]으로 다가온다.

〈당신의 숲 속에서1〉에서 숲은 절대자의 품 안과 같다.[58] 절대자의 시선에서 바라본다면 숲의 모든 구성원들과 자아는 동등한 피조물들로서 친족 관계를 확보한다. 그러한 절대자의 시선 속에서 화자는 숲속의 "다람쥐", "산새", "거미", "개미" 등과 동일화되고 있다.

이해인 시편에서 모든 피조물들을 아늑하게 감싸고 있는 숲과 산은 절대자의 형상에 가장 가까운 존재다.[59] 시적 주체는 오직 인간만이 신의 형상에 따라 지어졌다는 창세서사를 전복하여, 숲과 산이야말로 신의 형상에 가장 가까운 존재라고 선언한다.

이처럼 이해인 시에서 숲과 산은 절대자의 은혜를 가장 쉽게 느낄 수 있는 공간이다. 따라서 그런 공간으로의 고독한 산책은 즐겁고 행복하다. 자아는 숲속의 모든 구성원들을 "착한 이웃"으로 느낀다. 그렇게 본다면 숲속은 절대자의 품 안에 있는 신성한 생태학적 공동체라할 수 있다. 화자는 절대자의 시선을 느끼면서 자신도 작은 생명체와 동등한 자연의 구성원임을 자각하게 된다.

---

56) 그렇기 때문에 화자는 꽃을 보고 "당신이 창조하신 죄없는 꽃들"로 규정한다. 이해인, 〈어느 봄날〉, 《내 혼에 불을 놓아》, 134쪽.
57) 이해인, 〈길을 떠날 때〉, 《내 혼에 불을 놓아》, 132쪽.
58) 〈산 위에서5〉(《시간의 얼굴》, 113쪽.)에서도 숲은 "돌과 나무와 이끼"를 보듬고 있는 "그의 품"이다.
59) 〈산 위에서5〉(《시간의 얼굴》, 113쪽.)에서도 "산을 닮은 한 분을 조용히 생각할 뿐이다"라는 대목은 절대자와 산의 유사성을 암시해준다.

제4장

종말론적 역사의식과
생태학적 '하나님 나라'

기독교의 역사관은 창조에서 종말로 이어지는 직선적 사관이다. 기독교의 직선적 역사관에서 '종말'은 낡은 역사의 끝이면서 동시에 새로운 역사의 시작이다. 그것은 세속적 역사의 종말과 신의 정의가 실현된 세계의 도래를 의미하는 것이다. 낡은 역사가 폐기되면서 실현될 새로운 세상을 성서는 '하나님 나라'[60], '새 하늘과 새 땅'[61]으로 명명한다.

이와 같은 기독교의 직선적 사관은 종말론으로 규정된다. 다음 글은 종말론의 개념과 기독교에서 종말론이 갖는 의미를 요약적으로 보여주고 있다.

어원적으로 종말론(eschatology)은 마지막(eschatos)이나 마지막의 것 (eschaton)에 대한 논리(logos)이다. 종말론은 우주나 역사의 종말에 관한 논의와 개인의 종말에 대한 형이상학이 있다. 전자가 우주나 역사의 끝이나 전면적인 변화, 혹은 새로운 세계의 탄생을 다룬다면, 후자는 개

---

60) 「마가복음」 1:15.
61) 「이사야」 65:17.

인의 죽음과 그 후의 운명에 대하여 논의한다. 순환론에 토대를 둔 동양의 종교 전통에 비하여 직선적 시간의식에 기반한 기독교에서 종말의 문제는 훨씬 심각한 것이다. 천국과 부활, 영생의 관념으로 이루어진 종말론은 기독교 형이상학에서 가장 핵심적인 부분 중의 하나라 할 수 있다. 어떻게 보면 기독교인의 세계관은 종말에 대한 인식에 집약되어 있다고 말할 수도 있다.[62]

"종말론적 책"[63]으로 일컬어질 만큼 성서에서 종말론은 의미심장하다. 성서의 종말론은 천년왕국설, 천국론 등으로 나타난다. 성서에서 보여주는 역사의 종말과 함께 도래하는 '하나님 나라', '새 하늘과 새 땅' 등은 생태학적인 유토피아이다. 따라서 기독교의 종말론은 "생태학적 종말론"[64]으로 규정할 수 있다.

이사야의 '새 하늘과 새 땅'에서는 인간과 다른 피조물들이 절대자의 은혜 속에서 조화와 균형을 이루며 평화롭게 공존하게 된다.[65] 이사야의 에코토피아는 다음과 같이 묘사되고 있다.

○그 때에 이리가 어린 양과 함께 거하며 표범이 어린 염소와 함께 누우며 송아지와 어린 사자와 살찐 짐승이 함께 있어 어린 아이에게 끌리며 ○암소와 곰이 함께 먹으며 그것들의 새끼가 함께 엎드리며 사자가 소처럼 풀을 먹을 것이며 ○젖먹는 아이가 독사의 구멍에서 장난하며 젖뗀 어린 아이가 독사의 굴에 손을 넣을 것이라 ○나의 거룩한 산 모든 곳에서 해됨도 없고 상함도 없을 것이나 이는 물이 바다를 덮음과 같이 여호와를 아는 지식이 세상에 충만할 것임이라[66]

---

62) 김옥성, 「김현승 시의 종말론적 사유와 상상」, 『한국문학이론과 비평』38, 2008, 214~215쪽.
63) 김균진, 『종말론』, 민음사, 1998, 27쪽.
64) 김균진, 『종말론』, 51쪽.
65) 김균진, 『자연 환경에 대한 기독교 신학의 이해』, 336쪽.
66) 「이사야」11:6-9.

278 한국 현대시와 종교 생태학

이사야는 역사의 종말로서 생태학적 공동체의 비전을 제시한다. 거기에서는 "이리", "어린양", "표범", "어린 염소", "송아지", "어린 사자", "어린 아이", "독사" 등 모든 피조물들이 평화롭고 조화롭게 공존한다.

구약뿐만 아니라 신약에서도 이러한 에코토피아적 비전을 찾아볼 수 있다.

○피조물의 고대하는 바는 하나님의 아들들의 나타나는 것이니 ○피조물이 허무한데 굴복하는 것은 자기 뜻이 아니요 오직 굴복케 하시는 이로 말미암음이라 ○그 바라는 것은 피조물도 썩어짐의 종노릇 한데서 해방되어 하나님의 자녀들의 영광의 자유에 이르는 것이니라 ○피조물이 다 이제까지 함께 탄식하며 함께 고통하는 것을 우리가 아나니[67]

김균진은 이를 "인간의 영혼은 물론 만물이 사멸의 종살이에서 해방되어 그리스도 안에서 화해되고 만유 안에서 만유가 되실 우주적 미래를 제시한다"[68]라고 해석한다. 베커는 이러한 바울의 에코토피아적 비전을 "모든 피조물은 부활의 영광을 누리도록 되어"있는 "보편적 구원"으로 이해한다.[69] 이와 유사하게 켄 그나나칸도 신약의 구원론을 "그리스도의 구속의 사역의 효력은 그리스도 몸인 교회에 한정되지 않고, 하나님의 창조물 전체에 미친다"고 말한다.[70]

이렇게 볼 때 구약과 신약을 관류하는 종말론의 심층에는 인간과 자연, 만유가 조화와 균형 속에 공존하는 에코토피아의 이상이 잠재되어 있다.

기독교적 종말론과 에코토피아의 비전은 식민지 시대 우리 현대시에서 각별한 의미를 지닌다. 종말론은 세속적 권력의 파멸과 절대자의 나라의 실현을 의미하므로, 식민지 시대 종말론은 일제의 몰락과 새로운 세계의

---

67) 「로마서」8:19~22.
68) 김균진, 『종말론』, 77쪽.
69) James A. Nash, 이문균 역, 『기독교 생태 윤리』, 196쪽.
70) Ken Gnanakan, 이상복 역, 『환경 신학』, UCN, 2005, 297쪽.

도래를 암시하게 된다. 여기에서는 식민지 시대에 종말론과 에코토피아의
비전을 보여준 대표적인 시인들로, 모윤숙, 김현승, 윤동주, 박두진의 작품
을 살펴보고자 한다.

한국 현대시사에서 모윤숙은 기독교적 시학의 선구자 중 한 명이다. 김
활란은 《빛나는 지역》의 서문에서 모윤숙의 시에는 "예언적 암시"[71]가
담겨 있다고 지적하고 있다. 모윤숙은 지속적으로 예언자적 상상력을 통
하여 피식민적 정황의 어둠을 폭로하고 비판하면서, 동시에 새로운 세계
에 대한 전망을 추구하여 왔다.

> 에덴은 망하여 음울한 땅 밑에 가라앉고
> 나일 강변 거닐던 처녀는 빛 잃은 진주고리에 우나니
> 시온 산 험한 바위 밑에 정성히도 기도하던 자여
> 그대의 참된 신앙 그 기도도 이 날에 녹슬어 흩어졌어라.
> — 모윤숙, 〈예언자〉부분.[72]

> 저기 저 무궁한 나라에
> 끓어 식지 않는 사랑의 샘이 있다
> 불멸의 젊은 혼 탄식 없이 줄친 곳에
> 우리의 이상하는 미래향이 있다.
> (중략)
> 그 천국 높은 봉 위에 선조의 동료들이 노래하고
> 印 찍은 팔뚝의 약속을 굳세이 예언하며
> 잘 살아가는 자손의 행렬을 자랑하리니
> 선조 모인 천국 아침은 빛날 때도 있으리.
> — 모윤숙, 〈그늘진 천국〉부분.[73]

---

71) 김활란, 「서문」, 모윤숙, 《빛나는 지역》.(모윤숙, 최동호·송영순 편, 《모윤숙 시
   전집》, 서정시학, 2009, 35쪽.)
72) 《모윤숙 시 전집》, 43쪽.
73) 《모윤숙 시 전집》, 56~57쪽.

기독교의 예언자적 상상력은 크게 '슬픔'과 '희망'의 두 축으로 구성된다. '슬픔'이 현실의 어둠에 대한 폭로와 비판이라면, 희망은 장차 도래할 '새 하늘과 새 땅'에 대한 동력화이다.[74] 〈예언자〉에서 시적 자아는 "에덴"의 멸망을 통해 국권을 상실한 식민지 현실의 정황을 상기시킨다. 이 시는 식민지 현실의 어둠에 대한 폭로와 비판으로서 예언자적 '슬픔'을 담고 있는 것으로 이해할 수 있다.

반면, 〈그늘진 천국〉은 예언자적 '희망'의 비전을 담고 있다. 시적 주체는 기독교의 직선적 역사의식으로서 종말론에 입각하여 "우리들의 이상하는 미래향"을 제시한다. 시적 주체는 몰락한 '에덴'의 '슬픔' 뒤에 도래할 '새 하늘과 새 땅'으로서 "천국"의 비전을 제시하고 있다.

그렇다면, 모윤숙이 생각한 "미래향"으로 "천국"은 어떠한 세상인가. 《빛나는 지역》에서 모윤숙의 예언자적 상상력이 지향하는 "천국"은 본질적으로는 회복된 자연이며, 역사적으로는 해방된 조국이다.

> 그대여 새벽이 창으로 희미해 오거든
> 괭이를 메고 들로 가사이다
> 누런 이삭 물결 지우는
> 푸른 에덴 흙의 마을로.
>
> 그대여 가장된 인간에서 냄새가 나거든
> 머물지 말고 삽을 든 채 들로 가사이다
> 흙의 향기 그윽히 넘쳐 흐르는
> 노래의 터전 자연의 숲 속으로. — 모윤숙, 〈들로 나가자〉 부분.[75]

---

74) 본서의 예언자적 상상력 개념은 주로 브루지만의 논의에 따른다. Walter Brueggeman, 김쾌상 역, 『예언자적 상상력』, 대한기독교출판사, 2000. 브루지만이 제시하는 예언자적 상상력은, 지배체제의 해체와 새로운 대안적 공동체(유토피아)를 추구한다는 점에서, 해방신학적 관점과 연결된다. 유토피아 운동의 맥락에서 해방신학을 다룬 글로는 다음을 참고할 수 있다. 임철규, 「해방신학에 대하여」『왜 유토피아인가』, 민음사, 1997.

〈들로 나가자〉는 시적 자아에게 "에덴"은 곧 "흙의 마을"로서 "자연의 숲 속"이라는 것을 말해준다. 시적 주체가 꿈꾸는 "미래향"으로서 '새 하늘과 새 땅'은 결국 "흙의 향기 그윽히 넘쳐 흐르는" 에코토피아라는 것을 알 수 있다.

모윤숙이 꿈꾸는 에코토피아는 역사의식과 겹쳐진다. 시적 주체는 구체적인 역사 안에서 이루어질 에코토피아를 지향한다. 〈빛나는 地域〉에서 역사의식을 확인할 수 있다.

> 수만 별들이 하늘에 열리듯이
> 이 땅엔 먼 앞날이 빛나고 있다
> 은풍에 감겨진 아름다운 복지에
> 우리의 긴 생명은 영원히 뻗어가리.
>
> 너도 나도 섞이지 않은 한 피의 줄기요
> 물들지 않은 조선의 자손이니
> 맑은 시내 햇빛 받는 언덕에
> 우렁찬 출발의 선언을 메고 가는 우리라네.
>
> 포도원 덩굴 안에 옛 노래 흩어지고
> 소와 말 한가로이 주인의 뒤를 따르는
> 사천년 황혼에 길이 떠오는 별
> 휘넓은 창공 위에 무덤을 밟고 섰네.
>
> 기려한 산봉우리 조용한 물줄기
> 오고 가는 행인의 발길을 끄으나니
> 명상하는 선녀처럼 고요한 산이여
> 너는 나의 영원한 사랑의 가슴일러라.
>
> 위로 고른 풍우 이 땅에 영원하고

---

75) 《모윤숙 시 전집》, 104쪽.

아래로 기름진 넓은 들
이 땅은 빛나라 아픔 없으라
생명도 참 되거라 길이 가거라.

수만 별들이 하늘에 열리듯이
이 땅엔 먼 앞날이 열리고 있다
은풍(銀風)에 감겨진 아름다운 복지에
겨레의 긴 생명(生命)은 영원히 흘러가리.

　　　　　　　　　— 모윤숙, 〈빛나는 地域〉 전문.76)

　시적 주체는 밤하늘에서 눈뜨는 별들을 통해, 어둠 속에서 돋아나는 희
망을 예견하고 있다. 종말론적 역사의식에 호흡을 대고 있는 시적 주체는
현실의 어둠 뒤에 도래할 빛을 확신하고 있는 것이다. 시적 주체가 꿈꾸는
에코토피아는 "이 땅"에서 이루어질 민족의 "복지"이다. 그는 "이 땅"에서
"우리의 긴 생명이 영원히 뻗어가리"라고 말한다. "너도 나도 섞이지 않은
한 피의 줄기", "사천년 황혼에 길이 떠오는 별"은 모윤숙의 민족의식과
역사의식을 선명하게 보여준다.
　시적 주체는 민족이 놓인 피식민 현실의 정황을 "무덤"으로 암시한다.
나아가 피식민의 역사의 종말 후에 도래할 민족의 밝은 미래를 "사천년
황혼에 길이 떠오는 별"로 암시하고 있다. 피식민 역사가 붕괴한 뒤에 이
루어질 민족의 '새 하늘과 새 땅'의 모습은 생태학적으로 제시되고 있다.
　시적 주체가 꿈꾸는 에코토피아는 "포도원 덩굴"이 우거지고, "소와 말
이 한가로이 주인의 뒤"를 따르는, "고른 풍우"와 "기름진 넓은 들"로 이루
어진 "아름다운 복지"이다. 시적 주체는 그러한 에코토피아를 "빛나는 지
역"이라 명명하고 있는 것이다.
　1934에서 1936년 사이에 씌어진 김현승의 초기시에는 종말론적 사유와

───────────────

76) 《모윤숙 시 전집》, 116~117쪽.

상상으로 가득 차 있다. 시적 주체는 어둠에서 밝음으로 변화하는 이미지의 움직임을 통해 종말론적으로 진행되는 역사의 흐름을 암시해준다. 김현승 초기시에 나타나는 종말론적 사유와 상상에 대해서는 다음과 같은 연구가 이루어져 있다.

> 시적 주체에게 식민지의 현실은 암흑의 시간이 임박한 "황혼"이나 "저녁"이며, 어떤 경우는 벌써 어둠 속에 깊이 잠긴 "밤"이다. 시적 주체는 그러한 암울한 현실에 대한 인식에 머물지 않고, 어둠을 딛고 일어서는 밝은 전망을 선취하는 상상력을 보여준다. "동방산 마루에 빛나는 해"로 대변되는 빛의 이미지는 "강하고 튼튼한 역사", "새로운 역사"로서 민족의 밝은 미래를 암시해준다. "저녁", "황혼", "밤" 등과 대조되는 "아침", "새벽", "해"와 같은 이미지는 그러한 역사적 전망을 함축하고 있다. "새벽"이나 "아침", "해" 등의 이미지는 "쌓아 올리고", "불쑥 올리려고", "힘있고", "차고 넘치는", "씩씩하게" 등의 역동적인 표현과 결합하면서 임박한 광명의 시간에 대한 희망을 생성한다. 어둠의 이미지가 식민지 현실 인식을 암시하는 점을 고려한다면 그러한 희망은 식민지적 현실의 종말에 대한 예견과 직결된다. 김현승이 자신의 초기시에 대하여 말한 "미래의 희망"은 그와 같은 "새로운 역사"로서 광복에 대한 염원으로 이해할 수 있다.[77]

김현승은 "황혼", "저녁", "밤" 등의 어두운 이미지를 통해 식민지 현실의 암흑을 암시한다. 그와 대조적으로 "아침", "새벽", "해"와 같은 이미지를 통해 어둠을 헤치고 도래할 민족의 밝은 미래를 제시한다. "동방산 마루에 빛나는 해", "강하고 튼튼한 역사", "새로운 역사" 등에는 김현승의 민족의식이 선명하게 드러난다. 김현승은 성서의 종말론적 역사를 식민지적 현실에 겹쳐보면서 밝은 미래를 선취할 수 있었던 것이다.

새벽
세상이 쓴지 괴로운지 멋도 모르는 새벽

---

77) 김옥성, 「김현승 시의 종말론적 사유와 상상」, 218쪽.

종달새와 노래하고
참새와 지껄이고
시냇물과 속삭이고
참으로 너는 철 모르는 계집애다.
꽃밭에서 이슬을 굴리고
어린 양을 풀밭에 내어 놓고
숲속에 종을 울리는
참으로 너는 부지런한 계집애다.
시인(詩人)은 항상 너를 찍으려고 작은 카메라를
가지고 다니더라.
내일은 아직도 세상의 苦惱를 모른다.
그렇다면 새벽 너는 금방 우리 앞에 온 내일이 아니냐?
나는 너를 보고 내일을 믿는다.
더 힘있게 내일을 사랑한다.
그리하여 힘있게 오늘과 싸운다.   ― 김현승, 〈새벽〉 전문.78)

이 시에는 저녁과 밤의 암흑을 지나 찾아온 빛의 시간으로서 "새벽"의
의미가 잘 드러나 있다. 이 작품에서 "새벽"은 "세상이 쓴지 괴로운지 멋도
모르는" 시간이다. "새벽"은 세계에 가득한 고통과 격리된 순수한 시간임
을 말해준다. "새벽"이 "철 모르는 계집애" 같다는 것은 아직 죄에 오염되
지 않은 천진난만한 아이들과 같은 시간이라는 의미이다.

시적 주체에게 "새벽"은 암흑의 시대를 뚫고 다가올 '새 하늘과 새 땅'의
선현(先現)으로 다가온다. 그에게 "오늘"은 수난의 시대이다. 그렇기 때문
에 그는 "힘있게 오늘과 싸운다"고 말한다. 그 "싸움"은 '새 하늘과 새 땅'으
로서 "내일"을 불러들이기 위한 실천이라 할 수 있다. "새벽 너는 금방 우
리 앞에 온 내일"은 "새벽"이 조국 광복의 "내일"의 선현임을 잘 말해주고
있다.

그렇다면 시적 주체가 꿈꾸는 해방된 조국으로서 '새 하늘과 새 땅'은

---

78) 《김현승 시 전집》, 418쪽.

어떠한 모습인가. 그것은 "새벽"의 이미지에 집약되어 있다. "종달새와 노래하고 참새와 지껄이고 시냇물과 속삭이고", "꽃밭에서 이슬을 굴리고 어린 양을 풀밭에 내어 놓고 숲속에 종을 울리는" 등에서 확인할 수 있듯이 '새 하늘과 새 땅'으로서 해방된 조국은 생동감 넘치는 자연이 실현된 에코토피아임을 알 수 있다.

윤동주는 여러 작품에서 지속적으로 예언자적 상상력을 보여준다.[79] 가령, 〈새벽이 올 때까지〉와 같은 작품에서 시적 주체는 "이제 새벽이 오면 나팔소리 들려 올게외다"라고 어둠을 가르면서 도래할 임박한 미래를 제시한다.

> ①다들 죽어가는 사람들에게
> 검은 옷을 입히시요.
>
> 다들 살어가는 사람들에게
> 힌 옷을 입히시요.
>
> 그리고 한 寢台에
> 가즈런이 잠을 재우시요
>
> 다들 울거들랑
> 젖을 먹이시요
>
> 이제 새벽이 오면
> 나팔소리 들려 올게외다
> ― 윤동주, 〈새벽이올때까지〉 전문.(1941.5.)[80]

---

79) 윤동주 시의 예언자적 상상력에 대한 자세한 논의는 다음을 참고할 수 있다. 김옥성, 「윤동주 시의 예언자적 상상력 연구」, 『문학과 종교』15-3, 2010.
80) 《자필 시고 전집》, 153쪽.

②나팔 소리가 나매 죽은 자들이 썩지 아니할 것으로 다시 살고 우리도
변화하리라   ─ 「고린도 전서」, 15:52.

②는 '하나님 나라'가 도래하면 죽은 자와 산 자가 모두 변화하리라는
예언이다. ①은 그러한 예언자적 상상력을 고스란히 반영하고 있다. "이
제"는 임박한 미래를 상기시키는 시어이다. 밤이 지나면 어김없이 새벽이
찾아오듯이, 가까운 미래에 "새벽"이 열릴 것을 예견하고 있다. 여기에서
"새벽"으로 표상되는 새로운 세상에 대한 '희망' 못지않게 중요한 것은 현
실을 살아가는 자세로서 실천의 차원이다.

종말론적 역사관에서 '하나님 나라'는 인간의 행위가 아니라 하나님 자
신의 행위를 통하여 도래한다. 그러나 한편으로는 인간의 동역(同役)을
필요로 한다[81]. 예언자는 임박한 미래를 계시하면서 현실을 살아가는 자
들에게 '하나님 나라'를 앞당겨오기 위한 실천으로서 동역을 권장한다.[82]
'하나님 나라'는 궁극적으로 하나님의 뜻에 달려있기 때문에 인간이 할 수
있는 구체적인 실천의 내용은 불분명하다. 동역자적 실천은 현실의 어둠
뒤에 올 "새벽"에 대한 확신과, 그러한 확신을 토대로 현실의 고통에 좌절
하지 않고 어둠과 대결하는 정신적 자세나 행동을 포괄하는 폭넓은 개념
으로,[83] "자기가 희망하는 하나님 나라의 오심을 위하여 자기가 할 수 있
는 바"[84]를 하는 것이다.

---

81) 김균진, 『종말론』, 370~372쪽.
82) 가령 신약에서는 "천국은 마치 燈을 들고 신랑을 맞으러 나간 열 처녀와 같다."(마태복
   음 25:1), "그런즉 깨어 있으라 너희는 그 날과 그 時를 알지 못하느니라"(마태복음
   25:13)와 같이 도래할 천국에 대한 믿음과 실천을 강조하고 있다. 여기서 실천이란
   '늘 깨어 있는' 마음의 자세와 그에 입각한 행동이라 할 수 있다.
83) '하나님 나라'를 위한 실천은, 믿음과 행동을 모두 포괄한다. "예수는 하나님 나라를
   선포하는 행위와 그 실현을 위한 실천을 결국 같은 것으로 동일화하였다." 임철규,
   『왜 유토피아인가』, 146~147쪽.
84) 김균진, 『종말론』, 372쪽.

일반적으로 기독교의 종말론적 역사의식에서는 절대자의 의지와 계획이 두드러지게 부각되지만, 윤동주 시의 예언자적 상상력에서는 인간의 실천적 측면이 두드러진다. 〈새벽이 올 때까지〉의 "입히시요", "재우시요", "먹이시오" 등은 막연하지만 "새벽"을 위한 절대자의 역사에 동참할 실천을 강조하고 있다. 그것은 윤동주가 식민지 치하라는 당시의 시대 상황을 날카롭게 직시하고 있었음을 암시해준다.

그렇다면 윤동주 시의 예언자적 상상력이 이끌어가는 세상은 어떠한 곳이었을까. 시적 주체가 지향하는 이상향을 포괄할 수 있는 이미지가 "화원"이다. 「花園에 꽃이 핀다」에서 구체적으로 드러나는 "화원"은 문우회 활동과 직접적인 관련이 있는 것으로 추정된다.[85] 그러나 실증적인 의미를 전부로 볼 수는 없다. 이 글에서는 윤동주의 "화원"을 포괄적인 은유로서 시적 주체가 지향하는 이상적 세계로 본다. 가령, 다음 글은 두 가지의 "화원"에 대해 이야기하고 있다.

> ①나는 이 貴한 時間을 슬그머니 동무들을 떠나서 단혼자 花園을 거닐 수 있습니다. 단혼자 꽃들과 풀들과 이야기 할수 있다는 것이 얼마나 多幸한 일이겠습니까. 참말 나는 溫情으로 이들을 대할 수 있고 그들은 우슴으로 나를 맞어줍니다. 그우슴을 눈물로 對한다는 것은 나의感傷일까요.

> ②孤獨, 精寂도 確實히 아름다운 것임에 틀림이 없으나, 여기에 또 서로 마음을 주는 동무가 있는 것도 多幸한 일이 아닐 수 없습니다. 우리 花園 속에 모인 동무들 중에, 집에 學費를 請求하는 편지를 쓰는날 저녁이면 생각하고 생각하든끝 겨우 몇줄 써보낸다는 A君, (중략) 나는 이여러 동무들의 갸륵한 心情을 내것인것처럼 理解할수 있습니다. 서로 너그러운 마음으로 對할수있습니다.

---

85) 류양선, 「윤동주의 〈病院〉 분석」, 『한국현대문학연구』19, 2006, 386쪽.

③나는 世界觀, 人生觀, 이런 좀더큰 問題보다 바람과 구름과 햇빛과 나무와 友情, 이런것들에 더 많이 괴로워해왔는지도 모르겠습니다.(중략)

④世上은 해를 거듭, 砲聲에 떠들썩하것만 극히 조용한 가운데 우리들 동산에서 서로 融合할 수 있고, 理解할 수 있고 從前의　가있는 것은 時勢의 逆效果일까요.　── 윤동주, 「花園에 꽃이 핀다」부분.[86]

①은 고독과 정적 속에 홀로 거닐며 "꽃들과 풀들과" 이야기꽃을 피울 수 있는 자연으로서의 "화원"에 대해서 이야기하고 있다. ②에서는 문우회로 추정할 수 있는 동무들의 "화원"이 제시된다. ③은 ①과 ②를 포괄하는 윤동주의 유토피아로서 "화원"의 본질을 암시해준다. 윤동주는 "세계관, 인생관"과 같이 멀리 떨어져 있는 "큰 문제"보다는, 가까이에서 자신을 에워싸고 있는 자잘한 문제에 관심을 쏟아왔다고 고백하고 있다. 주변에서 흔하게 보고 접할 수 있는 "바람과 구름과 햇빛과 나무와 우정" 때문에 더 많이 괴로워해왔다는 것은, 가까이에 있는 사물이나 사람들과 교감하고 조화와 균형을 이루고자 노력해왔다는 의미로 받아들일 수 있다. 따라서 윤동주가 꿈꾸는 이상향으로서 "화원"은 자아를 에워싼 삼라만상과 교감하고 조화와 균형을 이루는 상태라고 할 수 있다. ④의 "융합"은 유토피아로서 "화원"을 생성하는 조화와 균형과 공생의 정신을 대변하는 개념이다. ④로 미루어 보면, 포성으로 시끄러운 세상 속에서도, 고요하고 평화로운 꽃밭과 문우회는 윤동주에게 유토피아의 비전을 제공해줄 수 있었을 것이다. 윤동주는 홀로 고독하게 꽃밭을 거닐며, 그리고 동무들과 더불어 화기애애한 분위기에서 「문우」지를 만들어 내면서 제국주의와 식민주의 너머의 '새 하늘과 새 땅'을 꿈꿀 수 있었을 것이다. 오늘날의 관점에서 본다면, 윤동주가 꿈꾸는 유토피아로서 "화원"은 자연과 인간이 조화롭게

---

86) 《자필 시고 전집》, 123~125쪽.

공생하는 "융합"을 추구한다는 점에서 생태학적 이상향이라 할 수 있다.

박두진은 한국 현대시사에서 예언자적 상상력을 가장 활발하게 보여준 시인 가운데 한 명이다. 윤동주의 예언자적 상상력은 함축적이고 정적인 반면, 박두진의 상상력은 직설적이고 역동적인 성격이 강하다.

①蘇香兄. 머지않아 참말로 머지않아 주는 이 세상에 오실 것입니다. 나는 그것을 믿습니다. 우리가 바라는 나라, 참말로 평화한 화안한 나라, 그 젖과 꿀의 나라, 사랑의 나라가 올 것입니다.
— 박두진, '이상노에게 보낸 편지', 1942. 11. 19.[87]

②핏내를 잊은 여우 이리 등속이 사슴 토끼와 더불어 싸릿순 칡순을 찾아 함께 질거이 뛰는 날을 믿고 길이 기다려도 좋으랴?
— 박두진, 〈香峴〉부분.[88]

③복사꽃이 피었다고 일러라. 살구꽃도 피었다고 일러라. 너이 오오래 정들고 살다 간 집, 함부로 함부로 짓밟힌 울타리에, 앵도꽃도 오얏꽃도 피었다고 일러라. 낮이면 벌떼와 나비가 날고, 밤이면 소쩍새가 울더라고 일러라. — 박두진, 〈어서 너는 오너라〉부분.[89]

④해야, 고운 해야. 해야 솟아라. 꿈이 아니래도 너를 만나면, 꽃도 새도 짐승도 한자리 앉아, 워어이 워어이 모두 불러 한자리 앉아 앳되고 고운 날을 누려 보리라. — 박두진, 〈해〉부분.[90]

①은 일제 말기에 박두진이 친구 이상노에게 보낸 편지의 일부이다. 성서의 종말론적 역사관이 내면화된 박두진은 '새 하늘과 새 땅'의 역사적 차원으로서 조국의 해방이 임박했음을 확신하고 있다.

---

87) 『문학사상』101, 1981. 3. 394쪽.
88) 『문장』5, 1939. 6. 117쪽.
89) 《박두진 전집》1, 73쪽.
90) 《박두진 전집》1, 27쪽.

그러한 확신은 일제 말기에 씌어진 작품들에 선명하게 드러난다. ②와 ③은 확신을 담고 있는 작품들이다. 박두진은 예언자 이사야가 제시한 '새 하늘과 새 땅'의 이미지를 충실하게 인유하고 있다. 시적 주체가 그려내는 '새 하늘과 새 땅'의 이미지는 다분히 생태학적인 공동체로 그려지고 있다. ②에서 "여우", "이리"와 같은 육식동물과 "사슴", "토끼" 등이 함께 "싸릿 순"과 "칡순"을 뜯어먹으며 평화롭게 공존하는 공동체이다. ③에서 그 공 동체는 꽃이 만발하고 "벌떼와 나비가 날고", "소쩍새"가 우는 봄날의 숲으 로 형상화되고 있다. ④는 광복 직후에 발표된 작품이다. 시적 주체는 여 기에서도 "꽃도 새도 짐승도 한자리"에 모여 앉은 에코토피아적 공동체를 제시한다.

제 5장

'여신'으로서의 성모 마리아의 상상력

가부장제 문화에 의해 추방되기 이전 최초의 신은 '위대한 어머니 여신 (Magna Mater, the Great Mother Goddess)'으로 알려져 있다. '위대한 어머니 여신'의 이미지에는 인류가 자연에서 경험한 모성-여성성이 반영되어 있다. 인류는 "어머니가 아이를 낳고 양육하는 방식으로"으로 "세계와 우주를 생성하고 지배하는 여신"을 자연에서 경험하였던 것이다. 고대인들에게 '위대한 어머니 여신'은 우주자연 자체였으며, 다산과 풍요의 주재자였다.[91]

그러나 야훼-예수로 이어지는 기독교의 신관념은 가부장적인 성격이 강하다. 원래 야훼 개념은 여성성도 어느 정도 갖추고 있었으나, 농경 문화를 배경으로 하는 가나안 주변의 신개념과 경쟁하면서 여성성을 배제하는 방향으로 다져졌다. 가부장제 문화와 더불어 야훼는 "엄격하고 두려운" 가부장적 신격의 모습으로 정착되었다.[92]

에코페미니즘은 가부장적 문화가 여신을 추방하고 남신을 숭배하면서,

---

91) 장영란, 『위대한 어머니 여신』, 살림, 2007, 3~18쪽.
92) 김혜란, 「마리아론에 대한 여성신학적 연구」, 한신대 석사논문, 1997, 31~43쪽.

남성에 의한 여성 지배, 인간에 의한 자연 지배 등이 정당화되었다고 본다.[93] 이런 에코페미니즘의 관점에서 본다면 기독교의 신개념은 지극히 반생태적이다. '위대한 어머니 여신' 개념이 말해주듯이 근본적으로 여신은 농경 문화, 풍요와 다산 등의 생태학적 사유와 맞물려 있다. 따라서 영적인 에코페미니즘은 여신의 복원에 생태학적인 의미를 부여한다.

기독교가 발전시켜온 가부장적 신개념은 대중의 신앙적 욕구를 온전하게 만족시켜 줄 수 없었다. 왜냐하면 대중은 엄격하고 두려운 가부장적 신보다는 '보살피고 양육해주는' 자애로운 어머니와 같은 신에 대한 갈망이 강하기 때문이다. 기독교의 '성모 마리아'는 가부장제 이전에 지배적이었던 여신 신앙의 전통을 수용한 상징으로서, '위대한 어머니 여신'에 대한 대중의 신앙적 욕구를 반영하고 있다.[94]

기독교의 성모가 갖는 여성성은 가부장적 야훼에 결핍된 생태학적 요소를 보완해줄 수 있다. 한국 현대 기독교 시인들의 시편에서도 그 구체적인 양상이 드러난다. 기독교 계열 시인들은 성모 마리아의 상상력을 통해 만물을 보살펴주는 어머니와 같은 자연의 이미지를 그려낸다. 주지하는 바와 같이 개신교는 성서에 입각하여 마리아 숭배를 견제하는 경향이 강하다. 그러한 까닭에 우리 시사에서도 주로 가톨릭 계열 시인들의 작품에 마리아의 상상력이 빈번하게 나타난다.

이 장에서는 가톨릭 계열 시인들의 작품을 중심으로 마리아의 이미지와 관련된 생태학적 상상력을 고찰한다. 가톨릭 계열의 시인들에게 성모는 야훼나 예수 못지않게 중요한 신앙의 대상으로 다가온다. 이성적인 교리가 아닌 시인들의 시적 사색과 감성에 나타난 성모의 이미지는 대중들의 내면 세계에 성모가 어떠한 존재로 다가오는지를 이해할 수 있게 해준다.

---

93) C. Merchant, 허남혁 역, 『래디컬 에콜로지』, 이후, 2001, 256~257쪽.
94) 김혜란, 「마리아론에 대한 여성신학적 연구」, 29~30쪽 참고.

가톨릭 시학의 선구자인 정지용은 〈또 하나 다른 태양〉에서 성모를 "또 하나 다른 태양"으로 규정하여, 절대자의 반열에 올려놓고 있다. 〈臨終〉에서는 시적 자아가 임종의 순간에 마지막 찾는 신적인 존재의 이름이 "달고 달으신 성모의 일홈"이다. 이 두 편의 시는 정지용에게 성모가 얼마나 큰 비중을 차지하는 신적 존재인가를 단적으로 보여준다. 나아가 가톨릭 신도들에게 성모가 얼마나 호소력 있는 존재인가를 말해준다.

정지용의 시에서 "나의 행복", "달고 달으신" 등의 의미가 부여된 성모는 모성애를 환기시킨다. 자아는 아버지 야훼에게서 얻을 수 없는 모성적인 사랑을 성모에게서 감지하고 있는 것이다. 정지용의 시에서 성모의 상상력에는 생태학적 면모가 잘 드러나지 않지만, 정지용의 종교시가 한국 가톨릭 시사의 선두에 자리한다는 점에서 참고할 필요가 있다.

구상의 〈성모 마리아〉에서 성모는 육신의 어머니 이미지와 겹쳐진다.

> 당신은 내 새벽 하늘에 서 있다.
> 당신은 백합의 옷을 입고 있다.
> 당신의 눈에는 옹달샘이 고여 있다.
> 당신의 가슴엔 칠고(七苦)의
> 상흔(傷痕)이 장미처럼 피어 있다.
> 당신은 저녁놀이 짓는
> 갈대의 그림자를 드리고 있다.
> 당신은 언제나 고향집 문전에서 나를 기다린다.
> 당신은 내가 일곱 마귀에 씌어
> 갈피를 못 잡을 때도 돌아서지 않는다.
> 당신은 마침내 당신의 그지없는 사랑으로
> 나를 태어날 때의 순진으로 되돌려
> 아기 예수를 안았던 바로 그 품에다
> 얼싸안고 흐뭇해한다.　　　　— 구상, 〈성모 마리아〉 전문.[95]

---

95) 구상, 《구상 시 전집》, 서문당, 1992, 163쪽.

인간에게 어머니란 어떤 존재인가. "어머니는 자식이 태어나면 음식과 사랑과 따뜻함으로 양육하고, 자식은 어머니에게 편안함과 안전에 관한 문제를 전적으로 의존하게" 된다. "본능적인 것이자 보편적인 인간의 경험을 통해 창안"된 이러한 신적인 어머니의 이미지는 "위대한 어머니"로 규정된다.[96] 그러한 '위대한 어머니'로서 여신은 흔히 대지나 자연 자체와 동일시된다. 왜냐하면 자연과 대지는 어머니와 마찬가지로 인간을 돌보고 양육해주는 것으로 경험되기 때문이다.

구상은 "성모 마리아"를 우리가 일상에서 쉽게 접할 수 있는 보편적인 어머니의 이미지와 겹쳐놓는다. '고향집 문전에서 나를 기다리는 어머니', '악에 빠졌을 때에도 등 돌리지 않는 어머니', '그지없는 사랑을 지닌 어머니' 등과 같은 보편적인 어머니 이미지가 성모 마리아와 겹쳐져 있다. 그리하여 성모 마리아는 우리가 일상에서 경험하는 모성애를 지닌 어머니와 같은 존재로 형상화되고 있다.

화자에게 성모 마리아는 자연의 구성물들을 통해 드러난다. "새벽 하늘", "백합", "옹달샘", "장미", "저녁놀", "갈대" 등의 자연물은 성모의 이미지와 결합해 있다. 성모는 자연물을 매개로 자아에게 다가온다는 것을 알 수 있다. 자아는 자연의 아름답고 온화한 이미지에서 성모의 자애를 감지해낸다고 할 수 있다.

이렇게 볼 때, 구상 시에서는 '어머니=성모 마리아=자연'의 등식이 성립한다. 이러한 등식 안에서 자연과 자아는 어머니와 아이의 관계로 재구성된다. 자연은 곧 성모 마리아이며, 모성애로 인간을 길러내는 어머니로 경험된다. 이러한 상상력에서 자연은 어머니와 여신에 대한 공경과 존중의 정서를 이끌어 낼 수 있다. 구상의 성모의 상상력은 고대인들의 여신 신앙에 호흡을 대고 있다고 볼 수 있다.

---

96) Shahrukh Husain, 김선중 역, 『여신』, 창해, 2005, 18~19쪽.

김남조는 〈성모의 밤〉,〈빛의 어머님〉,〈성모승천〉,〈성모〉,〈영광의 마리아〉 등의 작품에서 성모를 제재로 삼고 있다.

연초록 잎새하며
희디 흰 꽃덤불 꽃가지에서랴
아련한 꽃내음
물 번지듯 풍겨오고

하늘 아른아른 푸르고 맑음에랴
별빛도 서걱이며
노래인 양 울려 오는

오월입니다
당신의 꽃祭를 이 속에 꾸미옵기
진정 옳고 보람지던
어머니의 聖月

흰 옷매무시
흰 수건이
물살마냥 성그럽고
촛불 밝혀 모여든 얼굴들
환히 불빛보다 더 밝아
복되도다

일찍이
이 마음의 밝음을 바랐고
보다 더 이 영혼의 밝음이 원이었거니

어머니여 우리의 머리 위에
생명의 당비를 뿌려 주소서
우리의 가슴 그득히
시듦이 없는

당신의 장미를 심어 주소서   — 김남조, 〈성모의 밤〉전문.[97]

가톨릭에서 오월은 성모의 달이다. 김남조 시에서도 오월의 자연이 보여주는 풍요롭고 아름다운 생명력은 성모의 표상이다. 그렇다고 해서 화자가 오월의 자연에서만 성모를 발견하는 것은 아니다. 오월은 풍요롭고 아름다운 자연을 대변하는 이미지이다. 시적 주체는 생명력이 충만한 자연을 성모의 계시로 형상화한다.

자아에게, 대지의 모든 생명들을 잉태하고 양육하는 존재가 성모이다. 표면적으로 고대의 지모신 신앙과 매우 유사하다. 그러나 김남조 시의 성모 신앙은 본질적인 면에서 고대적 지모신과 큰 차이를 보인다. 그것은 플라톤적 이원론이 저변에서 강하게 작용하기 때문이다.

성모는 사람과 모든 생명체를 보살피는 지모신적 모성의 표상이지만, 온전하게 대지에 속하지 않는 천상적인 속성을 지닌다. 고대적 지모신이 대지 그 자체인 것과는 근본적으로 다르다. 다음은 김남조 시의 성모 관념을 적절하게 형상화하고 있다.

> 사람과 동식물, 공기까지도
> 모성의 약손만이 마지막 살길인
> 오늘의 지상으로
> 승천해 계시던 성모 어머님 오십니다
> 자식이 고통 받는 그 어디에도
> 어버이의 사랑 필연 오십니다   — 김남조, 〈빛의 어머님〉부분[98].

> 아아 승천만으로도
> 너무나 눈부심을
> 하늘에서 길 떠나 땅으로 오시는

---

97) 《김남조 시 전집》, 서문당, 114~115쪽.
98) 김남조, 《김남조 시 전집》, 국학자료원, 2005, 977쪽.

지금도 오고 계시는
이 놀라운 사랑이 웬일입니까　　　— 김남조, 〈성모승천〉부분.[99]

　화자는 "사람과 동식물, 공기까지도", 즉 생명체는 물론 환경까지도 모성에 의해 양육된다고 말한다. 지구-생태계를 운행하는 근원적인 생명의 힘을 대지의 여신으로서 성모의 모성으로 인식하고 있는 것이다.

　"승천해 계시던 성모 어머님"은 김남조 시의 성모가 고대적 지모신과 달리 근본적으로 천체에 속한다는 사실을 말해준다. 그러나 성모는 천체가 아니라 모든 생명체를 낳고 기르는 대지의 생명력을 통해 대지 안에서 자신을 드러낸다. 대지의 생명력을 통해 자신을 드러낸다는 점에서 성모는 고대의 지모신과 유사한 양상을 보인다. 그리고 인간을 포함한 모든 생명들을 낳고 양육한다는 점에서도 상호 겹쳐진다. 이러한 성모의 상상력에서 인간과 자연의 생명체들은 대지의 자식들로서 형제의 관계를 맺게 된다. 그리고 자연과 인간은 어머니와 아이의 관계로 연결된다.

　김남조 시에서 천체 지향성이 기독교의 플라톤적 전통에 맞닿아 있다면, 성모로서의 대지의 상상력은 아리스토텔레스적 전통에 호흡을 대고 있다. 기독교에 두 전통이 공존하듯이 김남조 시에도 두 가지 상상력이 길항하면서, 기독교적인 생태학적 상상력을 이끌어나간다.

　김남조 시에서 성모로 경험되는 대지의 상상력은 자연과 인간을 어머니와 자식의 관계로 재설정한다. 인간은 다른 모든 생명체와 마찬가지로 자연에 의해 탄생하고 양육되는 존재이다. 이러한 기독교 생태학적인 상상력에서 자연은 지배와 착취가 아니라 공존과 존중의 대상이다.

　김남조와 유사하게 이해인도 성모를 자연의 생명력과 묶어서 생태적인 사유를 펼쳐보인다. 이해인에게도 성모성월은 성모와 자연이 겹쳐지는 계절이다.

99) 《김남조 시 전집》, 서문당, 326~327쪽.

해마다 맞는 5월은
당신의 오심으로 언제나 새롭고
더욱 눈부신 빛으로
바람에 쏟아지는 아카시아 향기

우리네 축복받은 목숨이
신록의 환희로 눈뜨이는 때입니다

거리에 서성이는
외롭고 병들고 가난한 마음들이
어머니의 집으로 돌아오는 계절

당신의 하늘빛 이름을
가슴 깊이 새기며
5월의 수목처럼
오늘은 우리가 이렇게
당신 앞에 서 있읍니다

어떠한 말로도 그릴 수 없는
우리들 영혼의 강 기슭에
손 흔들고 계신 어머니
우리는 모두가 당신께로 가야 할
길 잃은 철새입니다
— 이해인, 〈성모께 바치는 시-聖母聖月詩〉 전문.100)

"바람에 쏟아지는 아카시아 향기", "신록의 환희"가 말해주듯이 이 시에
서 5월은 생명력이 가장 왕성한 계절이다. 화자는 싱그러운 5월의 자연에
서 성모의 임재("당신의 오심")를 느낀다. 화자에게 5월의 자연은 성모가
거처하는 "어머니의 집"이다. "어머니의 집"으로서의 자연에 대한 인식은
자아도 자연의 일부분임을 느끼게 한다. 5월의 자연에서 자아는 스스로를

100) 《오늘은 내가 반달로 떠도》, 109쪽.

5월의 숲에 서있는 한 그루의 나무처럼 느끼고 있다.[101]

이 시에서는 "5월의 자연=성모"라는 등식이 성립한다. 성모로서의 5월의 자연은 일상적인 삶의 무게에 짓눌린 사람들을 치유해준다. "거리에 서성이는 외롭고 병들고 가난한 마음들", "길 잃은 철새" 등은 삶에 치여 신앙심을 잃어버린 사람들을 의미한다. 그러한 사람들도 5월의 자연 앞에서는 성모의 사랑을 경험하고 스스로가 "축복받은 목숨"임을 깨달을 수 있다. 5월의 자연은 모든 사람들로 하여금 성모의 사랑을 경험할 수 있게 하여준다는 것이다.

> 풀잎은 풀잎대로 바람은 바람대로
> 초록의 抒情詩를 쓰는 5月
> 하늘이 잘 보이는 숲으로 가서
> 어머니의 이름을 부르게 하십시오
>
> 피곤하고 散文的인 日常의 짐을 벗고
> 당신의 샘가에서 눈을 씻게 하십시오
> 물오른 수목처럼 싱싱한 사랑을
> 우리네 가슴 속에 퍼 올리게 하십시오
>
> 말을 아낀 지혜 속에 접어 둔 기도가
> 한 송이 장미로 피어나는 5月
> 湖水에 잠긴 달처럼 고요히 앉아
> 不信했던 날들을 뉘우치게 하십시오
> 은총을 향해 깨어 있는 지고한 믿음과
> 어머니의 생애처럼 겸허한 기도가
> 우리네 가슴 속에 물 흐르게 하십시오
>
> 구김살없는 햇빛이

---

101) "5월의 수목처럼 오늘은 우리가 이렇게 당신 앞에 서 있습니다"

아낌없는 축복을 쏟아 내는 5月

어머니, 우리가 빛을 보게 하십시오
욕심 때문에 잃었던 視力을 찾아
빛을 향해 눈뜨는 빛의 자녀되게 하십시오
　　　　　— 이해인, 〈5月의 詩-聖母聖月詩〉 전문.102)

　　이 시에서도 5월의 자연은 어머니 같은 여신으로서 성모의 이미지와
포개어져 있다. 5월의 자연 앞에서는, 나무들이 대지에서 물을 끌어올리면
서 싱그럽고 푸른 잎으로 무성해지듯이 사람들도 성모의 사랑을 가슴 속
에 퍼올리면서 은총으로 충만해질 수 있다. 이 시에서 성모는 수목들을
무성하게 길러내고 사람들의 마음에 은총을 넘치게 하는 5월의 자연과
등가적인 존재로 설정되어 있다. 이러한 상상력의 차원에서 본다면 성모
는 지모신과 같이 수평적으로 경험되는 신이다.

　　그러나 여기에서 5월의 자연은 대지적이고 모성적인 여신으로서의 성
모의 경험에 한정되지 않는다. "하늘"과 "빛"은 플라톤적인 천체지향성의
차원에서 초월적인 절대자를 환기시켜준다. "하늘이 잘 보이는 숲으로 가
서 어머니의 이름을 부르게 하십시오"에는 "하늘"과 "어머니"가 엮여 있다.
5월의 자연은 대지적인 성모("어머니")를 매개로 수직적으로 초월적인 절
대자("하늘")를 경험시켜주는 것이다. 자아는 5월의 숲에서 수평적으로는
대지적인 어머니를 경험하면서, 한편으로는 그러한 경험을 매개로 "구김
살 없는 햇빛" 속에 쏟아져내리는 수직적으로 지고한 절대자의 축복을 감
지하는 셈이다.

　　이처럼 이해인 시에서 성모는 경우에 따라서는 수평적인 절대자로 경험
되기도 하고, 자아와 초월적인 절대자 사이에서 수직적인 매개항이 되어

---

102) 《오늘은 내가 반달로 떠도》, 107쪽.

주기도 한다. 〈성모께 바치는 시〉에서도 이와 같은 수직적 매개항의 상상력을 찾아볼 수 있다.

> 이승에 사는 우리들이
> 영원을 넘겨보게
> 문을 열어 주시는 분
> 하느님을 뵙기 위해 꼭 디뎌야 할
> 마리아여 당신은
> 우리의 징검다리 아니십니까
> ― 이해인, 〈성모께 바치는 시-**聖母聖月詩**〉 부분.[103]

이해인 시에서 성모는 수평적으로 자연의 모성애와 생명력을 경험하게 하면서, 수직적으로는 지고한 절대자를 경험하게 하여주는 "징검다리"로 이해할 수 있다. 이와 같은 성모의 상상력은 천체 지향성에 치우친 기독교 세계관의 구조를 보완한다. 기독교의 천체 지향성은 자칫 자연을 평가절하하게 될 수 있다. 성모의 신앙은 그러한 천체 지향성을 보완하여, 자연을 지상의 '위대한 어머니 여신'으로 경험하게 하면서, 인간을 자연과 상호의존적인 관계로 묶어 놓는다. 한국 현대 가톨릭 시인들의 생태학적 사유와 상상 속에서 성모는 모성애와 생명력으로 충만한 자연이며, 인간은 '위대한 어머니 여신'으로서 자연을 공경하고 존중해야만 한다. 그러한 생태학적 상상력 속에서 자아는 다른 피조물들과 동등하게 성모의 품에 안겨 있는 자연의 구성원 중 하나이다.

---

103) 《오늘은 내가 반달로 떠도》, 109쪽.

제 7부

의의와 한계
Significance and Limitations

　오늘날 우리들에게 '생태 위기'에 대한 경고는 많이 식상해져 버렸다. 그것은 '생태 위기'에 대한 인식이 공기처럼 우리를 친숙하게 감싸고 있다는 의미이기도 하다. 우리는 너무 오랫동안 '생태 위기' 자체에만 시선을 고정시켜왔기 때문에 피로감을 느끼는 것일 수 있다. 그렇다면 '생태 위기'를 경험하기 이전에 이미 다양한 종교와 현대시가 보여준 생태학적 사상과 상상력에 대한 이해와 미학적 경험은 생태 위기론의 피로감을 해소시키는 데에 어느 정도 유효할 것이다.

　학제적인 '생태학'이나 시에 나타난 '생태학적 상상력'에 관한 연구는 많지만, '종교 생태학(religious ecology)'이나 시에 나타난 '종교 생태학적 상상력(poetic imagination of religious ecology)'에 대한 학술적이고 체계적인 연구는 많지 않다.

필자는 2007년에 '종교 생태학'이라는 개념을 고안하고 본서와 관련된 논의를 제기하면서 학술적인 차원에서 본격적으로 사용하기 시작하였다. 세계적인 차원에서 개별 종교 생태학과 관련된 논의는 훨씬 이전부터 활발하게 전개되어 왔다. 그러나 일관된 관점에 입각하여 다양한 종교의 보편성과 특수성을 고려한 '종교 생태학'에 대한 본격적인 논의로는 본서가 세계적으로 선구적이라고 생각된다. 한국 현대시에 반영된 한국 사회의 다종교-다문화 전통이 뒷받침되었기에 가능한 일이었을 것이다.

한국 현대시의 생태학적 상상력에 대한 연구는 20세기 후반 생태 위기론이 급부상하면서 활발하게 제기되었다. 엄밀하게 말해 오늘날 인류가 경험하는 생태 위기의 정확한 원인은 불확실하다. 지구-생태계가 급격하게 변화하고 있는 것은 사실이지만, 그것이 장시간에 걸친 우주-지구의 '자연스러운' 사이클에 의한 것인지, 인류의 무분별한 자연 착취와 훼손 때문인지 단언할 수는 없다. 근본적으로 인류의 지식과 인식 능력에는 한계가 있기 때문이다.

그러나 가시적으로 드러난 인류의 책임을 간과할 수는 없다. 과학과 기술의 발달에 따른 인간의 이성에 대한 신뢰와 주체성의 강화가 생태 위기에 일정 부분 책임이 있다는 것은 분명한 사실이다. 우리가 경험하는 기후 변화는 어쩌면 임박한 생태학적 종말에 대한 경고인지도 모른다. 우리가 정신적 차원, 사회-제도적 차원, 기술적 차원 등에서 신속하게 대처하지 않는다면 인류나 지구의 생태학적 종말은 불가피할 수도 있다. 우주-지구의 거대한 사이클에 의한 생태 변화는 인류의 한계를 벗어난 문제이지만, 명백히 인류에 의해 초래된 생태 위기에 대해서는 해결의 노력이 필요하다. 그것은 인류가 지구-생태 공동체의 일원으로서 갖는 권리이자 의무이기도 하다.

본서의 논의는 정신적 차원의 의식 전환 문제와 관련된다. 인류에게는 타자-자연을 지배하고 착취하려는 에고이즘(egoism)적 충동과 더불어 타자-자연과 협력하고 조화롭게 공존하려는 생태학적-에코이즘(ecoism)적 의지가 존재한다. 정도의 차이는 있지만 인류가 고안한 대부분의 사상에는 이 두 가지 힘이 빛과 어둠처럼 공생하고 있다. 상대적으로 생태학적인 동양사상에도 에고이즘이 도사리고 있고, 상대적으로 에고이즘적인 기독교에도 생태학적 의지가 고여 있다. 본서는 다양한 종교가 담지한 생태학적-에코이즘적 측면으로서 '종교 생태학'의 개념과 양상을 고찰하고, 그와 관련된 한국 현대시의 종교 생태학적 상상력의 다양한 양상을 살펴보고 있다.

샤머니즘 생태학에서 시사 받을 수 있듯이 인류는 아득한 때부터 지구-생태 공동체의 일원으로서 자연과 인간의 공생을 위해 노력해왔다. 전통 사회에서 종교는 생태 윤리를 제공하면서 자연과 인간이 조화로운 관계를 유지하는 데에 일정 부분 기여하여 왔다. 전통적으로 한국 사회는 샤머니즘, 유교, 불교, 노장-도교 등이 공존하는 다종교 사회였으며, 근대 이후에는 천주교와 개신교가 큰 비중을 점유하면서 다종교 상황을 유지하고 있다.

다종교 현상은 한국 현대시에도 고스란히 반영되어 있다. 종교의 영향력이 약화된 오늘날에는 '종교'보다도 '종교 생태 시학'이 더 의미 있을 수 있다. 한국의 현대 시인들은 다양한 종교 전통에 호흡을 댄 생태학적 상상력을 보여준다. 한국 '현대'시의 종교 생태학적 상상력은 인간과 자연을 대립적 관계로 설정하는 근대적 세계관에 대한 비판의 차원에서 자연과 인간의 조화와 공생의 비전을 제시한다는 점에서 '현대'적인 의미를 갖는다. 한국 현대시의 종교 생태학적 상상력은 미학적-정신적 차원에서 우리의 의식 전환에 기여할 수 있을 것이다.

종교 생태학적 상상력은 인류의 자연에 대한 존중과 공생의 정신을 고

양시키는 데에는 어느 정도 기여할 수 있지만 일정한 한계를 노정하기도 한다. 의식의 전환이 실천으로 이어지지 않는다면 관념적 공허를 면하기 어렵기 때문이다. 종교 생태학적 상상력뿐만 아니라 심층 생태학적 경향 일반은 사회 생태학이나 여성 생태학 등과 같은 실천적 생태학의 사회적·제도적 접근과 상호 보완 관계를 형성할 때에 그 의의가 더욱 빛날 수 있을 것이다.

생태학적 사유는 자체에 내재된 모순을 경계할 필요가 있다. 비판적 시각으로 본다면, 20세기 후반 생태 담론은 지구의 생태학적 종말을 막아내고 생태학적으로 풍요로운 지구에서 삶을 지속하고자 하는 인류의 에고이즘적 욕망을 반영하고 있다. 그러한 관점에서 생태 담론은 자연-지구의 번영보다는 인류의 행복에 무게를 두고 있는 또 다른 인간중심주의의 산물일 수 있다. 생태 담론이 인간중심주의를 경계하기 위해서는 인류가 지구-생태계의 주인이 아니라 작은 일원일 뿐이라는 의식을 견지하지 않으면 안 된다. 동시에 자연과 변별되는 인간의 가치와 존엄성을 간과할 수도 없다는 데에서 생태 담론의 딜레마가 선명하게 드러난다. 생태 담론의 근본적인 과제 중 하나는 자연의 권리와 인간의 존엄성이라는 두 가치의 균형점을 모색하는 일이다.

종교 생태학은 신비적 대상을 매개로 자연과 인간의 전일적 관계를 지향하지만, 전일성에 대한 편향은 자칫 개체로서의 인간의 가치와 존엄성을 간과하게 될 우려가 있다. 휴머니즘적 종교 생태학은 자연과 변별되는 인간의 특수성을 인정하지만 여전히 전일성에 치우쳐 있음을 부인하기 어렵다. 개체의 가치를 간과한 전일성에 대한 강조는 에코파시즘(ecofascism)의 논리에 휩쓸릴 위험에 쉽게 노출된다. 이광수나 서정주의 생태사상이 그 대표적인 예이다. 이러한 사례는 생태 담론의 보편적인 주제인 '자연과 인간의 조화와 균형'을 확보하기가 쉽지 않다는 점을 잘 보여준다. 종교 생태학적 상상력의 신비적 전일성 이념은 개체의 가치와 존엄성에 대한 인식이 전제되었을 때 정당화될 수 있다.

인간은 자연을 지배하고 이용하려는 욕망을 지니고 있다. 그러나 자연과 공생하려는 생태학적 사유도 인간 본성의 하나이다. 생태학적 사유에는 보편성과 특수성이 존재한다. 모든 종교 생태학을 관류하는 보편성이 존재하고, 개별 종교 생태학 고유의 특수성도 존재한다. 뿐만 아니라 각각의 시인들은 자신들만의 생태학적 지문(指紋)을 갖고 있다. 한 시인의 작품 한편 한편도 고유한 얼굴과 표정을 지니고 있다. 본서는 종교 생태학적 상상력의 총론 편이기 때문에 개개의 표정이나 지문을 변별하는 단계까지는 나아가지 않았다. 그것은 필자가 각론 차원에서 발표하여온 다양한 학술 논문이나 각론 편의 후속 저서에서 확인할 수 있을 것이다.

제1부에서 동양적 생태 이론을 논의하지 못한 점, 제2부부터 개진한 개별 종교 생태학적 상상력에 대한 논의에서 각 장의 소결을 제시하지 못한 점 등을 비롯한 여러 가지 아쉬움이 남는다. 부족한 부분은 재판에서 다시 보완하기로 약속하고 여기서 매듭을 짓는다.

참 고 문 헌

▶ 기본자료

구 상, ≪구상 시 전집≫, 서문당, 1992.
김관식, ≪洛花集≫, 한신문화사, 1952.
김관식, ≪김관식 시선≫, 자유세계사, 1957.
김관식, 염무웅 편, ≪다시 曠野에-증보판 김관식 시 전집≫, 창작과 비평사, 1979.
김남조, ≪김남조 시 전집≫, 서문당, 1983.
김남조, ≪김남조 시 전집≫, 국학자료원, 2005.
김달진, ≪김달진 전집≫1~2, 문학동네, 1997.
김상용, ≪망향≫, 문장사, 1939.
김상용, 김학동 편, ≪월파 김상용 전집≫, 새문사, 1996.
김소월, ≪진달내꽃≫, 매문사, 1925.
김소월, 김용직 편, ≪김소월 전집≫, 서울대 출판부, 1996.
김현승, 김인섭 편, ≪김현승 시 전집≫, 민음사, 2005.
모윤숙, 최동호 · 송영순 편, ≪모윤숙 시 전집≫, 서정시학, 2009.
박두진, ≪박두진 전집≫1, 범조사, 1982.
박목월, 이남호 편, ≪박목월 시 전집≫, 민음사, 2003.
백 석, 김재용 편, ≪백석 전집≫, 실천문학사, 1997.
백 석, 송준 편, ≪백석시 전집≫, 학영사, 1995.
서정주, ≪서정주문학 전집≫1~5, 일지사, 1972.
서정주, ≪미당 서정주 시 전집≫, 민음사, 1984.

서정주, ≪미당 자서전2≫, 민음사, 1994.
서정주, 『미당 수상록』, 민음사, 1976.
서정주, 『미당 산문』, 민음사, 1993.
신석정, 신석정전집 간행위원회 편, ≪신석정 전집≫, 국학자료원, 2009.
유치환, 남송우 편, ≪청마 유치환 전집≫, 국학자료원, 2008.
윤동주, 왕신영 외 편, ≪사진판 윤동주 자필 시고 전집≫, 민음사, 2011.
이광수, ≪춘원 시가집≫, 박문서관, 1940.
이광수, ≪이광수 전집≫1-10, 삼중당, 1976.
이병기, ≪가람시조집≫, 문장사, 1939.
이병기, ≪가람 문선≫, 신구문화사, 1966.
이병기, 정병욱·최승범 편, 『가람일기』Ⅰ·Ⅱ, 신구문화사, 1984.
이육사, 박현수 편, ≪이육사 시 전집≫, 예옥, 2008.
이해인, ≪민들레의 영토≫, 가톨릭출판사, 1986.
이해인, ≪내 魂에 불을 놓아≫, 분도출판사, 1993.
이해인, ≪오늘은 내가 반달로 떠도≫, 분도출판사, 1986.
정지용, 김학동 편, ≪정지용 전집≫1, 민음사, 1988.
조지훈, ≪조지훈 전집≫1~9, 나남출판, 1998.
한용운, ≪님의 침묵≫, 회동서관, 1926.
한용운, 한계전 편, ≪님의 침묵≫, 서울대 출판부, 1996.
한용운, ≪한용운 전집≫1~6, 신구문화사, 1974.
홍윤숙, ≪실낙원의 아침≫ 열린, 1996.

▶ 논저

강건일, 『신과학 바로알기』, 가람기획, 1999.
강길전, 「양자의학(Quantum Medicine)의 개념 정립」, 『한국정신과학회 학술대회
    논문집』, 2001. 4.
강길전·홍달수, 『양자의학』, 친환경농업포럼, 2007.
강용기, 「샤머니즘의 환경윤리: 한국의 무속을 중심으로」, 『동서 비교문학저널』
    20, 한국동서비교문학학회, 2009.
경상대 인문학 연구소 편, 『인문학과 생태학』, 백의, 2001.
고영섭, 『연기와 자비의 생태학』, 연기사, 2001.
공병혜, 「자연미의 의미와 예술」, 『범한철학』61, 범한철학회, 2011.

권영민 편,『윤동주 연구』, 문학사상사, 1997.

금장태,『유학사상의 이해』, 집문당, 1996.

김균진,『자연 환경에 대한 기독교 신학의 이해』, 연세대 출판부, 2006.

김균진,『종말론』, 민음사, 1998.

김문환,「자연미학의 전개과정과 현대적 의의」,『미학』30-1, 한국미학회, 2001.

김성진 외,『생태문제와 인문학적 상상력』, 나남출판, 1999.

김성환,「양생의 맥락에서 본 도가와 도교 수양의 특징과 현대적 의의」,『중국학
　　　보』46, 2002.

김승환,「카오스와 프랙탈: 자연 속에 숨은 질서」,『외국문학』36, 1993. 9.

김열규,『동북아시아 샤머니즘과 신화론』, 아카넷, 2003.

김영식 외,『과학사』, 전파과학사, 1995.

김옥성,『한국 현대시의 전통과 불교적 시학』, 새미, 2006.

김옥성,『현대시의 신비주의와 종교적 미학』, 국학자료원, 2007.

김옥성,「김달진 시의 선적 미의식과 불교적 세계관」,『한국언어문화』28, 한국언
　　　어문화학회, 2005.

김옥성,「한용운의 생태주의와 시학」,『동양학』41, 단국대 동양학연구소, 2007.

김옥성,「서정주의 생태 사상과 그 시학적 양상」,『한국문학이론과비평』34, 한국
　　　문학이론과비평학회, 2007.

김옥성,「그물 속의 시체와 강 건너의 등불-한국 현대시의 기독교적 시학」,『딩아
　　　돌하』7, 2008. 여름.

김옥성,「김현승 시의 종말론적 사유와 상상」,『한국문학이론과 비평』38, 2008.

김옥성,「한국 현대시의 불교생태학적 상상력 연구」,『한국문학이론과 비평』42,
　　　한국문학이론과 비평학회, 2009.

김옥성,「김관식 시의 생태학적 상상력 연구」,『한국언어문학회』74, 한국언어문학
　　　회, 2010.

김옥성,「김소월 시의 샤머니즘 생태학적 상상력」,『문학과환경』10-1, 문학과환경
　　　학회, 2011.

김옥성,「이병기 시의 유교적인 생태학적 상상력 연구」,『퇴계학과 유교문화』48,
　　　경북대학교 퇴계학연구소, 2011.

김옥성,「한국 현대시의 생태학적 농촌 공동체 이미지 연구」,『국문학논집』21, 단
　　　국대학교 국문과, 2011.

김용운,『카오스와 불교-불교에서 바라본 과학의 본질과 미래』, 사이언스북스,
　　　2003.

김욱동,『한국의 녹색문화』, 문예출판사, 2003.

김욱동, 『문학생태학을 위하여』, 민음사, 2003.

김윤식, 『이광수와 그의 시대』1-3, 한길사, 1986.

김재욱, 「목은 이색의 영물시 연구」, 고려대학교 박사학위 논문, 2009.

김제현, 『이병기 - 그 난초 같은 삶과 문학』, 건대 출판부, 1995.

김종길 외, 『조지훈 연구』, 고려대 출판부, 1978.

김종서 외, 『종교와 과학』, 아카넷, 신장판, 2001.

김종욱, 『불교생태철학』, 동국대 출판부, 2004.

김준오, 『시론』(4판), 삼지원, 2006.

김 진, 『칸트와 생태주의적 사유』, UUP, 1998.

김태곤, 『한국무속연구』, 집문당, 1995.

김혜란, 「마리아론에 대한 여성신학적 연구」, 한신대 석사논문, 1997.

동국대 한국문학연구소 편, 『이광수 연구』상하, 태학사, 1984.

류성민, 『종교와 인간』, 한신대 출판부, 1997.

문순홍, 『생태학의 담론』, 아르케, 2006.

박구용, 「예술의 종말과 자율성」, 『사회와철학』12, 사회와철학연구회, 2006.

박이문, 『노장 사상』, 문학과 지성사, 1996.

박현수, 「서정시 이론의 새로운 고찰」, 『우리말글』40, 우리말글학회, 2007.

박현수, 『현대시와 전통주의의 수사학』, 서울대 출판부, 2004.

박희병, 『한국의 생태 사상』, 돌베개, 1999.

방옥례, 『대한민국 김관식』, 동문출판사, 1983.

불교교재편찬위원회, 『불교 사상의 이해』, 불교시대사, 2004.

소광섭, 『물리학과 대승기신론』, 서울대 출판부, 1999.

송명규, 『현대 생태 사상의 이해』, 따님, 2008.

송명희, 「이광수의 기독교 사상과 종교다원주의」, 『한국문학논총』46, 2007.

송상용 외, 『생태문제와 인문학적 상상력』, 나남출판, 1999.

신두호, 「자연과 언어」, 『영어영문학』47-3, 한국영어영문학회, 2001.

와다 토모미, 「이광수의 '생명' 의식 연구」, 서울대 박사논문, 2007.

연세대 국학연구원 편, 『춘원 이광수 문학 연구』, 국학자료원, 1994.

윤사순, 『유학의 현대적 가용성 탐구』, 나남출판, 2006.

윤호병, 『한국 현대시와 가톨릭시즘』, 푸른사상, 2008.

이도원, 「생태학에서의 시스템과 상호 의존성」, 『시스템과 상호 의존성』, 제1기
　　　에코포럼, 2004. 10.

이도원 편, 『한국의 전통생태학』, 사이언스북스, 2004.

이부영, 『분석심리학』, 일조각, 1999.

이상헌, 『생태주의』, 책세상, 2011.

임동춘, 「노자의 자연관으로 본 정치관」, 『중국인문과학』24, 중국인문학회, 2002.

임철규, 『눈의 역사 눈의 미학』, 한길사, 2009.

임철규, 『왜 유토피아인가』, 민음사, 1997.

장영란, 『위대한 어머니 여신』, 살림, 2007.

조동일, 『한국소설의 이론』, 지식산업사, 1991.

지은희 외, 『생태주의와 에코페미니즘』, 한국불교환경교육원, 2000.

최동호 외, 『백석 시 읽기의 즐거움』, 서정시학, 2006.

최승호, 『한국 현대시와 동양적 생명사상』, 다운샘, 1995.

최승호, 『한국적 서정의 본질 탐구』, 다운샘, 1998.

최승호, 『서정시와 미메시스』, 역락, 2006.

최승호 편, 『조지훈』, 새미, 2003.

한국불교환경교육원 편, 『동양사상과 환경문제』, 모색, 2005.

한국종교연구회 편, 『세계종교사입문』, 청년사, 1996.

憨山, 오진탁 역, 『감산의 장자 풀이』, 서광사, 1990.

憨山, 오진탁 역, 『감산의 노자 풀이』, 서광사, 1990.

方立天, 『佛教哲學』, 유영희 역, 『불교 철학 개론』, 민족사, 1992.

張法, 유중하 외 역, 『동양과 서양, 그리고 미학』, 푸른숲, 2000.

佐佐木宏幹, 김영민 역, 『샤머니즘의 이해』, 박이정, 1999.

中沢新一, 『對稱性人類學』, 김옥희 역, 『대칭성인류학』, 동아시아, 2005.

中沢新一, 『熊から王へ』, 김옥희 역, 『곰에서 왕으로-국가, 그리고 야만의 탄생』,
    동아시아, 2005.

Adorno, T.W., 홍승용 역, 『미학이론』, 문학과지성사, 1995.

Barry, J., *Environment and Social Theory*, 허남혁 · 추선영 역, 『녹색사상사』, 이
    매진, 2004.

Beardsley, M. C., 이성훈 외 역, 『미학사』, 이론과실천, 1989.

Beck, Ulrich, 홍성태 역, 『위험 사회』, 새물결, 2006.

Biehl, J. and P. Staudenmaier, 김상영 역, 『에코파시즘』, 책으로만나는세상, 2003.

Bohm, D. 전일동 역, 『현대물리학의 철학적 테두리-전체와 내포질서』, 민음사,
    1991.

Browne, Sylvia, 노혜숙 역, 『종말론』, 위즈덤하우스, 2010.

Buber, M., 표재명 역, 『나와 너』, 문예출판사, 1998.

Capra, Fritjof, 김용정·김동광 역, 『생명의 그물』, 범양사, 2004.

Capra, Fritjof, 이성범·김용정 역, 『현대물리학과 동양사상』, 범양사, 1994.

Ching, Julia, 임찬순·최효선 역, 『유교와 기독교』, 서광사, 1993.

Clarke, J., 장세룡 역, 『동양은 어떻게 서양을 계몽했는가』, 우물이있는집, 1997.

DesJardins, J. R., 김명식 역, 『환경윤리』, 자작나무, 1999.

Devall, B. and G. Sessions, *Deep Ecology : Living as if Nature Mattered*, Salt
　　　Lake City : Gibbs M. Smith, Inc., 1985.

Eliade, Mircea, 이재실 역, 『종교사 개론』, 까치, 1994.

Fox, W., 정인석 역, 『트랜스퍼스널 생태학』, 대운출판, 2002.

Gleick, J., 박배식 외 역, 『카오스』, 누림북, 2006.

Gnanakan, Ken, 이상복 역, 『환경 신학』, UCN, 2005.

Guattari, F., 윤수종 역, 『세 가지 생태학』, 동문선, 2003.

Haeckel, Ernst, *The Riddle of The Universe*, trans. Joseph McCabe, New York
　　　& London ; Harper & Brothers Publishers, 1902.

Harris, Richard, 손덕수 역, 『파라다이스』, 중명, 1999.

Hegel, G.W.F., 두행숙 역, 『헤겔 미학 I 』, 나남출판, 1997.

Heidegger, Martin, 소광희 역, 『시와 철학』, 박영사, 1975.

Hirschberger, Johannes, 강성위 역, 『서양철학사』下, 이문출판사, 1987.

Husain, Shahrukh, 김선중 역, 『여신』, 창해, 2005.

Jung, Hwa Yol (정화열), 이동수 외 역, 『몸의 정치와 예술, 그리고 생태학』, 아카
　　　넷, 2006.

Kaltenmark, M., 장원철 역, 『노자와 도교』, 까치, 1993.

Kant, I., 이석윤 역, 『판단력 비판』, 박영사, 1996.

Lacan, J., 권택영 편, 민승기·이미선·권택영 역, 『욕망 이론』, 문예출판사, 1999.

Merchant, C., 허남혁 역, 『래디컬 에콜로지』, 이후, 2001.

Meyerhoff, H., 이종철 역, 『문학과 시간의 만남』, 자유사상사, 1994.

Myerson, G., 김완구 역, 『생태학과 포스트모더니티의 종말』, 이제이북스, 2003.

Naess, A., *Ecology, community and lifestyle*, D. Rothenberg, tr. and ed.,
　　　Cambridge : Cambridge univ. press, 1995.

Nash, James A., 이문균 역, 『기독교 생태 윤리』, 한국장로교출판사, 1997.

Peters, Ted, 편, 김흡영 외 역, 『과학과 종교』, 동연, 2002.

Rifkin, Jeremy, 신현승 역, 『육식의 종말』, 시공사, 2002.

Ruskin, John, "Of the Pathetic Fallacy(1856)", *The Norton Anthology of English
　　　Literature* Vol. 2. 5th ed. Ed. George Ford and Carl Christ. New York:

Norton, 1986.

Snyder, Gary, *A Place in Space*, 이상화 역, 『지구, 우주의 한 마을』, 창비, 2005.

Steiger, E., *Grundbegriffe der Poetik*, 오현일·이유영 역, 『시학의 근본개념』, 삼
　　중당, 1978.

Talbot, Michael, 이균형 역, 『홀로그램 우주』, 정신세계사, 2007.

Tucker, M. E. & J. A. Grim, eds., 유기쁨 역, 『세계관과 생태학』, 민들레책방,
　　2002.

Tucker, M. E. & J. Berthrong, eds., *Confucianism and Ecology : The Interrelation
　　of Heaven, Earth, and Humans*, Massachusetts : Harvard U.P., 1998.

Wilber, K., 조효남 역, 『모든 것의 역사』, 대원출판, 2004.

Wilson, Edward, 전방욱 역, 『생명의 미래』, 사이언스북스, 2005.

김옥성 金屋成

시인. 문학평론가. 단국대 국문과 교수.

전남 순천의 농가에서 나고 자랐다. 1992년 순천고등학교를 졸업하였다. 서울대학교 인문대학에서 종교학을 전공하고, 동대학원 국어국문학과에서 석사와 박사학위(2005)를 받았다. 현재 단국대학교 국어국문학과 현대시학 교수로 재직하고 있다.

동국대학교 문예창작학과 연구원, 서울대학교 기초교육원 강의교수 등을 역임하였다. 학술서로『한국 현대시의 전통과 불교적 시학』(문화관광부 우수 학술도서),『현대시의 신비주의와 종교적 미학』(대한민국 학술원 우수 학술도서) 등이 있다. 2013년 제3회 김준오 시학상을 수상하였다.

한국 현대시와 종교 생태학 [소프트판]

초판인쇄 2017년 12월 20일
초판발행 2017년 12월 26일

저   자 김옥성
발 행 인 윤석현
발 행 처 도서출판 박문사
책임편집 이신
등록번호 제2009-11호

우편주소 서울시 도봉구 우이천로 353, 3층
대표전화 (02)992-3253
전   송 (02)991-1285
전자우편 bakmunsa@daum.net
홈페이지 http://www.jnc.jncbms.co.kr

ISBN 979-11-87425-53-3   93810   정가 18,000원